南方叙事丛书 第二辑

谢湘南 主编

我想去趟布拉格

欧阳德彬

著

深圳出版社

图书在版编目（CIP）数据

我想去趟布拉格 / 欧阳德彬著 . —— 深圳：深圳出
版社 , 2022.10

（南方叙事丛书 / 谢湘南主编 . 第二辑）

ISBN 978-7-5507-3606-1

Ⅰ . ①我… Ⅱ . ①欧… Ⅲ . ①短篇小说—小说集—中
国—当代 Ⅳ . ① I247.7

中国版本图书馆 CIP 数据核字 (2022) 第 209247 号

我想去趟布拉格

WO XIANG QU TANG BULAGE

出 品 人	聂雄前
责任编辑	何旭升
	谢 芳
责任校对	张丽珠
责任技编	梁立新
封面设计	花间鹿行

出版发行	深圳出版社
地　　址	深圳市彩田南路海天综合大厦（518033）
网　　址	www.htph.com.cn
订购电话	0755-83460239（邮购、团购）
设计制作	深圳市龙瀚文化传播有限公司 0755-33133493
印　　刷	深圳市希望印务有限公司
开　　本	889mm × 1194mm 1/32
印　　张	11
字　　数	236 千
版　　次	2022 年 10 月第 1 版
印　　次	2022 年 10 月第 1 次
定　　价	58.00 元

总序

南方叙事作为一种
写作立场与方法

谢湘南

　　2020 年 8 月，海天出版社推出"深圳新文学大系"系列书籍，包括李扬主编的《深圳新文学大系"新都市文学"卷》《深圳新文学大系"打工文学"卷》，孙民乐主编的《深圳新文学大系"非虚构写作"卷》《深圳新文学大系"底层文学"卷》，以及邓一光主编的《我的深南大道——深圳诗歌四十年》《我的光辉岁月——深圳散文四十年》，这套书对深圳特区四十年的文学书写做了大致的梳理。从具体的作品到理论架构，这套书对深圳文学研究者是一个很好的线索。

　　在此之前，"南方叙事丛书"于 2019 年 4 月出版第一辑，这套丛书包括四本诗集（谢湘南《深圳诗章》、余文浩《早晨在植物园》、吕布布《幽灵飞机》、何招鑫《北面的山》），六本散文集（赵倚平《深夜记》、叶明镜《走过这片田野》、倪海兰《风从晒布路吹过》、罗松生《笔下山川》、蓝运彰《深圳情浓》、梅玉文《遥远的童话》），一本小说集（西西《阳光正好》）。这套丛书获得罗湖区宣传文化事业发展专项资金的支持，由罗湖区作家协会推出，这些作品充分展现了一群生活在深圳的作家、诗人当下的创作状态。

十一位写作者多数住在罗湖，他们的写作与深圳的城市生活与城市发展有着内在的联系，正是此时此地的火热生活体验，形成了他们各自的叙事轨迹与写作风格。正如吴亚丁所言："关于'南方叙事'，我们其实是想表达一个梦想，一个关于深圳文学的期待。"

1

"南方叙事"这一概念于2014年，由时任深圳市作协副主席、罗湖区作协主席的吴亚丁与深圳大学教授、博士生导师汤奇云提出。吴亚丁在"南方叙事丛书 第一辑"的总序中曾有详细描述："作为深圳文学的参与者，同时，也作为《罗湖文艺》的主编，时至今日，我仍然记得2014年那个秋天，我们首次在《罗湖文艺》提出'南方叙事'或'南方写作'的概念。不，岂止是概念呢？事实上，那一年，我们正急切地期待一种全新的命名，来概括和诠释当代深圳文学的写作。"

他们认为，"深圳当代文学，经过数十年的创新与发展，正在步入一个更具宽度与深度的活跃期。作为受惠于改革开放、日益繁荣发展的深圳文学，理应得到世人更多的关注与重视。在这充满希望之地，在这最具活力的南方经济之城，深圳的文学，更加迫切地需要寻找到自己的发展坐标与路径，需要认清自己的未来与使命。我们共同认为，深圳文学应该赓续和弘扬自屈原以来的浪漫主义传统，融合和发展源远流长的南方文化基因，在理想的旗帜下，承继古老而新锐的文学梦想。基于此，我们想给深圳文学的旗帜，写上这样的大字：'南方叙事'，或者'南方写作'。"

关于"南方写作"，近年来国内文学理论界、批评界多有热议。《南方文坛》2021 年第 3 期刊登了中国人民大学文学院教授、博士生导师杨庆祥《新南方写作 —— 主体、版图与汉语书写的主权》一文，杨庆祥提出"新南方写作"这一概念，他从阅读海外华人作家作品切入，所指认的"南方"更为宽阔，包括广东、广西、海南、福建、香港、澳门、台湾等地区以及马来西亚、新加坡、泰国等东南亚国家。在此文中，他列举了几位关注到的作家，包括身处广东的王威廉、陈崇正，海南的林森，广西的朱山坡，香港的葛亮等。他从地理性、海洋性、临界性、经典性四个维度，对"新南方写作"的理想特质做出界定。

在 2022 年 1 月 5 日的《中国社会科学报》上，诗人冯娜对话陈崇正，谈及"新南方写作"的自觉。冯娜认为，一批"新南方作家"的文本为人们展示了诸多关于南方的独特地理、文化和精神想象的"新南方经验"。

可以说，"新南方写作"概念与从深圳罗湖发端的"南方叙事"有着异曲同工之处。"南方叙事"提出之初，更是立足深圳的写作实践，是基于深圳文学现状与发展的一种思考与呼唤。其时，以《罗湖文艺》等文学期刊为平台，推出了一系列深圳作家、诗人的作品与评论专辑，形成了一定的文学声场。

据我了解，近年来，深圳市作协以及各区作协，包括海天出版社、深圳报业集团出版社、深圳职业技术学院等都在组织关于深圳文学作品的出版及研究，推出过一系列文丛，如"深圳当代短小说8大家"、"深圳网络文学拉力赛精品文库"、"新城市文学理论丛书"、"深圳新锐小说文库"、"我们深圳"文丛、"深圳文学研究文献系列"丛书等。

这些作品、文本以及理论的梳理与建构，从不同角度与层面，展现出南方叙事与南方写作的特质，呈现深圳作为文学现场的写作景观。以"南方叙事丛书　第一辑"为例，这里面有个体写作者清晰的面貌，也很好地呈现了一组写作者群像。这一群像是深圳作家扎根于此进行文学创作实践的缩影——也是在时代的巨变中，在城市化背景下，为现实写作、为梦想写作、为生命写作的一个可供观察的典型样本。这一样本具有很大的伸缩性，可做个人化微观言说的逐一分析，也可放大至讲好中国故事的南方标本。

2

个人认为，"南方叙事"首先代表了一种写作立场与价值取向，这一立场，源自中国改革开放的精神谱系，扎根于现实生活土壤的文学想象与真理探寻，它根植在深圳这样一个改革开放的最前沿，我们甚至可以将这种精神立场溯源至邓小平南方谈话。邓小平提出的"改革开放胆子要大一些，敢于试验，不能像小脚女人一样。看准了的，就大胆地试，大胆地闯""摸着石头过河""杀出一条血路"等政治思想话语，个人认为这些思想资源，不仅是深圳搞活经济的指南针，它也是一种文学话语，是"南方叙事"生动形象、直接有力的精准表述，是生活与工作在这块土地上的写作者的创作原动力。

"南方叙事"就是基于改革开放精神资源的文学实践，是一种探寻各种可能性的写作价值立场的展现，从母语出发，从火热的现实与生活现场出发，从时代性出发，从文学的本质出发，从活生生的人出发，去建构我们时代的文学景观与精神图谱。它是城市的，也是超越城市的；它是地域的，也是超越地域的；它是当下的，也是连接过去与指向未来的。吴亚丁所言，"我们今天所提倡的'南方叙事'，并不单纯是一个地域或方位的概念，而是一个突出人与文学的双重自觉的文化概念。我们心目中的'南方叙事'，尤为关注它的世界意识和现代价值"，也正是出于这样一种判断。

当然，一定意义上，"南方叙事"也是一种方法论，尤其是当它与叙事学联系起来时。首先它明确了一个写作主体；再者它树立了一个言说空间；第三它创造或者说预设了一种表达氛围；第四它有源自民间的活力与结构（移民城市与开放性社会强大的流动性）；第五它将写作行动转化为媒介与符号，本身是对写作的激活。写作主体、言说空间、表达氛围、民间活力、媒介属性五者糅合，形成了"南方叙事"的写作向度与方法指引。

汤奇云在《移民文化与南方叙事的诞生》（《罗湖文艺》2019年第5期）中曾探讨过"南方叙事"的逻辑起点与传统文学叙事的差异："深圳文学叙事对新兴市民社会的伦理（既包括了家庭伦理，也包括了职业伦理）建构，既是对'五四'启蒙文学的超越，也是对90年代盛行的新写实文学的超越。仔细想来，这双重超越的背后，恰恰是基于深圳作家对传统情义叙事的继承与拾拾。他们在应对现代城市生活中的孤独病症时，本能性地将传统情义审视与现代理性分析有机地结合起来，从而使得他们的文学叙事，既顺利完成了对当下都市人生的写实，又表达了他们对新的社会人伦关系的期盼。如此说来，深圳作家所声称的'南方叙事'，就不仅仅是他们所倡导的一种创作方法论，更是一种嫁接了现代理性文明而形成的新的人学思维方式。他们力图通过这种新的人学思维方式，重新定义自我，并进而重新定义他们的文学意义。"

这是从写作主体上去思考写作向度与文学意义的崭新呈现。当然，界定"南方叙事"的写作特质，还有更多的向度与更广的文本。纵观现有的深圳作家的作品，展现出"南方叙事"特质的作品众多，如邓一光、南翔、吴君、蔡东、曹征路、盛可以、丁力、吴亚丁、郭建勋、钟二毛、薛忆沩、谢宏、厚圃、旧海棠、陈再见、孙向学、戴斌、林棹等人的小说；李兰妮、黄灯、慕容雪村、萧相风、南兆旭、王国华、涂俏、张黎明、聂雄前、秦锦屏、虞霄、钟芳、廖虹雷等人的非虚构作品与散文；王小妮、吕贵品、黄灿然、孙文波、从容、何鸣、谢湘南、阿翔、远人、莱耳、谷雪儿、桥、张尔、樊子、太阿、赵目珍、远洋、孙夜、宝蘭、一回、余丛、余文浩、吕布布、阮雪芳、兰浅、陈末、赵俊、程鹏、郭金牛、李晃、何招鑫、李双鱼、居一、不亦、叶耳、刘郎、姜二嫚等人的诗歌，等等。

当然，这一名单还可以相当长地开列下去，因为深圳作为一个写作现场，在四十多年的累积中，已逐渐呈现一个文学城市的储能，只是尚未有人能系统地发掘其内在书写与繁杂的文本，从而形成一种人类城市建设史上的奇迹般的文学脉络与文化景观。个人觉得已出版的"深圳新文学大系"，也只是呈现了深圳文学的一个侧面而已。而如果从"南方叙事"与"南方写作"的概念上去梳理，深圳文学亦将展现出全新的面貌。作为写作现场的深圳文学，明看是深圳的文学史，隐匿其中的其实是深圳的城市发展史与改革开放图景下风云变幻的精神图谱与生活史。

3

从写作立场延伸到艺术特色，个人认为"南方叙事"正在构建的是一种新的家园感。如果我们的现实生活正被各种力量进行"解构"的话，那么文学书写或者说致力于写作这一行动，无疑是一种精神建构。尽管作家与诗人的写作是个人化的，却有物理空间与生活背景上的大致同一性，不管是以深圳为背景，还是以粤港澳大湾区为言说空间，还是像"新南方写作"概念所指认的更宽阔的南方。作为地域写作的模型建构（我更愿意将其看作是南方精神的语言与视觉呈现），它其实展现出了一种现代世界诞生以来，如何建构精神家园的深层叩问。

今天的时代，我们所生活的家园，在现代（观念）的冲击与洗刷下，已完成了无数次的改头换面。作为生活于斯的写作者，我们怎样讲述自己的故事？我们怎样展现对自身历史的理解？我们怎样呈现对周围世界的观察？我们是不是进入了一种文学生活，诗意的栖居距我们还有多远？还是只能在虚构中实现？这些都是摆在写作者面前的问题。这也就是我想要强调的"南方叙事"对建构我们自身的精神家园的重要性。

以林棹 2021 年出版的长篇小说《潮汐图》为例，这是一部具有典型南方叙事特质的小说。它以"我是虚构之物"展开叙事，以魔幻故事写岭南风物，以一场穿梭于东方与西方、历史图景与生活现实之间的旅行，展露出极为独特的书写视角与语言景观。她的叙事基调构筑了近、现代史上的珠江三角洲的开放图志，以巨蛙之眼观世界、话南方，呈现出光怪陆离的现代世界的神话原型。它自然也具有"新南方写作"所提的"地理性、海洋性、临界性"等特质，我们甚至也可以赋予它探究了时代精神、历史命运这样一些关键词。从阅读体验上讲，我更愿意把它看成是虚构性的"历史写作"，它让南方、让广东的历史在一个奇幻故事里摇曳生姿。

从"历史写作"角度归纳，在"南方叙事丛书　第二辑"中，我们同样呈现了可供阅读的扎实文本，如有记述罗湖近代以来一百多年历史的非虚构文学作品《大罗湖》（刘深著）、有写保障香港生命线的东深供水工程的《水向高处流——"东深供水工程"实录》（胡忠阳、李健辉著）、有讲述东江流域境内革命故事的《红色东江》（尤波、明勇著）。这三本书，从不同视角书写了罗湖的大历史，套用克劳福德对《到芬兰车站》"观念的旅行"的评语，从对罗湖历史的书写的阅读中，也可以看到改革开放精神的宏大背景与起承转合，看到这一观念在我们时代的旅行轨迹。

"南方叙事丛书　第二辑"有历史的维度，更有当下的书写；有非虚构的真实展现，也有诗意的凝练与升华。如尹维颖的随笔集《生活在深圳》，作者以灵动的笔触呈现了深圳众多有趣的文化与艺术现场，描写了这个城市中那些着迷于艺术与艺术生活的人，是都市游牧者的心灵地图；欧阳德彬的小说集《我想去趟布拉格》，充满了对异文化的想象，他讲述的故事中洋溢着青春的骚动，透过一个个普通人的日常生活，营造出南方的潮湿与氤氲氛围；程鹏的诗集《崇高的沉睡》是一曲献给母亲的颂歌，是诗人对精神故乡与成长过程的诗性回望；诗歌选本《春风写罗湖》（谢湘南主编）则有如一抹城市的精神剪影，突显春风的沐浴，是诗歌地理志，亦是深圳诗人对城市生活的诗意呈现，是想象力的集结，亦是语言飞翔之翼，其中不乏如惠特曼写布鲁克林大桥、桑德堡写芝加哥般的精彩文本。

从这套书中，同样可以读到我所强调与指认的新的家园感的建构过程，它是精神归旨，亦是艺术特色。在每天都在更新的深圳（或者再放大点，到粤港澳大湾区）作家的文学生产中，我们将其抽样与呈现出来，希望它能成为一个关注焦点，亦期待它承续与扩大"南方叙事"与"新南方写作"的精神图谱，成为中国式现代化的先行注脚。

序

失败者的美学

汤奇云

多年前，我写过一篇名为《"红杏出墙"式的写作》的文章，主要批评了那些左手提笔会做诗，右手援笔会作文的人。因为他们用的是两种不同的思维方式和两套不同的言语系统。一种是"有情"思维和比兴言说；一种是逻辑思维和学术话语。一般来说，两者很难在一个人身上自由转换。然而，当欧阳德彬按照学院派的惯例，将他在攻博之前所发小说结集出版，并嘱余作序时，就把我也推入了一个两难境地；因为他就是一个力图实现将这两种思维和两套话语相互交错、转换的人。

在学界，师长给学生赠序，也基本上形成了两种模式。一种如宋代大儒宋濂的《送东阳马生序》，说一些"撰长书以为贽，辞甚畅达；与之论辨，言和而色夷"诸如此类的话，鼓励提携后辈青年才俊；另一种是当代大哲李泽厚先生给学生赵士林的序。李先生在序言中直截了当地说：这本书是学生瞒着

1

老师写的，自己毫不知情，因此对此书的内容概不负责。前者成为了千古名文；后者也似乎将成为传之后世的学界趣事。但我非圣贤，更非大哲；所以，我只能忠于一名文学教师的角色与职责，通过一些关于作家欧阳德彬的文字或话语，来识解包裹在这些话语中的欧阳德彬其人。

山东大学马兵教授曾关注过他的这位山东老乡在深圳的写作，并做过综合而全面的观察。他在《夜晚的倾心与逃逸的悖论》一文中说："欧阳德彬则是一个名副其实的新锐作家，他对寄居在城市巨兽里的青年人的疏离和荒芜感的描写，透射着他作为城市异质分子内心的那种焦灼，他有强烈的批判热情和控诉的冲动，其间又混合着狂暴的青春原欲和偏执的个性，泥沙俱下，冲力惊人。"马兵教授不仅从他作品中大量的"逃逸叙事"中，看到了他对城市生存莫明的疏离与恐惧；更是从他"泥沙俱下"的夜晚情欲幻想记录中，看到了他的青春热情与偏执。

欧阳德彬确实有着所有年轻人应有的热情与偏执，但他更有着北方南迁青年所具有的真诚与实在。他的创作起步于其在深圳的求学阶段。在嘈杂的深圳成长叙事潮流中，他却选择了向卡夫卡致敬，退居自己的内心世界，忠于自己的身体感知与生命体验，执拗地编织着他的"夜晚情境"与逃逸世界。这不仅在深圳文坛是一个异数，就是在整个中国文坛，也是一种异质的存在。

这种文学的异质存在，显然已不再是一个北方青年的文学幻想，而是深圳都市生存急剧现代化和市民化进程中，一种新的生命姿态和精神向度的呈现。在一种新的城市生存中，金钱与权力逻辑的实在性，不仅维系了欧阳德彬们的肉身生存，同时也摧毁了他们做世俗世界胜利者的幻想。于是，他们把自身那份对世界仅有的热情，化作了穿透黑夜的幽光，照亮着他们刚刚启程的人生路途。

然而，也正是在与城市现实逻辑的抗争与妥协中，这些深圳文学青年，终于明白了现代派哲学所揭示的一个道理：反抗不是为了世俗的胜利，而是为了自身的存在。他们的偶像卡夫卡，也一直在以寓言意味的"地洞情境"，启示了这些现实生活中的"零余者"们：任何世俗者的胜利都不过是一场虚妄。也就是说，现实中那种貌似强大的逻辑，也不过是一只虚胖的拳头。尽管这只拳头确实给他们带来过压迫感，但一旦识解到它的虚张声势，看穿它的把戏，本真终会战胜世俗，小丑与英雄也会换位。

这无疑给原本取逃逸姿态的欧阳德彬们，以莫大的希望与鼓舞。他在最近的一次访谈中，就有过这样的反思与自白："这些年，我在外部世界饱尝失败。与其追求世俗意义上的成功，不如躲进阁楼读书写作，追求更加完美的失败。"要在写作中，让"失败"变得更加完美，让青春热血化为永不凋谢的艺术之花。这就决定了欧阳德彬们不会再走上吞吐个体苦闷的浪漫之路，而是要在通往布拉格的文学旅途中重绘世界图景。只是这世界，不再是金钱与权力猖獗的世界，而是一个人的尊严与真诚无须自我矮化的世界。

如此一来，我也似乎对他重回学院攻博的动机有了进一步的理解。他不只是一个把文学当成信仰的浪漫青年，更是一个企图以写作来重新定义人生意义的信徒。他与我共同研习现代派哲学，探讨卡夫卡的"失败者"逻辑，全是为他通往布拉格的神圣之旅所做的功课。但愿他梦想成真。

2022 年 9 月 29 日于深圳

目录

南方以北

南方迷思

南方以南

01

南方以北

南方

　　那天，我有了点钱，带女友去桂花巷里的东北饺子馆吃了一顿。没过几天，她就搬到饺子馆厨师那里去住了。那个操着浓重中原口音的饺子馆厨师，待人和善，总是笑眯眯的，做的饺子也好吃，如果再蘸点蒜汁，就更不错了。我松了一口气，那个可怜的女人终于可以过上吃饱穿暖的日子了。我打算去南方碰碰运气，火车票已经在我旅行箱的侧包里安安稳稳躺着了。我觉得我是一个站在铁道中间的人，一列火车正迎面驶来，我必须做出一个决定。我正躺在出租屋房东舒适的竹躺椅上，在阳台上畅想遥远南方的美好生活呢。

　　正是农历元宵节，刚到午后，离晚上还远着呢。窗外响起零零散散的鞭炮声。对面楼上有人把一根竹竿探出来，竹竿顶端挑着一串通红的鞭炮。几个孩子在楼下奔逐嬉闹，有个大门牙男孩用食指和拇指做出一个手枪的形状，对准别人，嘴里发出"叭叭"的声音。对面楼上有个秃顶胖子探出头来，拿下嘴里的香烟，伸着粗短的胳膊想点燃鞭炮，够了几次没够着。这狗日的，也不怕炸伤楼下的孩子。虽然这是牵手楼小区，两栋楼距离只有两三米远，但我不打算制止他，多一事不如少一事，反正我就要离开这里了。这座城市，除了小偷和沙尘暴，什么也没有。漂泊异乡的时候，如果以后有人问起我对这座城市的印象，我会说，在那里，我丢过五辆二手自行车，上十把锁也阻挡不了那里的小偷。

快到下月一号了，我想在房东来收房租和水电费之前离开这里。那个矮小干瘪总穿着一条皱皱巴巴米黄色休闲裤的老头，张口闭口就是钱。有一次我不小心打碎了桌上的一只玻璃杯，竟然让我赔了二十块。天呐，二十块呐，我就着老干妈吃烧饼可以活上两星期。今天，我走进厨房，故意摔碎了几只瓷碗，把菜刀狠狠地切进菜板里。离火车开动的时刻还有十来个小时，我闲着无聊，很想找点事做。我是个很懂得享受生活的人，穷死饿死也不能无聊死。我很自然地想起了网聊过的那个女人，她还给我发过几张照片呢，长得还算过得去并且很丰满。我拨通了她的电话，喊她过来。

那次幽会很顺利，刚过去一个小时外面就传来一阵敲门声。门外站着个戴口罩扎马尾辫的胖女人，手里提着的方便袋里装着一些汤圆。我仔细打量着她，她二十多岁的样子，身材高大并且凹凸有致，穿着火红的羽绒服，口罩遮掩不住的颧骨也是火红的。看来是个身材火爆的女人，正合我的口味。我那女友，不，前女友，生得干瘦，躺那跟鱼干似的，一点也不诱人。她确实是个大块头，把我租来的房间都快填满了。

"正人君子在吗？"戴口罩的女人问。"正人君子"是我的网名。

"我就是，你是火红女郎吧？"我说，"哈哈，不用你回答我就知道你是，快点进来暖和暖和吧，外面还很冷。"她走到客厅，脱掉羽绒服，抖了抖，把衣服领子挂在门后的一个生锈的铁钉上，好像早就居住在我这房间似的，对每一处都特别熟悉。

我当饭桌用的玻璃茶几上放着个啃了一半的烧饼和一瓶老干妈辣酱。一个仿皮的黑色旅行箱横放在茶几旁，它掉了个轮子，瘸了，所以不能竖着放了。一顶破凉席、两床烂被子窝窝囊囊地堆在墙角。

她摘下口罩。她用生着肉窝窝的手指拈住口罩带儿，准备摘下的时候，我心里很紧张，担心她是个丑八怪，扫了我的兴。还好，她是蒜头鼻，嘴巴稍微有点大，与小眼睛搭配起来，起码还能看，当然算不上漂亮。照片上的她没有雀斑，我才想起电脑上那些美图秀秀之类的玩意儿可以让照片比真人好看许多，甚至可以把丑八怪变成绝色佳人。

"哎呀，房间里这么乱，缺个女人收拾真不行。你先去卫生间洗个澡，我帮你收拾收拾。然后我去把汤圆煮了。今天是元宵节呢。"火红女郎开始忙碌了。她把马尾辫的黑套套取下来，变成了披肩长发。真想不明白，披肩长发怎么方便干活呀，后来我想她大概是想把这里当家吧，就像成功男人回到家才把手表摘下来一样。

"欢度元宵节！"我说。

"欢度元宵节！"她咯咯笑着说。我在卫生间洗澡的时候听到外面传来拖把接触地板的沙沙声，锅盘碰撞的声音以及柜门开关的声音，还听见她边做饭边唱歌。唱的是什么歌听不清楚，反正觉得她很开心。

我喝了她带来的汤圆，黑芝麻冰糖馅的，味道还真不错。我身上开始热腾腾的，眼光也开始在她身上绕来绕去。

"你去过南方吗？"我问。她正坐在我对面的沙发上，盯着那瓶老干妈辣酱和旁边啃剩下的半个烧饼发呆，像是在琢磨着什么。

"去过，在那打了两年工。"她若有所思地说。

"那儿怎么样？"我迫不及待地问。

"那里汽车多，不像咱这，全是自行车，而且空气好，没沙尘暴，出门不用戴口罩。"

"太棒了，简直是神仙住的地方啊。"我的腿脚开始不听使唤，我想跳舞可是不会跳，脚底板散乱地落在地板上。

"不过在南方，我被骗过几次。后来不喜欢那里就回来了。"她两只胖手交叉着放在腿上，头微微低着，长发遮住了耳朵，看起来像个淑女。

"啊啊，怎么回事？南方也会有偷，也会有骗？我才不相信呢。你说说。"我惊呼起来。

"那时候，我经老乡介绍，到南方一家电子厂当工人。到了年底，我攒了不少钱，准备回来开间卖衣服的小店。那天，厂里放年假了，我出去采购年货。回到宿舍的时候，发现衣服散落一地。我的旅行箱被人翻开了。里面的工钱全没了，就连排了一整夜队买来的回家的火车票也没了。我的舍友，一名扎着两条羊角辫，张口就喊我姐姐的女孩，她的东西全没了。想必她趁我出去，偷了我的东西，卷铺盖逃走了。"她的眼睛里开始涌出大颗大颗的泪珠来，抬起袖口擦着泪。在眼泪的点缀下，她显得比刚才好看了不少。

"别这样，别这样，都过去了。"我可怜她，便大胆地走过去，让她伏在我肩膀上。我用手抚摸着她的头发，轻声安慰着，甚至觉得开始有点喜欢她了。

"我宿舍里的那个女孩，长得挺清秀的，嘴巴也甜，没想到竟会干出那种事来。"她呜咽着说。

"哎，知人知面不知心呐。"我感叹道。

"那年我算是白干了，回家的路费都是找老乡借的。卖衣服的小店开不成了，只能到小饭店干些洗菜拖地的粗活。你看，我的手。"她把两只宽大的手掌摊开在我面前。她的手很大，手指很粗，手面很粗糙，确实是一双劳作过的手。

看着上面的茧子，感觉她比我还不幸，我打心底可怜她了。我想说自己很喜欢她，甚至想把到工地附近卖盗版书的打算告诉她，问她想不想入伙。但是我没说，我已经打定主意离开这座城市去南方了。南方对我的诱惑实在太大了。

"你有老婆吗？"她问。她站起身来，到卧室里瞅了瞅，又俯下身子看了看床底下，好像我老婆就藏在那里似的。

"没有。真没有。我是个纯粹的单身汉，好几年没沾过荤腥了。"我一脸坏笑地说。我所有的言行都是想逗她发笑，哄她开心，给自己制造占她便宜的机会。

"你有过女友吗？"她又问。我想，关心我情史的女人应该是喜欢我吧。

"有过，不过那是很久以前的事了。"我没说前几天我女友搬到东北饺子馆厨师那里住的事。有一天，我对我女友说，我要开始奋斗了，以后带你顿顿吃饺子。我说这话的时候，她正用筷子挑起一小堆老干妈辣酱夹进烧饼里。而我真的开始奋斗了，意气风发像很多有志青年一样。我用所有的积蓄买了辆人力三轮车，上面放着平底锅和杂面糊，旁边的瓶瓶罐罐里放着芥末、花椒粉、茴香面。我跟楼下修鞋的李老头学了几天山东方言，又到打印店做了个"正宗山东杂粮煎饼"的招牌绑在三轮车座位上。那天早上，我刚把车子推到街上还没开张呢，两个歪戴帽子穿制服的城管就把我围住了。那个矮胖子说他俩很倒霉，轮到值早班，一大早就来了，早饭还没吃。我说两位官爷，还没开张呐。矮胖子一努嘴，瘦高个抬手就把我的平底锅掀到了地上。矮胖子往我手里塞了张纸条，上面歪歪扭扭地写着我的车占道经营已被依法查处，请上班时间去领车，并缴纳罚款两千块。因为那辆三轮车是四百块钱买的，我就没去领车。回到家后，我女朋友先是大笑了一番，说我真他妈是个废物。当天，我找哥们借了点钱，带她去东北饺子馆吃了顿饺子，没过几天她就搬到饺子馆厨师那里去住了。我那时头脑中还冒出在没有城管的工地附近摆地摊卖盗版书的想法，不过还没有实施就随着她的搬家而烟消云散。

"你需要女人照料。"她朝我眨眨眼睛。尽管她很胖，脸也不好看，但如果不仔细看，还过得去。在床上干那事的时候用枕巾盖住她的脸或者让她戴上口罩，应该挺爽。我前女友，实在是太瘦了，尤其是跟着我的这两年，变得更瘦了。根根肋骨有点吓人，黢黑疲软的乳头贴在骨头上，两粒兔子屎似的。我是个精壮的男人，真怕她的小胳膊小腿扛不住。今天来个了胖女人，哈哈。

"你有男朋友吗？"我问。

"在饭馆里端菜，不过那家伙实在是太瘦了，是那种真正的瘦，简直就是一根牙签。"她捂着嘴笑起来，笑得很厉害，羽绒服包裹着的身体都在颤动。我笑得前仰后合。我头脑中开始浮现出她男友的形象，兴许是个胖子呢，只是那地方太瘦了。我想我对她干什么他都不会在意的。

她把手放下来，露出不太齐整的牙齿。

"不过见到你后我打算跟他分手了。"她一本正经地说。

"不会吧。这样……"我支支吾吾地说。

"看把你吓得。我明白你的意思，我们这只是一夜情对吧。"她善解人意地朝我眨眼睛。

"我打算好好爱你一次，你个没人爱的男人。"她见我不答话，自顾自地说。

她开始收拾饭局，把盛汤圆的盘子洗了。因为那几只碗被我摔碎了，她找出了两只盘子盛汤圆。她用鼓鼓的手指肚摸了一下茶几，说上面的污垢得有一尺厚，简直都看不出是玻璃的了。说完，她找来一块抹布，认真擦洗了起来。

"我在卧室等你。"我拿起堆在墙角的烂被子，转身朝卧室走去。

我听见她在刷卫生间的墙，那上面的白瓷砖布满了黄色污垢，而且下水道设计得不合理，老有臭味冒出来。我又听见她拉开抽屉的声音，那里面除了一些螺丝钉什么也没有。她做家务可真细心啊，如果再长得好看一点，做老婆正合适，我心里想。我等了半天，她还在干活，我都有点等不及了。我这人，对于干那事，有点猴急。

"你是不是清洁公司派来搞卫生的啊，我可是拿不出一块钱付给你的。"我躺在床上朝卫生间方向喊。

脱光了衣服的她皮肤很白，比穿着衣服好看一些，只是很胖，肚子上有几个游泳圈。她不比那些曾经跟我上床的女人差。我很激动，心跳加速，有点初恋的感觉，因为我生平头一次体验那么丰满的女人。

"你就是我一直想找的男人。"她咯咯地笑起来。"一个像你这样的男人，胸脯长得真结实。"她伸出手抚摸着我的胸脯。

"哈哈，彼此彼此，你也是我一直想找的女人。"我们把衣服扔到地板上，在床上腾出空间，准备大干一场。

"你是个很棒的男人。"她说，"很多男人都不行，但你不是，你简直就是个体操运动员。"

"体操运动员，哈哈，有意思。"我得意地淫笑着。

听到她的赞扬我兴致更高了，好像我重新看到了新生活的曙光，好像我身上生出了翅膀，轻飘飘地飞过这座以小偷和沙尘暴著称的城市，飞过失败的生活，到达美好的南方。

窗外响起了密密麻麻的鞭炮声，还有烟花升空爆炸的声音。元宵夜来了。我觉得这是一个无比美好的春天的开始。

"你会留下来过夜吗？"我问。我想要她留下，又不想，因为我半夜要赶去火车站。

"那可不行，我得赶着回家呢，陪陪我男友。"她拢好头发，把那件火红色的羽绒服披在身上，掏出唇膏在嘴唇上抹了抹，恢复成了刚进来时的样子。

"那个牙签？"我满怀希望地坏笑着。

"哈哈，他真让我犯愁。"她开始大笑起来，好像与她开什么玩笑她都不会生气，难得一见的好脾气。真想她能在这多待一会儿，不过她在系鞋带了，看来真的要走了。

"路上小心点。"我虚情假意地说，眼睛却紧紧盯住她不放。她下楼梯的时候叉开手指把头发往上拢了拢，回头朝我眨了一下眼睛，嘴角挂着一丝微笑。

我恋恋不舍地看着她走下楼梯，又走向阳台目送她转过拐角，心中有种失落的感觉。

我关上门，又坐到窗台上的竹躺椅上，欣赏着这座城市的烟花。楼下的小孩们在丢擦炮。擦炮是胶泥做的，往墙上一丢就冒烟爆炸。我小时候就玩过那玩意儿，还朝别人的屁股丢过。对面楼上的秃顶胖子把挑过鞭炮的竹竿收回去，竹竿上还留着半截冒烟的红绳。楼下没有了玩警察抓小偷游戏的孩子，有三个老头抄着手倚在墙上，若有所思地注视着拉着"欢度元宵节"横幅的小区门口，一条黑狗一动不动地蹲在他们前面。我盯着亮着灯的楼房，还有拖拉机厂高耸的烟囱冒出的黑烟，觉得那是一个扭曲的梦，南方全然不是这样子的。对于从没出过远门的我来说，南方完全超出了我的想象，那里会有我从来没经历过的生活，并且有年轻漂亮的姑娘等着我。说不定我会变成一位绅士，偶尔走进咖啡馆，喝杯拿铁，读读报纸，和女招待聊聊天。

我很高兴，因为火红女郎已把房间打扫得干干净净。当房东过两天来要房租却找不到我的时候，看到整洁的房间应该会高兴点。我眼前浮现出那个矮小干瘪总是穿着一条皱皱巴巴米黄色休闲裤的老头来。莫名其妙地觉得他是个不错的人，还有点可怜，即使他张口闭口就是钱，即使让我掏二十块钱赔他的玻璃杯。

我看了看手机，离我的那趟火车还有一个小时。我打算奢侈一把，叫辆出租车，还可以向出租车司机吹牛说我是某家大公司的经理，正准备去南方出差，干一个大项目，也算是给这座城市来一个高调的结尾。我知道，火车票已经在我旅行箱里安安稳稳躺着了，它可以载我去很远很远的南方。我的耳中响起火车开动的隆隆声，甚至听到了列车员兜售劣质水果的叫卖声。忘掉女友，忘掉东北饺子馆里的厨师，忘掉火红女郎，忘掉对面楼上的秃顶胖子，忘掉城管局扣着的我的煎饼车子，忘掉这座除了小偷和沙尘暴什么都没有的城市。南方的美好生活正向我招手呢。

我非常兴奋，心跳加速，觉得一件对我来说特别重要的事情就要发生了，我将永远记住我生命转折的这一天。可我打开旅行箱拿东西的时候，发现钱夹子里除了那张交钱领三轮车的罚单外什么也没有了。里面找哥们借来的钱没了，就连排了一整夜队买来的火车票也没了。

惊蛰

　　春天里的早晨，海鸥一坐起身来就盯着墙上的那幅画。海鸥不是一只鸟，而是马小兰口中一个年轻男人的名字。马小兰有时候也喊他鸥鸥，不过那是在他满头大汗从马老大办公室的沙发上坐起来的时候。画上是南国的海滩景色，挺拔的椰树下，几个穿着花花绿绿泳衣的儿童手牵手奔跑在沙滩上。一群海鸥张开洁白的翅羽，飞翔在他们头顶的天空里。一只落单的海鸥走在沙滩上，耷拉着短喙，正迈出一条腿，身体后倾着，显然失去了平衡。

　　几个月前，一位远方的朋友给男人邮寄了这幅画。男人把它从画筒里掏出来，铺展在办公桌上。办公桌上便汹涌起蓝色的海。孩子们的嬉笑，海鸥的鸣叫传了出来，掩盖了复印机沉闷的启动声。一年四季，那台复印机都如老水牛般叹着气。

　　马小兰踮着脚尖走了过来，不知从什么时候起她养成了走路踮脚尖的习惯。她正在为自己写的工作报告得到马老大的赞赏而沾沾自喜。

　　"终于得到爸爸的夸奖了，谢谢你昨晚加班为我修改。"马小兰浅笑着把一张电影票塞到男人的牛仔裤兜里。也许是因为裤兜太紧了，马小兰摆弄了半天。

“你很喜欢孩子吗？”马小兰看了看画，盯着男人的眼睛。她算不上漂亮，脸颊圆润丰满，鼻子却像睡觉压扁了似的，齐耳短发上别着一个大大的棕色发夹，蝴蝶形状的。但她有一对澄澈的眸子，她好像深知自己的迷人之处，便经常拿它们紧紧盯着男人的眼睛。

“是的，我也常想有个家，让女人生个孩子。”男人修长的食指放在孩子们的脸颊上，摩挲了一阵。

马小兰的脸蛋红润起来，背在身后的双手摆弄着一支黑色签字笔。

“但我更喜欢海鸥。”男人从椅子里站起来，两根大拇指藏进牛仔裤兜里。

“这只吗？它那么特别，孤零零地走在沙滩上，像你一样，总是孤零零的。”马小兰用手中的签字笔指着。

“不，我更喜欢这些。海鸥只有飞翔时才美丽，走在沙滩上，笨得像鸭子。”

“鸭子”二字把马小兰逗乐了，她颤动着浑圆的肩膀。

“这幅画是你网购的吗？”

“不是。是远方一位素未谋面的朋友送的。”

“从来没听说过你远方有朋友呀。老实交代，男的女的？”马小兰噘着嘴。那张嘴像昨晚蚂蝗一样吸在男人身上。

“他是一只永远飞翔从不落地的海鸥。”

“哦，原来是一只鸟啊。你也是一只海鸥。我可爱的大海鸥。”马小兰越来越不顾忌自己在办公室里的形象了。

“我是海鸥，但我在地上爬着，从来没飞过。在地上爬着的时候，笨得像鸭子。”

"今晚九点开始的电影，滨河影院门口见，别晚了。"马小兰踮着脚尖身子一探一探地坐回到自己的办公桌前。

男人下了楼，后背甩着他的单肩帆布包。一条黄毛土狗在草地上打着转，追着自己的尾巴，哗啦啦地惊起两只往年的干知了壳。那条一年四季都脱毛的家伙每天都在草地上打转，真不知道它丑陋的尾巴上有什么让它痴迷的东西。一只黑猫在草丛里和一只烂了半边的小皮球一齐打着滚，忽然滚到他脚边停下，黑棕色的眼珠瞪着他。"嘿，小猫，我们一起滚着玩好吗？"男人俯下身子摩挲着猫头。那只猫肚皮紧紧贴着地面，蜷缩着四条腿，像是准备随时跳到男人头顶被建筑切割得七零八落的天空里去。男人站起身，两手插进裤兜里，脚尖踢着路边的杂草和矿泉水瓶，目光低垂，像是在寻找不久前滑落的手表。

一个男孩背着卡通书包，拿着一包炸薯片站在烧饼铺那里。他看了一眼隆起的烧饼锅，又看了一眼手中的薯片，好像在思量着拿烧饼还是薯片当早餐。他那打烧饼为生的父亲正催促他去上学。"给，别乱花。"那个长着黑红圆脸的粗壮汉子把一张粘着面粉的五元纸币塞进男孩另一只手里。烧饼师傅总是穿着一件蓝条纹的厚围裙，灰色的围裙系带从他的胳膊下面攀到背后，打着一个拳头大的结，让人怀疑是不是他睡觉时也穿着那件围裙。男人在夏天多次见他穿着那条围裙挥汗如雨。

几个退休的老头坐在小区铁门旁的马扎上，互不交谈，无言地盯着自己双手握着的茶杯。偶尔坐起来，伸伸胳膊伸伸腿，缓慢得像乌龟。不远处的拖拉机厂里，高耸的烟囱吐着浓烟。

男人沿着小区门口的马路人行道远去了，他是路边一家单位的办公室职员。

男人有礼貌地朝办公室里的每一位同事问好。拿着灌满水的洒水器淋着自己办公桌上那盆红掌的每一片叶子。绿叶簇拥着一朵探着黄蕊的红花。他刚把洒水器放在桌下，又突然想起什么似的，拉开办公桌最下面的抽屉，摘下封花肥袋子的铁夹，在花盆里撒下黑漆漆的一层，又浇了些水。下班时，男人把自己的办公桌收拾得整整齐齐。平时可不是这样，同事经常抱怨他杂乱的桌面影响了整个办公室的卫生考评。以前最常抱怨他的就是声称自己有洁癖的马小兰。她常拿着考勤表和签字笔走向男人的办公桌，说男人的垃圾篓里总有倒不完的废纸和发霉的橘子皮，甚至还有会飞的蟑螂，并叫嚣着一定要扣男人的月度绩效工资。奇怪的是，男人的绩效工资总是有增无减。月底的时候，男人很随意地瞟一眼工资条，嘴角一挑，就把它丢进垃圾篓了。

"嘿，海鸥，今天怎么讲究起来了？"隔壁办公桌的马小兰歪着头说。她头顶的蝴蝶形状的大发夹正对着男人。

"明天是周末呀。"男人朝马小兰微笑着点点头。

"这次的工作报告你帮我写吗？那些东西总让我焦头烂额，对你来说却小菜一碟。"马小兰黑溜溜的眼珠转向男人，她的目光里长着钩子。

阳光跳到了马小兰的发夹上，把她的头发映照成了迷人的金黄色，也晃到了男人的眼睛。

"明天是周末，我打算早起出去散散步。今晚我得好好睡一觉。幸亏老大到现在还没发觉他办公室里的沙发三条腿。"男人嘴角一挑，朝马小兰挤了一下眼。

马小兰脸蛋一红，手腕一弯，手里的签字笔丢了过来，恰被男人接住。男人把那只签字笔和桌上的记事本塞进帆布背包的侧兜里。

男人走了，办公室里只剩下马小兰。马小兰从挎包里掏出小圆镜，用海绵片蘸了白色的粉底，轻轻地把脸上的红晕埋了，不由得发现越埋越红了。

那是几个月前的一个星期五，单位周五有下午提前一刻钟下班的惯例。同事们都走了的时候，马小兰第一次请求男人帮她修改一份工作报告。男人坐在马小兰的办公椅上，马小兰站在男人身后，双臂支撑在椅背上。马小兰耳朵里回响着男人敲击键盘的声音。她盯着键盘上男人的手指，有点头晕，下巴不由自主地靠在了男人的肩膀上。男人有一双精致的手，那些修长的手指敲击着黑色键盘，如同暴雨中池塘里跳跃的鲢鱼。

"你应该去弹钢琴的。"马小兰含糊不清地说。她拉开了男人上衣的拉链。

"办公室里的隔板桌子还没有你的屁股大。"男人低着眉头轻声说。

"我有我爸办公室的钥匙。"马小兰的嘴唇从男人嘴角拔下来，收回踮起的脚尖，颤着手把钥匙塞给他。男人眼前立刻浮现出马老大的样子来：他身材高大，剃着平头，长着双下巴，总是腆着一张麻袋样的大肚子。

在马小兰眯着眼上气不接下气地喊男人鸥鸥的时候，靠近她下身的沙发一角猛地一沉。

"这真皮沙发抵得上我半年的工资了。没想到这贵东西也那么不结实。"男人把从院墙角搬来的几块红砖支撑住沙发的一角，用条纹沙发衬布掩住。

"你以后就不要再抱怨自己工资低了。我爸会帮你的，只要你死心塌地地在这里干，只要我们……"马小兰双手攀住男人的脖子。

男人提着断下的沙发腿走了，他准备把那截沉甸甸的橡木丢进单位旁边的河里，就像马老大把那只忠实的护院犬装进编织袋丢进河里一样。上个月，那条不识时务的蠢货竟然挣脱锁链，撕烂了一名前来视察的人员的裤裆。那名西装革履、头发往后梳的家伙那时正指着马老大向他脸上喷口水。

晚上下了班，男人在小区门口的廉价超市买了一瓶高粱酒，两罐啤酒。在烧饼摊那里排了一会儿队，买了三块钱的烧饼，共十二个，只是烧饼比以前的薄了。男人一拿在手里，就感觉到了。"俺打烧饼绝对不用地沟油。"长着黑红圆脸的汉子看了一眼男人握烧饼的手，朝男人笑笑。那名小学生把卡通书包挂在门栓上，双手解着他爸背后那个拳头大的结，那条蓝条纹的厚围裙随着灰色系带颤动着。

"你狗操的要换下那条围裙？夜里打算干要紧的事吧？"旁边摆地摊的菜贩子朝汉子舞了舞他握着的一根老黄瓜。菜贩子咧着长着一圈杂须的嘴，露出的两颗门牙相对于他细弱的脖子和矮小的身子，明显太大了。

"滚你娘的，比你到桥头下把妹强。"

"找妹妹咋啦？妹妹也是人。"菜贩子挥舞着那根黄瓜，毫不示弱。

"是呀。恁多人用你妹，就你那身板，还不是牙签搅水缸？"

"人不可貌相，海水不可斗量，知道不？一看你就是没读过啥书的大老粗。"菜贩子涨红了脸。

"去时别忘了带上你手里的黄瓜，兴许能帮帮你的忙。"汉子仰着脸哈哈大笑起来。妇女捶了下他的后背，瞪了他一眼，那笑声便戛然而止。汉子猫下腰，锅铲又伸进了烧饼锅里。他把黄焦焦的烧饼从锅里铲出来，故意抛得老高，烧饼像海鸥一样掠过男人的头顶，栖止到藤条筐里。烧饼掠过的时候，男人的目光追随着它。汉子身旁那个挽着大发髻的妇女戴着棉手套把筐里的烧饼整整齐齐地码起来。这是男人第一次见到那个女人，他想，也许是女人以前在家伺候田地吧，这年春天，也许女人把地租出去了，来找汉子和孩子了吧。男人不由得多看了她一会儿，她看起来就是一名普通的农妇，脸蛋上还留着烂柿子一样被冬天冻伤的痕迹。他从来没这样出神地看过马小兰。

男人把烧饼放进左手提着的装着高粱酒和啤酒的方便袋里，右手伸进去，掏出一只烧饼来。他抓住烧饼的边缘，曲着腿，旋着腰，成了掷铁饼的人。"飞吧！像海鸥一样！你自由了！"手里的烧饼便飞了出去。那条追赶自己尾巴的黄狗朝着烧饼飞出的方向狂奔起来。那只和烂了半边的小皮球一起打滚的黑猫肚皮紧紧贴着地面，蜷缩着四条腿，像是准备随时跳到黄狗的前面抢烧饼似的。

到了房间，男人用茶几下的旧抹布擦了擦桌子。盒装午餐肉、辣酱、咸鸭蛋、咸花生罗列在茶几一侧。他坐在茶几旁的沙发上，看了看手机，发了条短信。

　　靠近楼道的双重铁门是事先打开着的，这样女人可以自己进来。或许是为了消磨等待的时间吧，他从卫生间里拿出拖把，擦拭着客厅的绿石地板。地板的每一块绿石上都密布裂纹，年代久远的样子。

　　女人来了，把手中提着的方便袋放在桌子上，从里面掏出香蕉和苹果。她把一个纤细的条纹花瓶放在茶几上，小心翼翼地把一朵玉兰插进去，给瓶子加了水。女人从不空着手来。做完这些，女人伸手去接男人手里的拖把。

　　"快拖完了，你坐沙发上吧。"男人把拖把丢进了卫生间，和女人并排坐在茶几旁的沙发上。

　　"今年的玉兰开得好早。"男人注视着那朵半开的玉兰，它外围的花瓣已经打开。

　　"这是河边公园里的玉兰，只有那里的开得早。那年春天，玉兰把公园染白了。你就抱着你的 CD 放音机蹲在河边的一株玉兰树下。"

　　"是呀，很美好的回忆。"男人迟疑了一会，像是在思考，又像是在回忆。

　　"喝点酒吧？"男人指了指茶几上的酒。

　　"没喝过。"女人缓缓地摆摆手。

　　"你喝啤酒，就一罐，不会醉的。"男人拉开两罐啤酒的拉环，又拿起茶几上的起子，高粱酒铁瓶盖掉在了地上。

　　"你一直都不做饭吗？"女人问。她有一双澄澈晶莹的眸子和微微翘起的嘴角。男人低眉凝视着她肌理匀称的肘弯，又抬眼凝视着她脖颈优美的曲线。她的坐姿娴静如瓷器。男人想起杜甫《丽人行》中的诗句。

"不大会，也没那个耐心。"

"该有个人在这里做饭给你吃。"

男人走进卧室，拿来了他床头的放音机，按下了播放键，戴上一只耳机，把另一只耳机塞进女人的耳朵里。女人白嫩的耳朵藏在有些自然卷的长发里。

"好听吗？"男人问。

"好听。是猫王的 *Are You Lonesome Tonight*。"

"嗯。你英文倒挺好。"

"这只是最基本的。"

"送给你。"男人把另一只耳机也塞进女人的耳朵，把放音机推到女人手里。

"这怎么可以。这是你最喜爱的东西。我们相遇的时候你正抱着它蹲在河沿上听。再说了，你的住所里连电视都没有，你还得拿它解闷儿呢。"女人把放音机推给男人。

"不是，我最喜爱的东西在你身上。"男人又把它推给女人，女人捧在手里，笑了。

"我就知道你一点都不喜欢马小兰，只喜欢我。"女人侧躺在男人腿上。一提马小兰，男人的手突然握扁了啤酒罐，把它轻放在茶几上，手探进女人的长发里。男人盯着女人看了一会。CD 在放音机里沙沙转动着，窗外传来斑鸠的叫声。

女人放下放音机，从包里取出粉红色的裙式睡衣，卫生间里传来摆弄莲蓬头的声音。

在卧室里的那张双人床上，女人扭动着身子迎合男人。做完爱，男人背倚着床头板，女人躺在男人怀里，女人的手轻抚着男人的膝盖。

"你身边该有个定期晾晒被褥的，床上的汗味真是不可救药了。"女人靠得更紧了。

"我从小就是个邋遢的家伙。"

"不过我喜欢这种味道。"女人朝男人怀里又拱了拱。

"我知道你是个正经的人，顾家，工作认真。"女人说。

"明天我要出去一趟。"男人沉默了一会说。

"去哪里？"

"到郊外走走，不能老是憋在屋子里。明天是周末呀。"

淡淡的月光斜照在卧室的床上，勾勒出女人波浪般的长发和身体。女人多次想把长发剪成齐耳短发，男人不同意，他说他喜欢她长发杂乱时的样子。女人悉心呵护着自己的长发，她站着的时候，它都垂及腰际了。

男人躺到床的另一侧，拉上被子，闭上眼睛。女人把他露出的双脚用被子掩住，又把被子边往里卷了卷。

女人穿好衣服，准备回自己的住所。她知道，男人有独自入睡的习惯。

可这次女人刚想走，却被男人拉住了手。

"天太晚了，打车也不方便。"男人说。

第二天早晨，男人睁开眼，把女人抱着自己手臂的胳膊拿开。女人还在酣睡，她朝男人侧着身子，长发盖住了半边脸，嘴角带着安然。男人坐起身来，凝视着墙上的那幅画。那天一回到居所，他就把那幅画挂在了床头对面的墙上。画上是南国的海滩景色，椰子树下，几个穿着五颜六色泳衣的儿童手牵手在沙滩上奔跑着。洁白的海鸥飞翔在他们头顶的天空。一只落单的海鸥走在沙滩上，耷拉着短喙，正迈出一条腿，身体后倾着，明显失去了平衡。男人拿着剃须刀片在墙上轻轻一划，那只走着的海鸥便树叶一样落到地板上。起下图钉，男人轻轻地把那幅画卷进画筒里，又把海鸥残片捡起来，扔到了窗外。那只海鸥立刻旋舞起来，飞过生出嫩芽的垂柳，飞过垂着杨狗子的杨树枝，伴着斑鸠的叫声，飞进初春的薄雾里。

女人从背后搂住了男人的腰。

"带我一起飞吧，到哪里都可以。"女人说。

男人使劲眨着眼睛，试图让泪水回去，他不想让女人看见。女人曾在男人面前双手攀住他的脖子，她说他的泪点长在外面，从不会哭。

通往远方的列车上，男人摘下手机卡塞进嘴里，咬扁后扔出窗外。女人坐在男人对面，学着男人的样子，把摘下的手机卡塞进嘴里，咬扁了扔出窗外。窗外正闪过模糊的白桦树。

女人把一只手伸到车窗外，让风吹着它。看得出来，她很兴奋。如果不是列车座位的空间过于狭小，她准会跳起舞来，就像在那个玉兰花开的春天，在河边的公园里，在孤单的男人面前。

男人没回应女人，自顾自地把画筒里的画摊开在狭小的乘客桌上。他的目光久久停留在那群飞翔的海鸥上。

"海鸥是候鸟吗？"女人问。

“我想是的。”男人把画褶皱的地方抚平。

“春天来了呀。”女人的双手又举起来，这次她做出了个柔软的“V”字形。

“是呀。今天还是节气呢。”

“什么节气呀？”女人微笑着。

“惊蛰。”男人说。

新房客

1

隔壁的房间有人住了，房东老崔一大早兴奋地对我说，我正靠着陶瓷盆洗脸，陶瓷盆里面的下水管正散发着一股下水道刺鼻的味道。陶瓷盆是上个月刚安装的，安装时，房东老崔和他老婆王大妈为陶瓷盆里安装什么样的下水管争得面红耳赤。弯曲的下水管可以遮蔽下水道的臭气，不过要贵两块钱。最终，房东还是安装了比较便宜的直管，反正是租给那些打工的外地人，又不是自己住。

这是一个叫狗庄的城中村，村民为了能在拆迁时获得更多的土地赔偿款，硬是把原本的平房加盖成五六层的小楼。这里的房屋个个灰头土脸，用劣质的建筑材料搭起。住在这里，分外害怕刮大风的天气，生怕十平方米的栖身之地稀里哗啦坍塌下来，形成天然的坟墓。盖成五六层，农户住不完，便把其余的单间出租给打工的外地人。收入高的打工族当然住条件好些的小区楼房，低收入的打工族只好下榻这里了。我租了老崔家一间房子，原因难以启齿，当然我的收入并不低。我在市区繁华地段的一栋大厦里有一间自己的办公室，天天会见有头有脸的人物让我厌倦。我偶尔躲在棚户区是为了会见一个女人。老崔也许对我西装革履的装扮感到疑惑，曾多次追问我的身份，他还提出了几项猜测，政府官员？大学教师？公司领导？我都含笑不语。

狡兔三窟，我的住处也不少，到底有几处，我实在是没心情去数，我只在意女人的数量。

2

白天我看见她身着一尘不染的护士装，在没有尽头的走廊里来回走动。整栋建筑都散发着一股浓烈的药味。她说，药有中药和西药之分，长时间坐在办公室电脑旁的人需要它。说着，她把一小瓶眼药水放在我手心里。我对着手心一瞥，眼药水是她嘴唇的颜色。

等我醒来，阳光透过窗子正打在对面的墙上。原来，窗帘并没有完全合上，这缕阳光才成了漏网之鱼。护士服凌乱地堆在床脚，那瓶眼药水立在床头柜上。我亲了一下她的唇，她慵懒地挪了挪身子，更紧地钻进我的怀里。

我抚摸着她，她消瘦而顺从，散发着淡淡的药味。昨晚，她随我进了那家名叫"爱情小屋"的小旅馆，她说她第一次见我就爱上了我。刚走进房间，我们就在床上翻滚起来。

醒来时发现一个陌生女人躺在自己身边，我还是觉得不可思议。

已经是中午了，可我不想从床上起来。我爱她吗？我诘问着自己。我一闭上眼睛，就看到那道没有尽头的走廊，那里散发着浓烈的药味，身着白衣的她在里面来回走动。那瓶眼药水喷洒成熊熊火焰，包围了我们，使我们不得不相互拥抱着来回翻滚。

房间的门砰砰响起来。你们没事吧，我闻到了一股烧焦的味道，旅馆老板在门外喊。我坐起身来，巡视四周，没有发现什么燃烧的迹象。打发走了旅馆老板，我看了一眼手机，已经中午十二点多了。

她也坐了起来，用手摸了摸我的额头。你发烧了，她说，应该吃点退烧药。

在同一张床上睡不同的女人具有艺术性，这个古怪的想法不知从什么时候起钻进了我的脑袋，虽然和女人亲热总是万变不离其宗。

许多年前，我和大学女友经常睡在这家旅馆的这张床上。那时，我刚大学毕业，她在读大学最后一年。

我觉得提一把芹菜回家的女人比手持玫瑰的女人更可爱。我说。此语一出，如同符咒，惊得她颤了一下肩膀，大眼睛盯着我的脸。接下来的几天，她憔悴了，眼神无精打采。那晚深夜，她摇醒我，说她又做了那个熟悉而可怖的梦：无边的沼泽地里，她独自前行，脚下密布着陷阱。而那时她正躺在我的怀里，我的手臂正搂着她的腰。月光透过窗帘的缝隙铺在她的脸上，安静又熟悉。她也许觉得自己太熟悉我了，我一张口她就知道我要说什么。她恐惧这种熟悉，这让爱情索然寡味。

睡觉前，她曾多次娇嗔着要求我搂着她，整夜不松手。可她说，当我搂得越紧，她越容易碰见那个布满陷阱的噩梦。有一次，她睁开眼，金黄的阳光已悄悄探进身子，昨晚是一次舒畅的睡眠，没有噩梦。而此时的我，没有搂着她，棉被中间是空的，身体相距着一段距离。

不久，我们就分手了，因为那句"我觉得提一把芹菜回家的女人比手持玫瑰的女人更可爱"。

那家旅馆就在大学旁边，我曾是那所大学的学生。许多年过去了，我仍然改不掉在学校旁边开房的习惯，当然，和不同的女人，说不出是因为好色还是因为怀旧。

许多年后的一天，忽然觉得在同一张床上和多个女人上床失去了原有的趣味，这些只不过是对曾经的模仿，从未真正地回到过去，往事因为无法重演而丧失意义。她从来无法触及我的内心世界，一直对我一无所知，却在自己的幻想中勾勒我虚假的形象。原来，我一直念念不忘大学时代的那个女人。

3

春天的时候，我在一个名为狗庄的小村租了一间房子作为我和某个女人幽会的场所，这样的环境像安全套一样给我安全感，因为这里没有人能认出我，我可以肆意放纵了。房间在第三层，当然，这里的房子过于简陋，所以不能称作三楼。一天早晨，我洗漱完毕，从楼上下来，打开一楼的大铁门，立刻被门外的阵势惊呆了。七八只形态各异的土狗在门前围成规整的圆弧形，脚下有什么毛乎乎的东西嗖地钻了出去。原来是那些土狗在等房东家的那只白毛短鼻的母狗。我缓过神来，这没什么大不了的，毕竟春天是交配的季节。可接下来的一幕着实惊呆了我，那些公狗约定好了似的，一个接一个地轮流与那条母狗交配，没轮到的在那里不吵不闹地注视着，做完的一声不响地离开。我想到前些日子在"天外天洗浴中心"的情景，突然有些恶心。在我的印象里，这个春天就是从七八只公狗排成规整的圆弧形等待一只母狗开始的。

深夜照例带着那个穿护士服的女人潜入狗庄的居所，继续那段眼药水的情缘。城市边缘的村庄安静下来，几声狗叫掺杂在混沌的空气中。突然传来阵阵更猛烈的狗叫，那女人紧紧抱住我的右胳膊。两条没有链锁的大狼狗头伸出某家的铁栅栏，怒目狂吠着，几乎破栏而出了，确实是两条好奴才。听房东老崔说，那两条狗奴才一年前曾从铁栅栏里钻了出来，扑向一名清扫路面的环卫工。那名可怜的老妇据说至今未能下床。有一天，我和女人再次经过那里。奇怪的是，一点狗叫声都没有。栅栏旁停着一辆车，黑漆漆的玻璃讳莫如深，像许多特殊的车辆一样，挡风玻璃上贴着一张写着黑色大字的红纸，上面的字迹模糊不清。且不论上面写着什么，上面的字能封住狂犬的嘴。不过，车走后，犬吠依旧，不知有什么东西嘲弄了那些字迹的权威。

地板斑驳，有不少破损的痕迹。大铁床老是咯吱咯吱伴奏，找了些铁条加固床腿也无济于事，索性顺其自然。久而久之，我不再讨厌床的伴奏声，反觉得增加了几分情味。第二天一大早，我又听见了咯吱咯吱的声音，只不过那声音来自门外。带着对伴奏声的好奇，我穿着大裤衩和拖鞋走出屋门。房东老崔的小眼睛眯成一条线，给新房客搬衣柜，抬桌子，一下子年轻了十几岁，身子骨还是那么硬朗。老崔笑眯眯地瞥了我一眼，说来了新房客，就住在我隔壁，是个年轻帅气的小伙子，听说是大学刚毕业。

隔壁的新房客对我而言是个神秘人物，他总是午夜独自归来，我只听见隔壁踏踏的脚步声。一个周末的下午，我想独自静静，便一个人去了狗庄的出租屋。我终于见到了传说中的新房客，老崔正给他语重心长地上生活教育课。新房客是个身材修长眉清目秀的小伙子，二十来岁的年纪，只是眼睛里盛满木讷和冷漠，右手拄着一根几乎与他等高的柳木棍子。

原来，新房客花了两百元买了一只电水壶，正往三楼租住的房间走。老崔看见了，叫住了他。先是问了水壶多少钱。然后皱起了眉头，你啊，年轻，得学会过日子。想喝开水那还不容易，拿个杯子直接到我房间倒不就得了。要不，买个暖瓶，买个热水管，总共花个二十元，喝水问题不就解决了，干吗那么破费。新房客有点不耐烦了，说电水壶两分钟就能烧开水，方便。老崔皱了皱眉。我心想这老崔真他妈多管闲事，新房客买水壶关他鸟事，又不是不交水电费。

没过几天，我打开窗户，公用阳台上晾晒着几件年轻女人的内衣。奇怪，哪来的年轻女人？

4

有一段时间，我对新房客的兴趣远远超过了对那个穿护士服的女人。他平时的午夜归来，寡言少语，还有眼睛里的木讷和冷漠，尤其是他天天拿着一根被精心褪去外皮，外表光滑暗黄的柳木棍子。我想，他是个有故事的人。那晚，我独自去了狗庄的出租房，拿本满是比基尼女人图片的闲书翻看着，我在等新房客午夜归来。我心里明白，我在等待一个故事。

听见了舒缓沉重的脚步声，我打开房门，两手叉腰站在楼梯口等着他出现。和往常一样，他木讷而冷漠，右手握着那根柳木棍子。我拦住他，嬉皮笑脸地问他天天拿着一根棍子是不是要自慰。他瞥了我一眼，并不说话。那眼神让我打了个寒战。他走路时分明一瘸一拐，后背的白衬衣上还有些模糊不清的斑斑血迹。我一把拉住他的胳膊，来吧，小伙子，到我屋里。我有个在医院做护士的女友，她在屋里放了常用药箱。他怔怔地看着我，也许是在确认我的好坏，毕竟这是个需要处处提防的时代。我让他坐在大铁床上，屋里确实没有其他可以坐下的东西。我找到药箱，翻出一大堆安全套避孕药之类的东西后，终于找了一瓶消毒的红药水。他脱下白衬衣，背上的血痕历历在目。为了缓和死寂的气氛，我一边给他抹药一边给他讲我和护士女友的故事。喂，小弟，你知道吗？那护士说在她们医院里，主治医师经常到B超室以倒热水为由看女人乳房。你知道做B超要赤裸上半身的。他看我的眼神温和了许多，只是没有笑。

你一点也不爱她。他说。

你怎么知道的？我确实不爱她，她和我其他的女人一样，只是我临时停靠的站台。下一时刻，我自己也不知道列车驶向哪里。

他主动给我讲了他大学时的爱情。

厚厚的门帘被拉开，她走了进去，回头对我笑了一下，那张笑脸和去年的今日一样天真无瑕，门帘垂下，所有的瓜葛至此了无痕迹。我走出学校图书馆大门，猎户座正悬挂在西天，车声渐渐淡了下去，我独自顺着马路向远方走去。

　　相约在下午两点相见，地点是这段感情拉开帷幕的护城河边。我们一致提议，在哪里开始的就在哪里结束。她来了，我们同时恍然大悟，今天是四月二十日，恰好是这场感情纠结满一年。去年的这一天，我们相约一起到护城河边散步，在这里，我第一次牵起她的手。累了的时候，我坐在河堤上，她坐在我的腿上，眼神欢快地躲避着，如羞怯的小兽，柔声说，恋上你的腿。

　　在我的日记里，这段感情是这样开始的。"第一次见到她，迎春花开在河畔的草丛，我心花怒放了，她只是羞怯地一瞥；第二次见到她，大学门口散落一地阳光，她向我借一本上课用的书籍，我却拿错了书，神奇地得到了再次见她的机会，彼此只是寥寥数语的寒暄；第三次见到她，我给她送来了那本她想要的书，注视着她的眼睛，我断定她就是我今生寻找的爱人。她说她逃不过我们的第三次相见，从那时起，她疯狂地爱上了我，就像我爱她一样。"

　　我们在同一所大学，却在不同的校区，她在东校区，我在两公里外的西校区。许多次，我沿着这条在烈阳下将要融化的马路往南走，那里是有她所在的大学。想念的力量让人对烈阳和距离无所畏惧。经过一座体育馆，经过一个聚集着乘凉人群的人工湖，经过一个十字路口，再经过几个网吧和饭馆，她的学校就到了。我不由得加快了脚步，我知道，她正在校门口打着粉色的遮阳伞，面朝着北方，焦急地等待着，手里拿着一瓶冷冻过的矿泉水。她会用带着香味儿的软纸擦干我额头和脖子上的汗，轻轻地，带着爱情的甜蜜。夏天，大学校园里也是闷热的，我们便商量着去湖畔乘凉去。我左手往右伸着，给她打着遮阳伞，右手被她牵着，攥出了汗。她说，靠得近，不是热，是温暖。我微笑着，温暖着，为这绝妙的心灵契合。携手去湖畔的时候，来时的热，竟不知去向了，从东方吹来的凉风，把汗水悄悄舔干了。心情，也清爽愉悦。

我们时常朝东并排坐在湖畔的木椅上，湖里除了田田的荷叶，就是荷叶的空隙倒映着的白云。来云了，风也伴着云来了，她欢呼着，大眼睛里水汪汪的，好像云里的雨最先落到了那里。早就恋上了你的腿，说完，她坐在我的腿上，重量也恰到好处。她是一尘不染的，阳光一样光亮而纯净。

那天，我们像往常一样手牵手走在护城河边，谈笑着，绿柳依依似去年。顺着河岸走了很远，像从前的那天一样，过了两座桥，第二座桥下面有一条身形巨大的黑狗。从前的那天走到这里时有两条黑狗吠叫着挡住了我们的去路，我把她藏在身后。累了的时候，我坐在台阶上，她乖巧地坐在我的腿上，眼神欢快地躲避着，如羞怯的小兽，只是没有对我说那句话，恋上你的腿。我们故地重游，回忆着过去的点点滴滴，把一年的情感纠结洋洋洒洒地铺张开来。

那个春天，我在无意义的挽留中寻找意义，情绪在慌乱中丢失分寸。在这个社会上，一切荒诞不经皆被允许了，回忆成了最有价值而飘忽不定的东西。我盯着她微笑着的眼睛，还是那样地一尘不染，天真无瑕，那是属于天使的。傍晚了，像去年的这一天一样，我请她到学校旁边的老地方吃大盘鸡，这是我们大学时常吃的食物，只是这次，她执意要买单。去年的今天，我把一块无骨的鸡肉挑进她的碗里。她欢快地说，我给她挑的都是肉，我真疼她。而今年的今天，我把一块带骨的肉夹进她的碗里，我说，有骨有肉，这才叫生活。

我们是真的回不去了，见面便不约而同说出了这句同样的话，她眉宇的神情和我的心情一样，有些凄然。吃过饭，她要到图书馆去借书，对我说，你走吧，单位比较远。厚厚的门帘被拉开，她走了进去，回头对我微笑了一下，那张笑脸和去年的今日一样天真无瑕，门帘垂下，所有的瓜葛至此了无痕迹。

他讲得很动情，我听得很入迷。在他的后背上细细地涂抹了一层红药水，好像要把他身体的疼痛和心灵的创伤一并抹去。

我追问他后背受伤的原因，他沉默了一阵，接着诉说。他说他出门总想握着一根棍子，对一根棍子充满渴求。那天下午在滨河大道看到一些人在砍伐路旁的柳树，他一眼便看中了那根柳木棍子，便奔上去，紧紧握在手里。不一会儿，伐树者喊来一群穿制服的男人，不由分说将他打了一顿。他不顾一切地，紧紧地把那根柳木棍子护在胸前，好像那比自己的性命还重要。

哈哈，你真搞笑，大哥知道狗庄的狗多，狗庄周围的围墙里狗也多，你找了一根不错的打狗棒。喂，你发现了吗？狗庄和周围的狗个个灰头土脸，奇形怪状，你知道是怎么杂交出来的野种吗？他摇摇头，说他整天握着那根棍子不是为了打狗。

5

　　过了几天，新房客觉得三楼的房间过于狭小，想搬到二楼去，便和一个打扮妖媚的女人一起搬，老式衣柜分量不轻，两人搬得很吃力，一个台阶一个台阶地往下挪。老崔站在一旁看，双手藏在油乎乎的上衣口袋里，没有伸手帮忙的意思。

　　新房客住在了二楼，只是阳台上没有了年轻女人的衣服。

　　我不再去狗庄，不再碰各种各样的女人。

　　一天午夜，我独自在市区的公寓，在客厅的大镜子里看清了自己：我手中紧紧握着一根外表光滑颜色暗黄的柳木棍子。背上的伤痕经年不愈，红药水蜿蜒成诡秘的痕迹。

风中的芦苇

1

一群光膀子的肌肉男放下手中的器械,把大伟团团围住,死死盯着他。房间里的音乐声正铺天盖地。大伟伸长了脖子,瞅着他们,并不惊慌,他看得出,这帮人的眼光里并没有愤怒和凶恶,反而洋溢着柔情蜜意。他们是一群四肢发达、头脑简单的人。接着大伟又发现,那群大汉不是在看他,而是在看倒在自己脚边的女孩。那女孩二十出头的年纪,乌黑的长发一直流到肩上,穿着牛仔短裤,露着粉白的腿。此刻,那位娇小美丽的女孩,正躺在地上,努力地抬着头,想挣扎着站起来。

大伟也不明白,为什么自己旁边的女孩会突然从跑步机上掉下去。自己也没做什么,甚至没凝望女孩一眼,尤其是这样迷人的女孩。他太自卑了。他太瘦了。一个坐办公室戴眼镜的同事说他是一根风中的芦苇,总是摇摇欲坠。莫不是自己铁栅栏般的胸脯吓坏了她?他明白自己太瘦了,皮包着骨头,皮肤焦黄焦黄的,如同苍老的麦粒。

女孩揉揉腿,站了起来,看来并无大碍。肌肉男们已四散开去,继续摆弄着各种各样的钢铁器材。女孩又登上了旁边的跑步机，不过这次不是在跑，而是在走，长发上下流动，撩拨得大伟心里痒痒的。女孩侧过脸来，发现大伟正在看她，便微笑一下。看得出来，她是一个优雅文静的都市女孩。

"我是来跑步减肥的，你也天天来吗？"女孩眨巴着眼睛问。灯光闪亮在女孩的眼睛里，星星一般变幻不定。

"嗯，我是第一次来，以后会天天来的。"大伟瞥了她一眼，旋即扭过头去，注视着跑步机的仪表盘，怦怦的心跳声和脚步声混杂在一起。

"我想减肥，可实在害怕瘦成你那样子。"女孩盯着大伟赤裸的上身，依然眨巴着眼睛。

大伟默不作声，低头看了一眼自己的排骨胸。

女孩发觉自己直言不讳的话语触动了大伟，便提出要和大伟比体重。

她从体能测试室的电子体重计上走下来，抬起胳膊示意大伟站上去。呀！我比你还重一点，女孩垂下头，眼神朝上瞅着大伟，忽闪着长长的睫毛。女孩一米六一，大伟一米七五。

2

大伟去健身了，这在园子里无异于深秋来临，到处飘扬着窃窃私语的落叶。园子的生平不得而知，大伟来时它就坐落在这里了。它远离闹市，是由围墙、大门、花园、房子、池塘构成的广阔领地。这里的人不算多，也就是几十个，十几个办公室而已。大伟是园子里的合同工，没编制，二十出头，一天到晚在园子里接打电话、端茶倒水或打扫办公室。

有一次，在他去某个办公室签到的时候。一个快要退休的老女人正坐在办公桌前，用兰花指缓缓摇动着火柴棒大小的勺子喝咖啡。

大伟啊，你的鞋子明显偏大，是不是买的断码的啊？老女人说。

大伟看也没看她一眼，默不作声地在签到本上把自己的名字写得龙飞凤舞，唰唰作响，几乎占据了整个页面。

第二天，大伟没有去老女人的办公室里签到。老女人竟然找上门来了。

哎呀，大伟，你啥时候高升成领导了啊，到也不签了？老女人一手叉在腰间，一手用兰花指点着大伟。

大伟眼皮也没抬一下，默不作声，好像老女人说的是别人。

大伟憋屈，因为园子里，除了自己，哪个不是皇亲国戚？大伟自豪，因为那些皇亲国戚除了谈论美食、穿着、女人之外几乎一无是处。

很多人一天到晚拿个茶杯，啥也不干，言语低俗。大伟对着园子里的那棵香樟树说。

前几天，一个和大伟年纪差不多的胖子在园子里朝大伟挤眉弄眼。

嘿，看到了吗，那个叫大伟的，提茶壶的那个，真他妈是又大又伟，叫萎哥还差不多。胖子对另一个同事说。

说曹操曹操到，看，萎哥来了，还穿着一件黄不拉几的T恤。胖子伸出粗短的小拇指指着大伟，又把小拇指朝地面点了三下。

你是一头肥猪。大伟咕哝着。

你他妈说什么，外地来的小瘪三，还以为自己是爷了。胖子横着眉毛，翘着肥厚的上嘴唇。

我说你他妈是头肥猪！我日你妈，胖子！这个声音在片刻的宁静之后突然响起，园子里的那棵香樟树落了一阵绿叶。大伟在这个院子里从来没敢这么大声过。

十几个人从办公室里探出头来。老女人倚在门框上，兰花指撩弄着刚染黑的头发；老王右手端着那个经年不放的不锈钢茶杯，茶杯上记载着某次风光无限的会议；戴眼镜的青年手里握着手腕粗的签字笔，眼镜后面的小眼珠闪闪发光……

一场殴斗就这样开始了。先是几个叫喊着别打架的人过来拉住大伟的胳膊和腿，胖子上来就扇了大伟两耳光，端了大伟几脚，还不过瘾，又对着大伟一阵拳打脚踢。和胖子同样胖的领导从办公室出来了，胖子才罢手。大伟愣是没碰到胖子一根汗毛。

领导现在终于发挥到了领导的作用，他手背在身后，仰着脸询问情况。老女人、老王都说自己亲眼看见大伟先动的手，大伟先骂了胖子还踢了胖子两脚，并且踢在了肚子上。人们刚说到这，胖子的眼泪就扑簌簌地滚落下来，呜咽成声。

只有眼镜说两人同时动的手。

眼镜把大伟拉到办公室，找出酒精和棉球，给他擦洗淤青的腮帮。这时，大伟成了熊猫眼，头顶也鼓出几个秋枣样的疙瘩来。

"你知道胖子他妈是谁吗？你都敢日。"眼镜的小眼睛闪闪发亮。

在大伟的印象里，眼镜不坏，是可以接近的人。眼镜也是合同工，不过领导都对他分外器重。大伟曾亲眼看见眼镜在一张白纸上挥动着一根造型奇特的签字笔。唰唰的一阵风声，大笔已钻进特制的皮袋子里。眼镜示意文员把那张纸带给领导。大伟签到的时候曾听见老女人说，乖乖，眼镜手中的那支笔真是出神入化，他给领导写的东西其他人写不来。眼镜不是领导，却从不签到，可老女人见了眼镜就满脸堆笑。每当此时，眼镜的小眼睛也含着莫名其妙的笑意。有好几次，夜幕降临的时候，大伟看见眼镜从皮袋子里掏出那支手腕粗的大笔，笔头竟然是刷子的形状，整体看来又像一把剑，更像一只长把的刷子。眼镜坐到园子里的池塘边用那支笔钓鱼。大伟有些莫名的恐惧，躲在香樟树后静静观看。眼镜的笔头没入水中，水面一片苍茫。大伟从没见眼镜从池塘里钓出什么。

胖子把我打成这样，我没还手，按照规定，他该受记过处分的。大伟盯着眼镜。

规定是个屁。眼镜拧上酒精瓶盖子，从皮袋子里掏出那支大笔在桌子下面的磨刀石上唰唰唰地狠狠打磨了几下。

我是小小粉刷匠，粉刷本领强。眼镜念念叨叨。

一辆外单位的轿车开进园子，下来了一个穿碎花裙子的中年妇女，满面笑容直奔领导办公室。妇女后面三五米处，胖子甩着步子，不停地扬扬上颚，也朝领导办公室走去。轿车挡风玻璃上贴着的那张写有金色大字的红纸神秘莫测。

妇女走后，领导把大伟狠狠地批评了一顿，还引用了大量的单位规定和法律条文。

打架斗殴，给你个记过处分，如果再犯，就地开除。下班前把检讨交上来。领导厉声呵斥。

3

我要去健身房，把自己练成施瓦辛格，至少也得练成史泰龙。大伟肋骨凸现的胸脯一起一伏，咬牙切齿地对眼镜说。

眼镜头也没抬，嘿嘿地笑了两声，那支大笔在桌子下面的磨刀石上唰唰作响。

在健身房里，穿迷彩服短袖的那个肌肉男只挠头皮，头屑扑簌簌落了一地，因为主管让他当大伟的健身教练，还签订了增肌承诺书。

做拉背运动时，大伟的腰像一根老锈的锄钩，无论迷彩服怎么摆弄，总直不起来。

大伟，你挺胸啊，使劲挺啊，你又不是一只河虾，妈的你又不是一只河虾！迷彩服还没练器械就已急得满头大汗，骂骂咧咧。他一边用防护手套擦额头上的汗一边示意大伟躺在一个水平器械上做仰卧起坐。

大伟躺了上去，腰怎么也伸不直，整个身子成了一根跷跷板。大伟眼前浮现出自己整天弓着身子给领导端茶、倒水、扫地、拖地的情景，还有老女人刻薄的挖苦，胖子的欺负。大伟头脑里刚浮现出自己大骂胖子"我说你他妈是头肥猪！我日你妈"的情景，就听见迷彩服兴奋地欢呼起来："你他妈腰板终于伸直了！"迷彩服手舞足蹈起来，像是刚得知自己中了百万彩票。

一幕幕情景在大伟心中浮现，大伟练得很卖力，示意迷彩服再把杠铃调重一些。迷彩服张着嘴，瞪着眼，没有了灵魂似的。

自从在健身房认识了那个女孩，大伟便天天吃过晚饭就往健身房跑。下着雨，大伟便披上雨衣，蹬着自行车，伴着茫茫水雾，利箭一样穿行在柏油路上。我必须去！我必须去！大伟一遍遍地告诉自己。她还要和我比体重呢。

每次去健身房，见到她，她便与他比体重。她每轻一些，便快乐地微笑着，露着两颗小虎牙，长发静静地垂下。大伟每重一些，她也很快乐地微笑，露着两颗小虎牙，长发静静地垂下。想起她的微笑，大伟又忍不住多推了几下杠铃。

这天，女孩从体重计上下来，忽闪着的眼睛里洋溢着兴奋。

大伟，我们的体重一样了，你瞧，丝毫不差！出现交集了！昏暗的灯影中，大伟看到女孩正柔情脉脉地看着自己。

大伟低下头来。体重可以出现交集，感情呢？自己来自遥远的乡村，靠微薄的合同工工资果腹，是一只舔盘子的奴仆，在城市的边缘苟延残喘。大学毕业又怎样，也掩盖不住自己地位的低下，学历只不过是一件可以勉强御寒的大衣。他抬头凝望了她一眼，她温暖的目光正静静地注视着他。房间里像是罩着粉红的丝绸，发出柔和的光芒，他觉得那是她的身影散发出来的温柔之光。他觉得她纯洁、高贵、不可侵犯，他的感情在伪装之中炽烈燃烧。她近在咫尺，却遥不可及。

4

大伟交上检讨，站在窗前，望着园子。胖子快中午了才来上班，还牵来了他的宠物，一只胖胖的粉红猪。那只粉红的肉球，每走一步，便哼哼两声。到那棵香樟树前时，肉球走了一步，竟然哼哼了三声，胖子明显不满意，骂骂咧咧的，使劲地拉扯肉球脖子上的皮套。

中午食堂开饭的时候，肉球竟然像人一样端端正正地坐在凳子上，前腿趴在餐桌上舔着盘子里的饭食。大伟无意中瞥见胖子，他满脸横肉，层层叠叠的下巴，扁平的鼻子，与身旁的粉红猪并无二致。

胖子关系硬，是正式工，工资参照公务员标准，是我们的好几倍，眼镜朝着大伟眨巴了一下小眼，小声念叨。

眼镜哥，我想我恋爱了。大伟说。

虎子也恋爱了，眼镜说。眼镜是大伟的朋友，他知道大伟喜欢什么。

虎子是一条高大威猛的猎犬，天天独自在池塘旁边的狗窝旁张望着。它长着一双明亮的孩童的眼睛。任何人的脚步声都会引起它浓厚的兴趣。它那时会猛然站起，顺着铁链奔出去，但始终突破不了那个圆周。人们惧怕它，不敢靠近，生怕锁链失灵，天天骂它是畜生。可它一看见大伟便俯首帖耳，绵羊一样温顺，仿佛见到了亲兄弟。

许多次，眼镜经过狗窝，见大伟的手掌上摩挲着一条颤抖的红舌，红舌正舔着手掌上面的灰尘。那只伸出的手和那条狗的鼻头一样黑，见不到肉色。大伟说，肥皂水也洗不掉他手掌上的灰尘，只有虎子能舔干净。说着，他把另一只手掌伸向虎子。虎子那双孩童的眼睛闪动着，颤抖着舌头，深情地吻着。大伟眯着眼睛，斜着脸望天，享受着它的舌头。大伟让它蹲着，它就蹲着，颤抖着猩红冒气的舌头；大伟让它趴下，它就趴下，用尾巴掩住鼻梁，蜷缩成一只温顺的猫咪。

有一次眼镜见大伟在狗窝旁的花圃里拔草，虎子竟学着他的样子，前爪往后扒着地面，扒倒了几株淡黄的蒿草，撒了一地的绿种子。眼镜说大伟很能，还给他起了个"雅称"——驯兽师。大伟连忙竖起黑乎乎的大拇指，夸赞名字起得好，玩弄笔杆子的人就是有文化。

大伟去狗窝旁看了看虎子，果然旁边有两条身材矮小的母狗，一只是白色卷毛狗，一只是普通的黄狗，都浑身脏兮兮的，一副流浪者的装扮。它们作出一副娼妓的媚态，往虎子身边凑。此时，它们正津津有味地舔着狗窝旁的铁盆。虎子站在旁边，忽闪着那双孩童的眼睛，暗示着允诺和亲近。任何人的脚步声都会引起虎子浓厚的兴趣。它会猛地站起，顺着铁链奔出去，在拉直铁链的一刹那，身子两侧飞出一白一黄两只箭镞，呼啸着扑向敌人。人们对虎子始料未及的延长感到震惊，有几位胆小的妇女哭诉到领导那里。胆小的人不敢再从那条路经过，认为畜生到底是畜生。

每天夜里狗窝里都骚动不安，虎子恋爱了，几个笑嘻嘻的人打趣大伟。大伟微微一笑，并不在意。也许是在我去健身房的某个晚上，虎子开始恋爱的吧，大伟想。

5

这些天大伟心事重重，狗窝旁的那只黑乎乎的铁盆，默默地干枯在那里。大伟懒得去食堂取些剩饭给它。虎子多次扒弄着盆子，扒出哐哐当当的声音，孩童般地哭叫。一天早晨，大伟经过狗窝，惊奇地发现那里没了一白一黄两只箭镞，呼啸着扑向敌人的壮观景象。

我昨天见那两条狗咯咯噔噔地跑进园子，跑向虎子，它们齐刷刷地看了一眼干枯的盆子，又看了一眼皮包骨头的虎子，咯咯噔噔地跑出大门，一转弯，不见了。虎子那双明亮的孩童的眼睛张望着大门，默立许久。我想它们去傍大款了，眼镜说。

眼镜不知从什么地方冒了出来，背着手，凝视着不远处的池塘。

大伟知道，眼镜也谈过一场恋爱。几年前他和一个年轻女人同居在出租房里，那时候眼镜刚大学毕业，没找到工作。眼镜喜欢吃木耳，那个女人端一盘炒木耳到饭桌上。木耳越看越像猪耳，大得出奇。饥肠辘辘的眼镜咬了一口，呕吐了半天。女人对他说，你没本事挣钱，只知道老头子似的摆弄你的那支烂笔，写的字又不能换钱，只配吃这样的木耳。不久，那个女人就回了娘家，再也没回来。眼镜的那支笔能轻而易举驯服领导，咋就驯服不了一个女人？大伟诧异着。

虎子失恋了，眼镜说。眼镜时不时地把痰吐进脚下的草丛，空气里弥漫着一股几年未散尽的木耳味。眼镜的肩膀猛地一抖，僵在那里。原来城市里隐约传来叫卖木耳的声音。

大伟好几天没去健身房了，又像从前那样过日子。园子的石墙高高隆起。

大伟端着虎子的那只铁盆从食堂里探出身子，走向孤寂的狗窝。虎子那双孩童的眼睛闪着亮光，钟摆一样摇着尾巴。不过这架钟摆不够准确，大伟走得越近，摆得越快，等它的长嘴探进铁盆，钟摆便直立成旗杆，雷打不动。

兄弟，我来了，大伟说。

这时，女孩打来电话，问大伟这几天怎么没去健身房，还等着和他比体重呢。大伟听着电话里温柔的女声，支支吾吾说不出话来。

一起去看海

1

她撩开帘子走出来的时候，换上了一件红花白底的薄软睡衣。小屋只是个单间，他便在墙角用双臂撑起一条蓝格子床单，她在里面换衣服。她把半盆多温水放在椅子上，弓着腰洗起头发来。他站在她身后看她。她洗了一遍，换好水，冲洗发上的泡沫。五彩气泡从她细白的指缝里飞出来，飘到铁皮小屋的天花板上，在上面挂起数不清的彩色气球。对，彩色气球，那次班级联谊会，教室的天花板上就挂满了彩色气球。口齿伶俐的主持人让两个班级的学生们混在一起，玩一些年轻人的游戏。其中有个游戏，陌生男女生们并排站着，主持人让男生抽签，抽到"手"，就与对面的女生牵牵手。他最不走运，也最走运，他抽到了"唇"。他与对面的女生愣愣地对视了片刻，旁若无人地亲吻起来。

回去的路上，那个大眼睛的长发女生一把拉住他："你个没良心的，我还不知道你的名字呢！"

"名字有那么重要吗？你叫我嗨或喂就好了。"他们沿着校园路走着，树上开满海蓝色的苦楝花。

"你走错路了吧？男生宿舍在那个方向。"她抬起胳膊指了指一棵法桐树所在的方向。

"没有。我很早就不住宿舍了，嘈杂的群居生活让人无法忍受，就像成群的鸡鸭被关在狭小的笼子里，辅导员拿着鞭子在门口监视着。"他的眼神里满是不屑。她觉得他的孤独和傲慢很迷人。

"那辅导员老师允许你住在外面吗？"她面对着他。

"哈哈，那帮家伙只在意你交没交住宿费。你难道没发现吗？奖学金和三好学生证书只颁发给往办公室跑腿勤的人。哈哈……"他神经质地笑起来，一副很开心的样子。

"你不会连课也不上吧？"她问他，目光专注地。

"老师的尊严建立在学生无知的基础上，如果一个老师吊儿郎当不学无术，以点名和挂科作威胁强迫着学生去听课，那有什么意义吗？"

她回到宿舍，回想着他的话语，体会着他的孤独。她抑制不住心中的冲动，她想陪他。

而现在，她就在他租住的铁皮小屋里。注视着她圆润饱满的身子在洗头的时候轻轻晃动，他身不由己地奔过去，双手搂住她的腰，手掌轻轻地摩挲着。

"等会，我还没擦头发呢！"她娇嗔着。

她见他没有要停的意思，扯起旁边衣架上的白毛巾裹在头上，转过身来，扑哧笑了："看你急的。"他抱起她，放在卧室的床上。

一年前，他们在内地上大学。一天晚上，在校园的苹果林里，他倚在树杈上，他问她最想去哪里。她说，是海边，她喜欢大海和沙滩，喜欢住在海边的小屋里。说这话的时候，她的眼睛呈现出梦幻般的蓝色，仿佛大海在里面荡着波纹。他说，好，有一天我带你去看海。他比她早一年毕业。

那是一个暴雨之夜，她随天空一起哭泣。她来他租住在学校旁的居所，本来只打算为他做一顿晚餐，露一手从母亲那里学来的手艺。刚吃过饭，电闪雷鸣，下起暴雨来。她不得不留下来过夜。他们第一次在明亮的灯光下纠缠不息。她哭了，他抚慰着她。她依然双臂交叉着放在胸前，她问他自己的乳房是不是太小。他明白过来，那才是她哭的原因。很迷人，像两颗青橘子。他说。从那以后，每逢落雨之夜，他总撑着阔大的黑伞在女生宿舍楼大门口等她。那些落雨的夜晚，他们直面身体，尽情交欢，丝毫不顾忌那些道貌岸然的家伙所宣扬的东西。他们飞翔在世俗之外。

毕业那年，他去了海边的城市工作。他们约定，等明年她毕业了，就去海边找他。

他开始了形只影单的生活，租住在海边一个用铁皮和塑料泡沫搭建的小屋里。他喜欢那座做工简单甚至有些憋闷的小屋。下班回来的时候，透过朦胧的暮色，看着它素雅的质地，仿佛是身着白衣的她，在等待着一身疲惫的自己回家。

他寂寞了就去看海，坐在黝黑的礁石上，想象着她来时的样子。他不知道，那个三十多岁的女人正是被这种景象迷醉。那天傍晚，那个女人独自去海边，她在远处望见他：他那天穿着一身黑衣，蹲在黑色的礁石上，一动不动地凝望着海水。一只长喙的黑鸟站在相邻的一块礁石上，张望着他。

来渔村附近的那家轮胎厂面试的时候，那个三十多岁的短发女人把他引到一个幽闭的房间。在她俯身倒水的刹那，他瞥见她睥睨一切的乳房。她把盛满凉开水的纸杯递给他，微笑了一下，转身出去了。他这才打量起房间来，里面有一张红木办公桌，两把木椅子。那盆红掌张着红唇，占据着桌子一角。笔试试卷上的题目专业性太强，他一道也拿捏不准，只好随意涂抹。从办公楼出来的时候，他便觉得这份工作没希望了。第二天一大早，她打电话通知他来上班。

几天后的夜晚，他和那个三十多岁的女人第一次在铁皮屋里做爱。愈演愈烈的时候，她请求他狠狠抽打她的乳房，就像扇仇敌耳光一样。完事后，他对她怪异的要求惊诧不已。她说她希望下次他把她的双手用麻绳绑在床头的支架上。他们聊起面试时的专业试题，她说她对他在学校学的知识丝毫不感兴趣，那只会扼杀人的天性。你留长发的时候会更迷人，他说。接下来的日子，他想不明白自己为什么会轻而易举地背叛她，难道仅仅是因为那个三十多岁的女人有一对傲人的乳房吗？他觉得自己如同禽兽。

七夕将至的时候，牛郎和织女隔河相望。三百六十五天的凝眸，只为那一天的相聚。银河那么宽，银河的水那么深。

七月的海边，多雨。接连几个夜晚，雨滴们在房顶上簇拥着跳舞。他凝听着雨声，心中泛起贵客临门的喜悦。

她到来的那天，正好是农历的七月七日，牛郎和织女相见的日子。

分别前他们就约定好了，每年的七月七日都来海边。

那个黄昏，她赤脚站在沙滩上，张开双臂，欢呼着大海，长发飘扬在海风里。他们手牵着手，望着他们在大海中模糊不清的倒影。她纯粹的眼神吸引着他，让他意识到自己身体的罪恶。他牵着她纤细温软的小手走完了海畔的整个黄昏，斑驳的渔船在夜幕初降时更显沧桑。

我们每年的今天都会在这里相见吗，就像牛郎和织女那样？她问他。

会的。他的回答简短而坚定。他想象着几年后再次见到她时的情景：她飘逸的长发剪短了，增添了成熟的风韵，更加楚楚动人。

相聚总是那么短暂，一天下班回来的时候，小屋里已没有了那个让他心醉神迷的身影。他的工装已被洗得干干净净，挂在墙上的衣架上。一张纸条放在床头的小桌上，上面写着"钥匙在门口的那只黑色海螺里，我们要永远相爱"。虽然那张纸条后来被握成一团扔进海里，但那上面的字迹却一直幽灵般地跟随着他。

一天夜深的时候，停电了，铁皮屋里比黑夜还黑，里面盛满了无家可归的恐慌。他躺在床上翻来覆去难以成眠，感到木床成了一条船，在波翻浪涌的大海中漂荡着，一如自己四处漂泊。

他最终推开了房门。临近的农房都停电了，渔民们聚集在一起坐在小马扎上纳凉。他好像独处在一个完全陌生的世界。他扛着凉席，去了不远处的海边。铺在沙滩上，凝望夜空。他感到自己已经许多年没有仰望过夜空了，虽然它每个夜晚都在头顶上俯瞰他。海边的云很低，跑得也快，战马群一样浩荡。云层过处，那些星星被擦洗得晶莹明亮。他只在夜晚沿着海滩散步，夜幕下的海给人安宁。他走进海里，海水带走身体的燥热和欲望。但他在海水中自渎时心中浮现的不是她的身体，浮现的那个女人的面孔模糊不清，生着丰乳肥臀。闭上眼睛，把仰浮在海面上的身体慢慢地沉到海里去，连同心里那小小的背叛和罪孽。

2

秋天放假的时候，他去大学所在的城市找她。可离开的日子，总是那么轻易到来。

凌晨两点的时刻，闹钟响起，他在黑暗中摸索着起身。推开臂弯里熟睡的她，说，亲爱的，我必须赶去车站了，三点半的火车。她一把拉住他，伏在他的怀里哭泣。他的肌肤，感受到她泪水冰凉。她是第一个为他哭泣的女人，拥她在怀，他感受到的是心灵的亲密和依靠。也许就是在那时，他暗下决心，她是他唯一深爱的女人。

此时，秋风裹挟着寒雨，敲击着古城的房顶。他必须走了，沿着铁路东行两千里，那里是繁华的都市，有着他的事业和前途。他说，离开，是为了将来。她点点头，擦干泪。

他们依然偶尔打打电话，相诉思念之苦。有一天傍晚，她兴高采烈地打电话说，天空在微笑，你快出来看看月亮和星星吧。

他从铁皮小屋里出来，仰望着，天空果然在微笑，月亮弯弯的，是微笑着的嘴，一大一小的星星点缀在上方，是眨着眼睛的笑。今晚星星稀少，东一个西一个，像被高手摆弄的棋子。唯独有两颗星，和月亮恰好构成一张调皮的笑脸。可这曼妙的笑脸，它在嬉笑着什么呢？

深秋了，天冷了，铁皮小屋不保暖，他常冷得瑟瑟发抖。他给她打电话，让她去以前的居所取些棉衣邮来。他去海边工作的时候，把原来的居所转租给了同学，一些不便携带的东西放在卧室的衣柜里。她不去，她说每当她走进那个小区，总会想起曾经在一起的日子。你还记得吗？那时我们与两个女孩合租了一个套房，厨房、卫生间、客厅公用。我们一个房间，那两个女孩一个房间。那天中午，我们和那两个女孩恰好都做面条。你剥葱择菜，我洗菜下面条，动作笨拙，却配合得默契。那两个女孩做起面条来头头是道，切菜的刀法，搅面的技巧，都十分熟稔，一看便是厨房高手，比我俩强多了。两个锅里的面同时做好，两个锅灶并排着，离得很近。只见我们锅里清汤白面，青菜死鱼一样，她们锅里油光闪闪，荷包蛋若隐若现，香气扑鼻。她们两个见状，捂嘴嬉笑，很是得意。扬言要为你好好做饭的我低下了头。你说，这个面条啊，不能光看外表，要尝味道，最美味的饭食往往没有华丽的色彩。那两个女孩一惊，用竹筷从我们锅里挑起面条尝了尝。咦，味道很一般啊，她们说。"哈哈，这个锅里放了世界上最美的调料，爱情。你们两个之间没有爱情，当然也就品尝不出面条里爱情的绝美滋味了。"你捻着下巴稀稀落落的胡须得意洋洋地说。

"我们的曾经多么美好，可现在，相距那么远。天冷了，我手凉了你也不给我暖。我恨你！"她在电话那头说。

几天后的一个清晨，她在曾经的小区大门口等他。他背着庞大的行李终于出现的时候，他们相拥在一起。与爱情相比，工作有什么重要呢？他在意的还是她的感情，为了她，他会毫不犹豫地放弃那个三十多岁的女人，放弃一场场肉体的盛宴。

他们迫不及待地寻找旅馆，扯光衣服，做起爱来。一种异样的感觉让她震惊不已。她在他怀里感受不到曾经的气息，那种温馨的味道已被咸涩的海水味代替。她对海又爱又恨，海让他成了陌生人，成了一片海。她觉得他的心海一样深不见底，她觉得他有另外的女人。靠得再近，她觉得他也没有看她，而是把目光投向别处。他甚至对自己半眯着的眼睛视而不见。他的眼睛夜色一样黑，始终郁郁不乐。

那晚做爱的时候，她第一次要求背对着他，自己脸朝着墙。她的呻吟宛如哭泣。那个突如其来的早晨，卧室的墙上颤抖着一束阳光。它透过窗帘的缝隙穿进来，巴掌大小。他们背靠着背。

有一次，他们又吵架了。她说，她去海边，不是为了找他，而是为了去看海。他说他返回这座城市，不是为了找她，而是因为深秋的海风太凉。

我们回不去了。她说。

他搬到别处去住了。她去了家乡的县城实习。他们说，就这样不再联系，不再相见了。

3

他来到了那个叫兴隆市场的地方。一天前，她突然打电话告诉他，她在这里。她和同学租住在旁边的一座水泥建筑里。那些建筑悄悄地隐藏在城市的深处，墙外是赤裸裸的水泥，灰暗低矮。这样的建筑时不时地仰视高楼，就像鲁莽跑进城市的土狗仰视卧在少妇饱满胸脯上的白毛狮子狗。她就藏匿在这样的建筑里，之所以说她藏匿，是因为她一直在试图逃避。

前两天，她到学校参加一场英语等级考试，别人向她的手机上发答案，她掏出手机看，就这样，手机连同身份证一起被监考老师收走了，放到了学生处。她去索要了几次，校方说还要从手机取证，研究如何处理，还可能要扣毕业证。她便打电话找到了他，一脸迷茫地问，学校私自看我的手机短信不是在侵害我的隐私权吗？随便把我的身份证收走，这样我便什么也做不成，学校不是在违法吗？他笑了笑，说明天我带你去学校领吧。当晚，他给学校的一个领导老师打了电话，说想请他吃顿便饭，叙叙旧。当然，那老师的官职在学生处处长级别之上。席间，他让他菜随便点，畅谈从前的师生友谊，觥筹交错间又向他排出了几张红通通的人民币，他的圆脸被好酒好菜熏陶得熠熠生辉，举起大拇指夸赞他不愧是三好学生，重情重义，一定会大有前途。酒过三巡，他说起了她的事，让他到学生处发个话。第二天，他带她去了学校，半分钟手机和身份证就领出了，临走时，处长又装模作样地说了几句教育学生的话，办公室的蓝窗帘幕布一般静静垂下。

兴隆市场里，拥挤混乱，尘土在闷热的空气中躁动不安。一名光着膀子的男人坐在小木凳上，眼神紧紧盯着脚边塑料盆子里的两条一尺见长表情木然的鲇鱼，他想他是想着把它们卖出去。这样炎热的夏季，鲇鱼是抢手货，很多烧烤店把鲇鱼开膛破肚，摊成薄薄的一大片放在炭火上烧烤，佐以调料，做成香喷喷的烤鱼。描着柳叶眉画着灰嘴唇的年轻女人从旁边匆忙走过，薄纱裙下的私处若隐若现，兴许急着赶去做一桩皮肉生意。卖菜的商贩有的把菜整整齐齐地码在水泥台上，有的干脆在地上铺上一块污迹斑驳的旧布，白菜萝卜就放在那上面，白菜萝卜的眼神和他们一样毫无生气，疲软落魄。几个裸背穿花裤衩的男人在兴隆市场的胡同口吞云吐雾，游移的眼神寻找感兴趣的落脚点。狭窄胡同口的两个老妇人盯着他这个不期而至的陌生人，眼睛无神并怀有些微的敌意。显然她们早已经过了充满好奇心的豆蔻年华，只剩下了对环境麻木的熟识和对外来者自发的排拒。这里的一切与路对面的购物广场格格不入，一路之隔，冰火两重。"兴隆"一词沿袭了旧时对生意顺畅的希冀，表达了贩夫走卒们对财富的追求，直白贴切，离世俗最近，却离世界最远。

晚上他和她以及她的那位女性朋友一起走到兴隆市场旁边的小摊前，吃烧烤喝啤酒。烧烤摊招徕顾客的那个三十出头的男人殷勤地走过来，并没有首先问他们吃些什么，而是问她他是不是她的男友。她承认又否认，在一秒内做了三百六十度的大转弯。他突然记起前日，她打电话时说过，说一天她和朋友到兴隆市场旁边吃烧烤，认识了个老乡，他想便是他吧。那个男人的眼神始终落脚在她身体的某些位置，边组织可有可无的废话边进行着一场露天意淫。他对她说，现在毕业生工作不好找，可以来这里工作，周五我打算请你吃饭，别忘记给我打电话。他觉得他仅仅是个招徕顾客的店小二，却摆出一副老板的派头，他不仅意淫了她和旁边其他的年轻女人，还不自觉地意淫了老板的地位和特权。老乡的身份，便是他试图进入她身体的切入点。她倒挺高兴，连眼睛都是笑眯眯的，享受着被男人吹捧的乐趣。

他在想，她到底是一个怎样的女人呢？记得去年，她让他用她的手机给某男打电话威胁一番，让那个无聊的家伙今后不要再骚扰她。他问她是怎样认识他的，她说是在网吧里，她对面的那个男人向她要手机号码。他苦笑一下，拨通了他的电话，声称要割掉他的老二，那男人便销声匿迹了。他觉得是她自己不甘寂寞地轻易结识男人，埋下遭受骚扰的种子。他们之间的距离越来越大了。

如果不是为了再见她一面，他不会来到兴隆市场。临走时，他回望了一眼，不由得生出几分惋惜。她的未来，也许就淹没在这熙熙攘攘的兴隆市场里了。这或许是一次永久的诀别，他想。可女人喜欢男人谄媚奉承有错吗？那不正是她们的天性吗？再说了，自己也有错，不正是自己首先在身体上背叛了她吗？不正是自己在一次次地编造谎言吗？他坠入迷雾中。

4

他经常做一个雷同的梦。他梦见她忧伤无助，躺在一张老旧的雕花木床上，黄土钻进她柔顺的长发里。他心疼了，走上前去，把她发间的黄土拂去。他问她怎么了。她说她得了难以治愈的传染病，已经万念俱灰了，才远离亲友，这样作践自己。他一边安慰，一边俯下身子，像热恋时那样吻她，说，把你的病也传染给我吧，说好的，一辈子在一起。

他知道自己无法忘记她，无论漂泊在哪座城市。他一直形只影单。他觉得，如果吻没有落在她的唇上，又怎么算是吻呢？如果双臂不能围拢她，又怎么能叫拥抱？可是，在现实中，已经不能在一起了。难道真的是一场游戏吗？就像大学时的那次班级联谊会上上演的。那间教室，是一场游戏的舞台，是一份爱情的开始。口齿伶俐的主持人让两个班级的学生们混在一起，玩一些年轻人的游戏。其中有个游戏，陌生男女生们并排站着，主持人让男生抽签，抽到"手"，就与对面的女生牵牵手。他最不走运，也最走运，他抽到了"唇"。他与对面的女生愣愣地对视了片刻，旁若无人地亲吻起来。教室的天花板上挂满了彩色气球，就像海边的铁皮小屋里挂满五彩的气泡一样。那些气泡从她细白的指缝里飞出来，飘到铁皮小屋的天花板上。

他宁愿与她不是在一场游戏中相遇，他想象着别的场景。在一座烟雨迷蒙的桥上，风吹乱了她的发。她伸展双臂，右手握着一把折扇，淡淡的微笑挂在嘴边，他第一次见她就爱上了她。他觉得她是一个天使，伸展双臂飞进了自己的心空。他在梦里就见过她。或者是在一座城市的街道上。她穿着简朴的衣衫，在荒寂无人的街道上踽踽独行，他为她驻足，赞叹着她的优雅。她纤弱而飘逸，凄凄切切，无枝可依，她就那么美着。在他们四目对视的刹那，她的眼神里有一种致命的熟悉。可为什么，为什么要在一场游戏中相遇呢？游戏，一场灵与肉的游戏，开始的时候就包藏着分别的萌芽。

她终于回了家乡，恋爱过几次，可总觉得生活少点什么，那年的七月七日，她去了曾经的海边。铁皮小屋还在那里，只是原来的白铁皮在风雨的侵蚀下斑驳不堪，面朝大海的那堵墙上爬满了暗绿的常青藤。在阳光下，她看到常青藤不断攀援的手臂，仿佛在寻找着什么。

她慢慢地靠近大海，它一如既往地让她着迷，那苍茫的灰蓝，那温润苦涩的味道。她不由自主地迈着步子，仿佛自己和大海融为了一体。在海水里，她感觉回到了他的怀抱里。她忘记了自己不会游泳。

当她醒来的时候，发现自己正躺在海边一处干净的沙滩上。她觉得奇怪，便问旁边的那名挖蛤蜊的渔妇。那个包着暗红头巾的妇人用含混不清的口音说，一个身材消瘦的苍白男人抱着她从海里出来，把她扛在肩上来回奔跑倒出肚子里的水。

"他去哪里了？"她问。

"就在你躺的沙滩上，他做完人工呼吸就走了。对了，他还拿走了你手里紧紧攥着的那只黑色海螺。"渔妇说。

大海汹涌着无边无际的幽蓝，潮湿的海风吹拂着她的长发和衣裙，恍如记忆里的某个夜晚。她感觉自己累了，便蹲在一块黑色的礁石上，一动不动地凝望着海水。一只长喙的黑鸟站在相邻的一块礁石上，张望着她。

马尾花的夜晚

1

"大寒，是不是你故意把那只杯子打碎的？"我转过头，李泽的眼睛喷射着冰冷的火焰。这是一次光天化日下的庭训，大把大把的阳光铺天盖地，淋浴成一张网，我已无处可逃。李泽额头上的赘肉凝成一道道山丘，山丘之间爬行着散漫的河流。

我正在校园的草地上溜达，享受着视觉的盛宴，注视着穿黑色丝袜或牛仔短裙的女生。三年了，单调的校园背景给眼睛蒙上了一层纱，再也发现不了比女生更有趣味的景物了。这是文科学校，却没啥学术氛围，只有形形色色的男人和女人。我正在草地上故作正经地散步，李泽给我打来电话，约我在校园小河边见面。

"大寒，是不是你故意把那只杯子打碎的？"他又问了我一遍。

"兄弟，不是我故意打碎的，是我在洗刷杯子时，杯子滑落到陶瓷盆里摔碎的。我怎么可能会把那么精致的杯子打碎呢？那是我和萍的情侣杯。"我也紧了紧眉头，死死注视着他的死鱼眼。

他的眼珠转了一下，里面开始泛起一些喜悦的波纹来。他把斜靠在河边歪脖子柳树上的自行车扶起来。走，大寒，上我的自行车，中午请你到子衿市场吃大盘鸡。

同宿舍三年了，我深知他的脾气。他是个要面子的人。

一张年深日久的木头八仙桌，黄漆头屑一样脱落，用手指轻轻一按，碎屑立刻爬满手指肚，桌面暴露出乳白的底色，仿佛按了一个白色的手印。我一抬头，李泽的死鱼眼让我打了个寒噤。他的鼻子塌瘪着，下巴上几根胡须横七竖八地歪斜着，脸上的肥肉无精打采地敷在两颊。两年前他可是一个活蹦乱跳的人呢，喜欢踢足球和绘画。经常在校足球队的训练场上烈马一样奔驰；画的一朵马尾花得到过校绘画比赛第一名。

吃大盘鸡的学生塞满了整间铝皮小屋，连店门口都坐满了人。难怪，这是大学最后的时光了，学生们虽然已被学校生活盘剥得捉襟见肘，但散伙饭还是要吃的。大盘鸡，无疑是我们眼中的盛宴。周围吆五喝六喝酒的男生女生并不少，只是格局稍有改变。一般都是几个男生聚在一起，几个女生聚在一起，少了平常男女共食的浪漫。毕业来临的日子适合劳燕分飞，为若即若离的伴侣们提供了适当的借口。刚入学时含苞待放，现在正是花开烂漫。左边桌上几个学会了时髦打扮的女生，不，女人，不知在谈些什么，一浪高过一浪的笑声大有将房顶冲翻的气势。右边桌上围着的六个戴眼镜的男生，其中两个光膀子的因为把握不准鱼头的朝向正面红耳赤地争论着，几乎要打起架来。他们此时已没有心思窥探临近桌上女生背后那截若隐若现的白条儿了。

这些喧嚷杂乱的情景，在李泽的眼白里映现，反衬着它的死寂。我也不知道他从什么时候开始变得如此不可思议，丝丝凉意弥漫开来。

2

我讨厌六人群居的宿舍，总觉得那是原始人的行为，也许是近十年的宿舍生活已消磨了我的热情。总觉得自己是一只孤独的狼，而不是一条合群的狗。大学的最后一年，我向系办申请在外住宿。胡屠夫将我狠狠地批评了一顿，说住学校宿舍，是基于对学生人身安全的考虑。他开始大谈上级文件精神，诲人不倦的唾沫喷洒得太阳提前落山。学校宿舍每年都有跳楼自杀的，更有偷盗行窃的。还是佩服他们的一番苦心，为避免学生跳楼，他们找人用铁门封闭了通往楼顶的楼道。后来铁门上的大锁被撬断，耷拉着的长鼻子失落地悬挂在那里，再也没有人换一把新锁。去年还把楼上的阳台全都蒙上防盗网，结果三楼一醉鬼深夜抽烟，引燃棉被，不小心自焚。据说门口的木柜已烈火熊熊，浓烟滚滚。其他学生想从窗口跳到楼外柔软的草丛，无奈窗外已是铁笼。等我回过神来，他还在向我大谈素质教育和文件精神，旁边的几位辅导员对他投以敬佩赞许的目光。他因为睿智和操劳而过早地秃顶，腮帮正闪动着自豪的光亮。圆筒状的身体每说一句话都要颤一颤，形成了规整的节奏感。

老师，我有点急事，先走了，不申请了，我已经接受了领导老师深刻的批评教育。我刚才做了深刻的自我反思，已经深刻认识到自己行为的幼稚和错误。

我猛然感觉到腹中翻江倒海，便捂着肚子向他借手纸。他问我报纸可不可以。

我拿走了他桌上的退宿申请书。那张熬到半夜字斟句酌的，胡屠夫又一字没看的纸张终于发挥了它的价值，在系办斜对面的卫生间，它化身为一张手纸。我边按下冲便器按钮，边回头看了它一眼，它正静静地，白纸黑字地躺在那里，无限惬意的样子。从卫生间出来，感觉身心轻松了许多，正疑惑着为什么每次从系办出来都想拉肚子，收到萍的短信，她说今天下午没课，想和我一起待在我们的小窝。

其实我已经两个多月夜不归宿了，系办老师竟然没发现。我写退宿申请，只是想看看能不能不在学校住，不交住宿费。两个月前，我在学校北边的滨河小区里租了一间房子，那间房子在六楼。那是一套三室一厅一厨一卫的居室，我和另一对情侣合租的。他们住一间，我住一间，一间待租，客厅、厨房和卫生间共用。

前几天在校园的教师宿舍楼门口碰见了胡屠夫，他平易近人地说只要交上住宿费，想住哪就住哪，不要使老师的工作难做，我心领神会地点点头。办公室里的他和路上碰到的他是截然不同的两个人。

萍是我的恋人，在这座城市的另一所学校，与我所在的学校只有十五分钟的脚程。我们商量好的，要一直幸福地爱下去，所以我称呼她爱妻，从不称呼她女友，她称呼我相公，从不称呼我男友。她把我租来的那间房子命名为我们的小窝，是因为那时我们经常一起听那首名为《做我老婆好不好》的歌曲，"如果疲倦了外面的风风雨雨，就留在我身边做我老婆好不好，我一定会承受你偶尔的小脾气，或许我还能给你，一点意外一份欢笑一个简单安心的小窝，陪你日出陪你日落到老"。

那间房子里只有一张双人床和一张狭窄的桌子，墙上用透明胶布固定了一个大镜子。令人欣慰的是，那里面有一个可以晾衣服晒太阳的阳台，我们经常相拥着观望楼外的风景。面对小区里熙攘的社会生活，心里弥漫着幸福的恐惧。

一天，我们一起去市区转悠，看见超市物品架上摆放着精致透明的玻璃杯，点点碎花斑驳在它们上面，我从她的眼神读出了她对它们的爱不释手，就买了两个。在那间温馨的房子里，一起碰杯喝水，偶尔喝点酒，每碰一次，都说一次我爱你。她欢呼着，把它们命名为我们的情侣杯，永远不许破碎。

3

李泽给我打电话时，萍正穿着单薄的睡衣坐在我腿上，我们一起在小窝里的电脑前看一部名为《泰坦尼克号》的电影。中午的阳光飞过阳台的纱窗，斑驳了一地。我俩缠绵到中午才起床，然后看电影。萍眼睛里噙着泪，她的心是清秋时节柔软的棉絮，经不起电影的煽动。

李泽问我中午有没有时间，他想来我这里一趟，做个毕业告别，顺便请教我几个问题。

我不情愿他来，我还是希望萍继续坐在我腿上看电影，虽然现在我的腿已经有点麻。可想想我们已经同宿舍两年有余，毕业在即不好意思拒绝，便说我在家，你来吧，中午给你做饭吃。

十几分钟后，他把随行的那辆二手自行车扛到了六楼，我打开门，把自行车接过来靠在客厅墙上。还没坐到客厅的桌子旁，他一把拉住我的胳膊，那双死鱼眼让我不寒而栗。

大寒，这三年来，你觉得我在咱们系女生眼中的形象怎么样？我觉得你是我最好的朋友，你是个靠得住的人，会为我保守秘密，我才来问你的。

说实话，我觉得你还是不错的，为人老实，足球踢得好，能画出美丽的马尾花。

我不相信，我觉得很多女生都在讽刺我，疏远我。前些天，我们班有个女生喊我帅哥，我觉得是在讽刺我。

兄弟，别多想了，现在所有的男生都可以被称呼为帅哥，帅哥已经在学校盛行，她可能只是随口说出来，不带任何感情色彩的。

我总觉得她的眼神是在讽刺我，那她心里是在想些什么呀？

我不知道她在想什么，我只建议你不要多想。

嫂子呢？怎么没见她？

哦，她在房间里，她害羞，怕生。

我站起来，拿了两个杯子，倒满热水。家里就那两个杯子，就是那对点缀着点点碎花的情侣杯。

他喝了些水，站起身子说要走。我留他吃饭，他不肯。

我的问题已经问完了，所以我该走了，不打扰你们了。

我把自行车给他扛到楼下，他跃上自行车，腰挺直又弓起，转过楼角，不见了。

我回到住处，在水龙头上刷洗杯子，想给萍倒杯热水，左手拿着两个杯子，右手刷洗，突然一个杯子从我的手指边滑落到陶瓷盆里，发出清脆的破裂声。我慌忙把它拣出来，它已经碎成了大小不一的三块。

我用另一个杯子倒满了热水，端给萍，给她说，另一个碎掉了。

她现在没在看《泰坦尼克号》，正用电脑播放那首《做我老婆好不好》。听到了我的话，关上播放器，大眼睛里开始酝酿泪水。她问我是不是这暗示着我们的感情已经走到了尽头，现在正踏在毕业的门槛上。我安慰了几句，说情侣杯可以碎，咱们的感情可以永远。

4

两年前，李泽初次向我提及校园的苹果林里有一丛马尾花，他不大的眼睛在黑夜中闪闪发光，额头亮晶晶的，那时我们正趴在宿舍的床上开卧谈会。他嬉笑着用精美的词汇描述马尾花的美丽。看得出来，那是他心中最精美的词汇。

我没见过那种花儿，我想大概是一种形如马尾的艳丽花朵吧。他兴高采烈起来，当即允诺中午请我到子衿市场吃大盘鸡，可能是因为我赞同马尾花非凡的美丽吧。大盘鸡当时的售价是二十元一份，相比起学校食堂里不见油星的东西，已经算是很好的饭食了。第二天刚吃过早饭，他拉扯着我去那里。我从裤兜掏出手机看了看时间，妈呀才几点，我们又不是猪。他执意要去，说今天没课，我们坐在那里，可以闲聊嘛。

子衿市场坐落在学校里的北墙边，入口处是一个锈迹斑斑的铁架子，上面镶嵌着四个深红大字"子衿市场"，一副颓废破败的样子。那个黑嘴圈的女人给我们倒上茶水，李泽不失时机地给她说临近中午的时候再上菜，我们先在这里坐一会。黑嘴圈笑笑，一声不吭地走进里面的厨房。这里的小餐馆林林总总，就这家"阳光小厨"最为火爆。老板娘就是那个三十多岁的黑嘴圈的女人，不善言辞，姿色也不可让人赏心悦目，唯独饭菜让人食之不忘。李泽看我杯子里的茶水已经喝尽，给我倒上水。他是个不善言辞的人，平日里就沉默寡言，经常见他一个人背着书包上自习课，或者骑着自行车在校园水泥路上穿行。在宿舍里也格格不入，很少与人说话，除了我。晚上临近熄灯的时候，别人忙着洗漱睡觉，他早已躺在床上呼呼大睡，死猪一般。等别人脱衣就寝，他才开始端起盆子牙刷往洗漱间跑，喤喤嘟嘟的声音回荡在房间和走道里。宿舍里都不是严守作息制度的人，很多时候都有卧谈会。当李泽端着盆子走出去的时候，宿舍里开始有人窃窃私语。啊！李猛男又开始行动了，等别人洗漱完了他才去，神龙见首不见尾啊。宿舍的胡伟率先喊他李猛男，其他人争相效仿。胡伟的起名灵感来自李泽肥胖魁梧的身躯，所谓的肥胖，并非大腹便便，而是略显富态而已。有一次，在宿舍里李泽听见了胡伟喊他猛男，他登时就和胡伟急了，说他暗含讽刺，从那以后，再没有人在他面前称呼过他猛男。

饭菜过半的时候，李泽请求我可不可以下午陪他坐车到市区，他说他准备买一盆马尾花，我才意识到原来他请我吃饭是有目的的。本计划下午去图书馆读书，可又不好意思拒绝，毕竟那香喷喷的鸡肉和土豆块已落入肚子里。在花市转了半天，他询问了各式各样的卖花人，从街头转到街尾，又从街尾转了回来，还是没有发现马尾花。倒是有许多卖红掌的，叶子鲜翠欲滴，花朵血红。我建议李泽买盆红掌回去，他好像没听见，脖子伸得像锄钩，继续寻找着他梦寐以求的马尾花。太阳被前面的三层小楼挡住了，该回学校了。李泽最终还是没找到那种花朵，眼皮耷拉着，沮丧失落的样子。不是校园的苹果林里有一丛马尾花吗？你可以随时去看嘛！我不耐烦地说。

5

一年前我和萍开始相恋的时候，天上正飘洒着据说十年不遇的鹅毛大雪。这座城市已经有两年没下过雪了，今年冬天却下得那么大那么浓，据说南方的一些城市已经落雪成灾了。下雪的那天，我们相遇，一见钟情。

萍，我们学校的男女恋爱一直有个规律，就是春暖花开的时候牵手，天寒地冻的时候分手，我趴在她耳边说。汉白玉石桥覆盖上了一层雪的棉被，旁边的垂柳也已是玉树琼枝，让人走进了幻境。

那怎么啦？我们比较特殊呢。

没什么，我就是觉得很多人的恋爱和季节有关，遵循生物学原理。

去，如果你要说"其他人都是动物，只有我的爱最真"你就明说，何必这样拐弯抹角。她娇嗔着，并不生气，从她幽深的大眼睛里可以看得出来。我们准备一起漫步在落雪的校园里，当然不打雨伞。学生三三两两地经过，大都是脚步匆匆，或者用书包课本之类盖住头，难得像我们这样有闲情逸致。

一条上翘蓬松的马尾辫吸引了我的目光，随着她优雅的步履，那条亮丽的马尾辫淘气地一晃一晃，大片大片的雪花根本就难以在上面栖息。那种莫名其妙的美让我一时忘乎所以，不巧被萍识破，掐了一下我的手背。那条撩人的马尾辫并没有因为我的惨叫而回头。

我赶紧把目光聚焦在身边这个怒气冲冲的佳人脸上，萍开始咬牙切齿了。

怎么啦？我看看美女也不行？

当然可以，那是你眼睛的自由，不过掐你也是我的自由。哼，那样的女人有什么好，你看！

我顺着萍的手臂看过去，那条马尾辫钻进了胡屠夫的黑色汽车里。汽车上落了一层雪，像从雪堆里挖出来的。汽车后面喷了一股灰白的烟，开走了。

那女人丢女人们的脸。萍开始愤愤不平了。

不可乱猜，可能那人是她亲戚呢。

你以为我是长舌妇啊，我很讨厌猜疑的，我的一个老乡和她在一个宿舍，是老乡告诉我，她是那个男人的情人。那女人就在你们系啊！我那个老乡从前经常和她一起到校园的苹果林里背英语单词。后来，我的老乡就不理她了，因为她莫名其妙地和那个老秃驴好上了，晚上经常到那个苹果林里厮混，花样多着呢。我还听说老秃驴为她争取到了出国留学的名额。

我恍然大悟，想起来了，马尾辫和李泽在一个班。

6

　　毕业证已经领完，这是大学最后的时光了，子衿市场和学校附近的餐馆，充塞着吃散伙饭的学生。早在一个月前，同宿舍的几个兄弟就打算着以聚餐的方式做最后的道别。这次分别之后，不知何年再相见。下午我从租的房子里到宿舍拿东西的时候，胡伟穿着拖鞋，嘴里叼着一根香烟走到我面前，说，要不今晚上我们宿舍吃散伙饭吧，正好今夜月圆，边说边很酷地吐了个椭圆的烟圈。我表示赞同，立刻给上铺的杰发短信。胡伟忽然大喊大叫，李泽怎么不见了，这两天都没见他，妈的连铺盖也卷没了。我望了望，他的床上只有劣质的床板，与床头墙上贴着的那幅画呼应着。

　　那是一幅用铅笔和蜡笔手工绘制的图画。李泽平时有画画的爱好，我料定这幅画一定出自他的笔下。月夜下的苹果林中央，生长着一朵大得出奇的花。那是一朵马尾状的花儿，花枝的纹路纤毫毕现，花蕊点点淡黄。花瓣浓烈的紫色是汹涌的波涛，好像要把画中的夜色淹没。

桂花巷的春天

1

在爸妈称为"家"的出租房后面有个废弃的花园，里面正中长着一棵大榕树，树的长须蛇一样钻进地里。它粗得吓人，枝干妖娆盘曲，树皮皱裂，通体发黑，有闪电灼烧的痕迹。听人说，不知哪个朝代有个尼姑在此自耕自食，种下这棵榕树。那时候方圆几十里只有一座简陋的尼姑庵，这里的原住民还没来。我还没上小学的时候，经常和胖子蹲在树下的地上，玩丢石子的游戏。园子长期没人打理，生满杂草。我和胖子一般不去杂草丛，那里面丢着废弃多年的轮胎，说不定还藏着狗屎。每当爸爸躺在木床上翻来覆去睡不着的时候，就诅咒花园里飞来的蚊子。花园的长廊爬满常春藤，里面有长条石搭起的石凳。天气好的夜晚，石凳上常有男女悄声耳语。看到他们我就心烦意乱，却又想靠近，想知道他们究竟在玩什么秘密的游戏。结果往往还没走近，就被男人轰走。妈的，小屁孩，看什么看。他们往往这么说。胖子说男人要把裤裆里的蛇放出来，让它钻进女人的裙子里。

我从网吧出来的时候，月亮已经西沉，空气中飘着桂花的香味。我上身灰长袖，下身黑单裤，却也感觉不到冷。我打定主意这次从桂花巷走，从那家商店门口过，以前都是绕到别处回家。坐在网吧椅子上的时候，桂花巷里昏暗的灯光穿过网吧的玻璃后门，涂在地板上、椅背上。开店的是胖子的姐姐，我坐的那个位置看不到她。我使劲后仰，椅子的靠背把我挡住了。椅背的吱嘎声唤来了网管，我只好调整坐姿，注视屏幕，心却乱了，连平时喜欢玩的跑跑卡丁车游戏也玩不下去了。有好几次我都想推开玻璃后门，直接走到店里去，有时候迈出了一条腿，另一条腿就粘在地板上似的，抬不起来了。

走到商店门口，胖子的姐姐并不在那里，商店的卷帘门也拉下一半来。我额上还是莫名其妙地浸出了一层汗，脚步不由得快起来。那条巷子里罗列着长相雷同的小商店，都很简陋，全是即将拆迁的老房子。在我刚记事的时候，见过戴着手表的官员到巷子旁边拿着话筒讲话，说这里所有的握手楼都将变成高楼大厦，但是那些官员没有走进巷子。小商店门口有比招牌大许多的血红的"拆"字，被畸形的红圈圈住，但从来不见动工的迹象。店主们常搬塑料椅子坐在门口，跷着二郎腿嗑瓜子，若没有走近，往往只能看到伸出的套着花拖鞋的脚。这样的情景便是这条巷子的标志。每隔几间房子，便有一幕这样的场景。店门口常常趴着条脏兮兮的长毛狗，带着慵懒的表情，听见动静就蓦地竖起耳朵，炭黑的短鼻子上蒙着一层水。那些狗趴得不耐烦了，就在巷子里甩着罗圈腿溜达。吴妈的修鞋摊就摆在巷尾，她在那里租了一间卫生间大小的门面房。那帮狗商量好似的，常常趁着修鞋的吴妈不注意，叼个鞋底鞋帮就跑，惹得那个可怜的妇人拖着臃肿的身体边追边骂它们是狗杂种，骂它们的主人是破鞋。

"小灰，那么晚才回家啊，怎么从这条巷子里走？"吴妈正在茄子样的灯泡下伺候白天没补完的破鞋。

"哦，我在网吧玩了会，这条路回家近。"我支支吾吾地说。脖颈有些发热，不由得步子更快了。

我从家里卫生间的窗子远望巷子时发现，这些天，找她修鞋的老头特别多。要不是巷子里蚊子少，我才不会在这种地方摆摊呢。她在我背后抱怨。不过我听大人闲聊时说过，这条巷子里的门面租金非常便宜，并且我刚才在巷子里走的时候，蚊子多得直碰腿。

我从厨房里把妈妈留给我的饭端到房间里。这个房子没客厅，有两间卧室、一间厨房和一个卫生间。

爸妈房间的门敞着，他们甚至没有发觉我的归来，继续着永无休止的家庭会议。

"孩子上学没学位，借读费又提高了，真的要应付不来了。"房间里传来妈妈的声音。

"我想下班回来在网吧旁边摆个修鞋摊。我问过了吴妈修鞋的手艺。"

"还下班？你以为你是坐办公室的？再说了，那老狐狸，怎么可能把绝活教给你，丢自己的饭碗？"

"在老家，我能给自行车补胎。修个鞋还能难住我？"

"修理自行车和修鞋能一样？再说了，那边不三不四的人那么多，那些破鞋你能修得好？"

"你从来不相信我有本事。"

"有个屁本事。老爹没本事，孩子也被人瞧不起。这不，今天咱家小灰在学校又被人欺负了。放学回来闷闷不乐，我给了他十块钱让他上网去了。"

"孩子那么小，上什么网，学坏了咋办？"

"你小时候没上过网，大了不也成了没本事的狗东西？明早你还去雅苑小区通下水道？"

"现在就通，狠狠地通。"爸爸憨笑起来。

"死一边去，我先看看孩子回来了没有，该回来了呀，天那么晚了。"

"小灰，小灰……"

妈妈开始喊我了。我知道她要出来了，赶紧把自己的房门一关，插上插销。

"呜，妈，我睡了。"我躺在床上喊。莫名的失落和屡次撒谎的负罪感袭扰了我的心。

2

我骑自行车去向日葵小学，路上经过一座大学。那里面进出的哥哥们，穿着干净的T恤衫和牛仔裤，姐姐们穿着花花绿绿的裙子。

不知从春节过后的哪一天起，我骑车回家的速度明显比从前快，往往只花一半的时间就到了花园。从那时起，我开始让胖子和我一起玩好几年没玩过的丢石子游戏。

"乖乖，大学真了不得，里面的学生上学都骑电动车。"我从旧自行车上跳下来对正捡矿泉水瓶的胖子说。那辆自行车自己行走了一段距离，歪倒在草丛里。

"真的？"胖子把捡到的几个瓶子丢在地上，用脚踩扁，丢进蛇皮袋里。

"我想上大学，小学上着没意思。"我的五指插进头发，向上捋了捋。

"就你，还上大学，鬼才信，我那天听吴妈说了，你家连你上小学的花费都交不起。你爹就是个通下水道的，每天早上背着蛇皮袋出去还说是去上班。"胖子朝我撇嘴。

"我日你妈，我如果不想上大学我背着书包上小学干吗？"我拿起书包就朝他的后背拍了过去。他水桶样的身子打了个滚，但滚得慢了，嘭的一声闷响，打了个正着。他又打了个滚，站起来抓起蛇皮袋就跑，我再次挥出的书包落了空。

"刘小灰，我日你妈，我如果不想去网吧上网我捡瓶子干吗？我姐说了，我捡瓶子卖给废品站的钱可以拿去上网。"胖子学着我的口气说。

他提起他姐，我的气恼莫名其妙地消散了。我说："好，那我们一起去网吧上网。"

"行。那可不准再用书包打我。"胖子站在原处，待我把书包背在背上，扶起倒在地上的自行车，他才战战兢兢地走过来。

"小灰，你书包里是不是放了块板砖？"他边揉后背边说。

"没板砖，那是俺妈让俺带着的铁水壶。俺妈说，一瓶矿泉水一块五，天天自己带瓶水，一个月能省不少钱。"

"那你哪天不带水壶了，喝了矿泉水别忘了把瓶子拿回来给我。"

"我卖瓶子存了上网的钱，你有钱上网？"胖子一脸狐疑地看着我。

"你别狗眼看人低，我跟我妈要钱去。你在这等我会。"

一回到家，我就愁眉苦脸地跟我妈说，我又被那帮说粤语的小子给欺负了。我妈从她裤子口袋的布钱包里掏出一张皱巴巴的纸币，夹在食指和拇指间犹豫了好大一会，才递给我。其实在班里，每个同学都怕我，我看谁不顺眼，就把装着铁水壶的书包朝谁甩去。

我把书包丢在椅子上，欢快地跑出门去。小灰，早点回来，饭给你留在锅里。妈妈在后面喊。

记得第一次和胖子一起去网吧，网吧门口斜放着一个警示牌，上面写着"十八周岁以下禁止入内"，那几个字我认识。我知道胖子没上过学，不识字，我让他先进，我说我要先呼吸一下新鲜空气。在门口看见胖子交了钱领了张卡就奔向后排的电脑了，竟然没被赶出来。我这才壮着胆子进去，生怕被赶出来。一个叔叔模样的网管朝我一摆胳膊，说了句"大哥里面请"。

我找到胖子，问他网管咋没拦我，但我没说门口斜放着警示牌的事。

胖子说我脸太黑了，怎么看我都是二十，不是十二。我说你才是二十，你爹是二十，你妈是二十，你全家都是二十。我唯独没说他姐姐是二十。

3

我和胖子都很少有钱去网吧上网。傍晚放学后，大多数时候，我们一起蹲在花园里的地上玩六七岁时爱玩的丢石子游戏。我们玩了一局又一局，手掌磨出了水泡我也坚持要玩，常常搞得胖子怨声载道。有次他站起肥胖的身子，摇摇晃晃说要回家吃饭。我从书包里拿出图画书给他看，让他多待会。可他明显对那些书籍毫无兴趣，我只好拍了拍书包里的铁水壶，他这才重新蹲在了地上。大路上的车声渐渐消退了，梦似的模糊不清了，开始有微风轻抚榕树须枝。终于，他姐姐来喊他吃饭了。远远地看见他姐姐走来，我便飞快地藏到大榕树后面。我看见她轻轻地提起胖子的耳朵，嘱咐他以后早点回家。花园昏黄的灯光映现出她的身影和衣服。她一移动身子，马尾辫就左右摆动。

周末，我常常躲进卫生间里，那扇小窗户正好可以看到小巷里她开的商店。我经常看到她坐在店门口的塑料凳子上。我的视力极好，教科书还没有把我弄瞎，天气好的话，我能看到她边嗑瓜子边给胖子补裤子。那死胖子有裤裆开衩的习惯，尤其是我让他和我一起玩丢石子游戏的时候。春节过后，去小商店买东西的人多了，看他们的装扮，多是民工模样。衣着光鲜的人很少来这个小巷，不过也有几个西装革履戴眼镜的叔叔来过。他们进去了，要等很久才出来。我开始愤愤不平，妈的那些人真吝啬，买东西还讨价还价那么长时间。桂花的香味飘进窗子，可我朝桂花巷呆望了半天，也没见那里有桂花树。每次从卫生间出来，妈妈就问我是不是在拉肚子。我摇头又点头。

有时候我提着菜篮子跟妈妈走进菜市场里，我在想胖子的姐姐是不是也在这个时候来买菜。妈妈总是讨价还价个不停，我则不住地东张西望。迎面走来一个扎着马尾辫的人都让我莫名地激动，以为是她来了，走近了才看清是一位咧着血盆大口的老婆娘。卖油饼的挥舞着擀面杖，卖拉面的把面团扯来扯去，这些市井景象让我莫名地厌烦。

　　星期天晚饭前，爸爸总会让我去买酒。那是妈妈给他定的量，一星期一瓶。每次我都去巷头网吧旁边的超市买。许多次，我试着鼓起勇气走进胖子姐姐的小商店，可就像走在了粘纸上，迈不动脚。一个星期天的傍晚，我终于走了进去。那时她没坐在店门口的塑料椅上，而是把它搬进了屋里，她正坐在小板凳上洗衣服。我支支吾吾地说买酒。她终于要跟我说话了，我慌乱不堪，埋头望着自己开胶的球鞋。她说，没有。我环顾四周，这才发现她商店里的商品少得可怜，单薄的货架上只摆着不多的香烟和矿泉水。她从容地继续洗衣服，灯泡发黄的光辉勾勒出她的身影，她的马尾辫披散成了长发，垂在肩上，她的手指在水盆里出没。我跑出店门，穿过人流，跑过几个街区，经过数不清的烂尾楼和握手楼，跑得浑身大汗衣服湿透……

　　我没有买到酒，把钱还给了爸爸。躺在床上，各种各样的怪念头让我坐卧难安。在学校里，那些说粤语的小子我也懒得搭理，即使他们抢了我的座位我也会乖乖地坐到别处去。若在平时，谁惹了我，我准会把我装着铁水壶的书包朝谁砸去。一整天我都焦躁不安，想着我的自行车，想着它风筝般旋转的轮子。它就停在学校门口的自行车棚里，我想早点跨上去，喊胖子到花园里玩枯燥乏味的丢石子游戏。

4

那个星期六的傍晚，我手里攥着两枚一元的硬币去花园找胖子。那家伙最近玩丢石子游戏越来越不耐烦了。这种情况可以理解。丢石子毕竟是六七岁时玩的游戏。他现在更喜欢去网吧玩跑跑卡丁车，前提是他捡瓶子存够了上网费。这次如果他不愿意玩，我就许诺给他一个矿泉水瓶，我盘算着。我打算用买文具剩下的那两枚硬币去她姐姐的店里买一瓶矿泉水。

到了花园，左顾右盼不见胖子。那棵榕树的长须蛇一样钻进地里。它粗得吓人，枝干妖娆盘曲，树皮皴裂，通体发黑，有闪电灼烧的痕迹。园子长期没人打理，生满杂草。我和胖子一般不去杂草丛，那里面藏着废弃多年的轮胎，说不定还有狗屎。每当爸爸躺在木床上翻来覆去睡不着的时候，就诅咒花园里飞来的蚊子。花园的长廊爬满常春藤，里面有长条石搭起的石凳。石凳上有男女悄声耳语，可我无心走近。我对他们千篇一律的台词已经厌烦。

听见桂花巷里熙熙攘攘的人声，我攥着那两枚硬币走了过去。胖子正蹲在巷子黑漆漆的地上轻声抽泣。几条脏兮兮的长毛狗，耷拉着耳朵，在巷尾处甩着罗圈腿来回走动，焦躁不安地朝巷子里张望。

胖子的姐姐蚂蚱一样被串在一根绳子上，手铐套着她的手腕，头发披散在肩上。我心里浮现出她去花园喊胖子吃饭时的情景：她轻轻地提起胖子的耳朵，嘱咐他以后早点回家。她一移动身子，马尾辫就左右摆动。花园昏黄的灯光映现出她的身影和衣服。而现在，她和其他串在那条绳子上的女人一起低头赤脚缓慢行走，手指轻微活动着，仿佛想要抓住什么。可是此时桂花巷的春天里，空气中没了桂花的香味，除了燥热、沉闷和喧嚣，什么也没有。相机的闪光灯照得她脸色阵阵惨白。小巷乱石斑驳的墙上，不知何时拉上了一条写着口号的血色横幅。

当那串女子走过吴妈修鞋摊的时候，那个妇人把手中的一只破鞋猛地朝她们掷去。

我呆呆地凝视着他们，手中的硬币无声地滑落地上。我抬头凝视黑暗，凝视墙上的血色横幅，又低头凝视自己开胶了的球鞋，心中升腾起莫名的痛苦和愤怒。

我想去趟布拉格

1

我站在脏污的卡车斗里，摆出九阴白骨爪的架势，抓起一捆捆的芹菜、韭菜，递给车下的哥哥。终于卸完了，我缓缓地扭动着酸疼的胳膊，真他妈累。

你刚走出校门，活干得多了自然就不累的。其实最累的不是干活。哥哥看见我的窘样，嘴角一撇。

我问他最累的是什么，他瞥了我一眼，一句话也没说，拎起两捆芹菜走进家宝菜市场。送菜的卡车在一阵黑烟的掩盖下不知所终，我不知道它为什么如此仓皇地逃走。这是家宝菜市场，又不是阴曹地府。家宝，顾名思义，家里的宝贝或者家家都把这里当作宝贝。

哥哥初中还没毕业就跟着母亲在城里卖菜，我呢，一直读完大学。能有幸读完大学，这完全归功于我瘦弱的身体。母亲经常说我小时候吃不饱，身体瘦弱，一阵风就能把我刮倒，抬不动一筐胡萝卜，不是卖菜的料。在我七八岁学校放假的时候，常跟着拉着架子车的父母亲到这座城市卖菜。架子车上堆满了自家种的胡萝卜和白菜，用自家编的藤条筐盛着。父亲拉着架子车的木架子，掌管着方向。一根蛇样的绳子攀在母亲肩头，另一头拴在木架子上的铁环上。平路或下坡的时候，我专心摆弄着手中的一只黑鸽子，那是父亲从养鸽子的老孙头家里要的。他平时只会干活，寡言少语，可他能读懂我仰望屋檐的眼神。屋檐上，停着几只鸽子，咕咕地鸣叫着，精巧的头一颤一颤，像在寻找着什么。上坡或路不平整的时候，我让鸽子站在我肩头，我在架子车后面使劲推。这时，父母亲把腰弯成村东小河里的虾米一般，父亲的后背画出形态诡异的地图，我不知道那是哪里，是千里迢迢要去的城市吗？饿了的时候，我和母亲吃从家里带来的馒头和菜。父亲从车里摸出两根胡萝卜，在裤脚上蹭蹭，咯噜咯噜地大嚼起来。母亲说，父亲是一只灰不溜秋的野兔子。

那次在路边卖菜，几个不知从哪里冒出的制服大汉不由分说掀翻了架子车上一筐胡萝卜。我肩头的黑鸽子咕咕叫着，深灰的眼珠变得血红，慌乱地飞到了路边的法桐树枝杈上，精巧的头一颤一颤，像在寻找着什么。我从遍地的胡萝卜中捡起一个，抱在胸前，瞪着他们。其中一个戴墨镜的制服大汉走过来，把我的耳朵顺时针拧了两圈。我忘记了怎么哭，可老实巴交的父亲再也克制不住自己，他把手中灰黑色的秤钩子刺进那只拧我耳朵的手臂。其他的几个大汉立刻围拢过来，对地上的父亲拳打脚踢，任凭妈妈怎么哭叫也无济于事。围观的人密密麻麻，一声不吭，津津有味地观看着一场露天电影。父亲躺在地上不动了，他汗衫上的地图变成了彩色的。又不知从哪里冒出来一群大汉，不过他们穿着另一种制服，他们把父母亲和我拖进了一辆带着文身的面包车。黑洞洞的屋子里，父亲沾满泥土的手脚被牛皮带扣在一把特制的椅子上。他们狠狠扇了父亲两耳光，红色的口水便从父亲的嘴角流下来。妈的，这死鸭子嘴啥也不说。那人说。

那是父亲最后一次进城卖菜。母亲用架子车把他从城里拉回，从那时起，他进了一把特制的藤椅，至今也没出来。只有用麻绳捆住他的手脚，他才不至于一头栽到地上。母亲和哥哥把他抬到哪，他就待在哪，嘴里嘟嘟囔囔不知说着什么。父亲最后一次进城的口水，一直流到现在。

哥哥便不上学了，他和母亲一起拉着架子车到城里去卖菜。哥哥上过初中，有头脑，见了制服大汉就递烟，甚至还把几张卖菜的钞票递过去。制服大汉吸着烟，拍拍哥哥的肩膀，夸他懂事，然后甩着肥胖的胳膊走了。哥哥转过身，猛地把秤钩子刺进一只肥胖的胡萝卜里。

过了半年，哥哥攒了一些钱，在家宝菜市场租了卖菜摊位，每个月给业主交几百块钱摊位费。菜市场的生意那些年还不错，又没有制服大汉的骚扰，哥哥存了一些钱，娶了媳妇。

该换摊位了，前几个月的摊位都不如意，这次希望能抓到一处好的。哥哥皱着眉头对我说。

家宝菜市场里有八个摊位，过道两侧各四个。靠近门口的摊位生意相对好些。公平起见，摊位一个月一换，抓阄决定。

哥哥深吸了一口气，闭上眼睛，那张圆脸显出十分的虔诚来，缓缓地把青筋暴露的右手伸进一只油乎乎的盒子里，拿捏了半天，终于掏出一个灰黄的乒乓球。他看了一眼，随即把那球砸在水泥地上。那球跳跃了几下，沉闷地趴在了那里，上面黑色的阿拉伯数字正对着他。他气不打一处来，奔上去，一脚把那球踩成了一片坏菜叶模样。"妈的，近期手气就是坏！"

他默默地把摊位上的胡萝卜、白菜、大葱、西红柿装进五颜六色的塑料袋和泡沫箱，将它们搬到最里面的那个摊位上。

一只西红柿掉下来，哥哥一脚踩在上面摔了个仰面朝天，手里搬着的一筐西红柿恰好压在肚子上，一个也没掉出来。旁边的几位卖菜的大叔大妈瞧了他一眼，嬉笑着夸他水平高。

一棵大白菜，好多天了，还没卖出去。外面的叶子干枯了，哥哥就把干枯的叶子剥掉。他又剥着一层，愣在那里，里面白得刺眼。我知道他又开始想嫂子白净的身子了。又剥了几层，只剩下一个白菜娃娃了。这几年，外面的超市、量贩越来越多，菜市场的生意越来越差，哥哥怕养不起孩子，便一直没要。这只白菜娃娃放着白光，撩拨着他对孩子的欲望。只是，这种想法无济于事，孩子的生产者，哥哥的媳妇李小珍已经搬到娘家去住了。曾经顾客云集的菜市场呢，现在变得人烟稀少，一个个的胡萝卜唉声叹气着瘫软下去。

哥，我想去趟布拉格。我边把新摊位上的胡萝卜、大白菜摆弄整齐边说。

去那干啥，去那吃鸽子粪啊！你那点工资还不够一个月摊位费呢。布拉格不就是有几只烂鸽子吗？你呀，总是长不大。哥哥斜视着我，他的那张大嘴快要撇到天上去了。这些年，他的嘴，越来越大了，估计是经常撇的缘故。

2

那个比我大一岁的女人，坐在讲台下的小课桌旁静静地听我讲英语，大眼睛里带着痴痴的笑。她算不上美丽，只是有一双动人的大眼睛。我毕业后，面试了几家公司都不如意，便在这家不起眼的英语补习班当老师。她，那个叫鸽子的女人，是我晚上唯一的学生。我知道她是个女人，不是女孩，因为我俩无话不谈。她在一家宾馆当服务员，一天在给一个老外整理被褥的时候，那个眼距狭窄的细高个从背后搂住了她的腰，还说着她听不懂的外国话。

那天晚上七点多，我正想回家。她来了，说要补习英语。她以前一天英语也没学过，连二十六个英语字母都不会念。补习班老板把她交给了我，让我晚上给她补习。她总是晚上七点按时来到，学得很认真，一遍一遍地跟着我念，逐字逐句地在小本子上记。

接连着六个晚上，她没有来，我百无聊赖地站在讲台上，课桌旁没有一个学生。我们的培训班位置太偏僻，快支撑不下去了，老板经常说。他晚上去别的培训班当代课老师，偌大的教室只有我自己。

那晚，她终于来了，穿了一件黑纱衣，可以隐隐约约看见粉白的肌肤，只是，她的大眼睛里带着悲戚的神色。我把教案摊开放在讲桌上，她没有立刻要听课的意思，平时学习英语的狂热不知道哪里去了。她径直走向灰黑斑驳的窗台，凝视着楼下喧嚣的人群，成了一只静静栖息的黑鸽子。我静静地望着她，竟有些心动，忘记了那本皱巴巴的教案。到底是什么使我心动？是因为她静立窗前的姿态？还是因为她幽黑的大眼睛里流露着无可名状的伤感？她把我带入了她的世界，在我闭塞压抑的生活牢狱中打开了一扇天窗。

我走过去，躲在她身后。她突然转过身来，搂住我的脖子，脸颊紧贴我的左胸，呜咽着，呜咽着。细高个回布拉格了，她说。接下来的日子，她照样来这里学英语。这时的英语，对她而言，有着不同的意义。那些夜晚躁动不安，睡梦变得颤动破裂。每次睁开眼，苍白的月光都穿过玻璃窗打在黄漆斑驳的课桌上。

3

哥，我想去趟布拉格。我娘们一样啰嗦。

操，咱们又不是公园里那些遛狗的闲人，你去那干啥？他听得有些不耐烦了。你总是长不大，有空的时候我到宠物市场给你买只黑鸽子和藤条笼子还不行吗？

我注视着他。他正推着一辆红漆剥落的人力三轮车在公园门口叫卖，车上摆着煤火炉和满满一铝锅热气腾腾的嫩玉米。有孩子经过的时候，他把腰弓得比孩子还低，那张圆脸拧成腹部洗皱的围裙：喂，买个热玉米吧，香着呐。有的孩子便拉住大人的衣角，左右摇晃着身子，吵着要买热玉米。哥哥每天无数次地做出同样的表情，说出同样的台词。

城市里的超市、量贩越来越多，菜市场的生意越来越差了，有时候一整天也卖不出一棵青菜，哥哥便带着我一起到公园门口推着三轮车卖热玉米。

快到夏天了，天热得要命，卖啥热玉米。我念念叨叨，不耐烦地站在三轮车旁边，我车上的玉米没卖出几个。

我们的培训班是真的支撑不下去了。桌子的质量也不好，晚上老是咯吱咯吱响。培训班老板边给我计算工资边说。第二天，哥哥便找了辆人力三轮车让我跟着他到公园门口卖热玉米。

鸽子照旧来跟我学英语，不过不再是在那个培训班，而是在我和哥哥租住的房子里。

哥，我想去趟布拉格。我说。汗水正从哥哥发皱的圆脸上流下来，锅里的玉米喘着粗气。

去那干啥？那里除了鸽子还有什么？哥哥的圆眼睛瞪着我。快到中午了，天越来越热了，游客稀稀拉拉，他终于有时间认真和我说话了。

那里有风骚的娘们，听说那里的大街上到处是袒胸露乳的娘们，还有赤身裸体的模特儿。

真的？他的眼睛瞪得更圆了，脖子伸成了锄钩。

那还有假，我可是上过大学的人，书本上有详细介绍。我说。

好，卖完了剩下的这几个玉米，哥和你一起去趟布拉格。

明晃晃的太阳把我俩当成了玉米，蒸发着水分。已经看不见游人了。

哥哥把围裙撩上来，在圆脸上擦擦汗。屁股靠在车帮上，左手叉腰，右手卷成话筒状放在嘴上。"热玉米，热玉米，香喷喷的热玉米喽。"他更加起劲地叫喊起来。不知从哪里飞来一群鸽子，站在公园门口的栅栏上，咕咕地鸣叫着，精巧的头一颤一颤，像在寻找着什么。

02

南方迷思

梨涡

张潮总是胳膊下夹着本诗集伸着脖子走进教室，活脱脱一只乌龟。他授课从来不带讲义，也很少板书，偶尔写下只言片语，字体弯弯扭扭，丑得不行，像小学生涂鸦，可他已经博士毕业两年了。刚毕业这两年，到处谋求高校教职，惶惶若丧家之犬，空自蹉跎过去了，好不容易在 S 城大学暂时安定下来。他总是穿着一条洗得泛白的牛仔裤，上身一件廉价的真维斯短袖衫，脚上一双开胶的白球鞋，一脸莫名其妙的忧愁，看上去还是当年的穷学生，偶尔去大学不远处的海岸城逛个街，商店老板也不热心，爱答不理的。周院长曾建议说，你现在是大学老师了，该捯饬捯饬了，咱们得为人师表，别让学生们嘲笑。

他爱好读书和写诗，除了讲课几乎不走出校园里的那间单身公寓。各种各样的书，软皮的，硬壳的，简体字，繁体字，占据了狭小单间，他就与它们浑然一体。阅读时，他捏着一支红笔勾勾画画，有时候甚至撕下一页半张吃海苔一样吞下去。但书没海苔酥脆，一沾上唾液就软软的，味道很淡，有点油墨味，不好下咽，经常糊在喉咙上，需要喝水送服。那些没被画过没被吃过的书则丢进床底下的方便面纸箱里，永远不会翻看，等着宿管大叔上来收，五毛钱一斤。宿管大叔兼做收购废纸和酒瓶的小生意，这栋楼上，有的是废纸和酒瓶。他能一直这样，独自待在房间里，吃饭也叫外卖，多加两块钱让外卖员送到门口，他要做的只是打开那扇涂了棕红油漆的老旧木门。

隔壁宿舍住着位和他一起进校的教师，叫邹良，教政治经济学，跟他年纪相仿，还挺能聊得来，那是他在学校唯一的朋友。邹良长得瘦高，热爱生活，谈起女人来总滔滔不绝。邹良站在讲台上，穿着一尘不染的白衬衫，手掌在裤缝两侧老式钟摆一样匀速划动，俨然一本正经的好青年。夜幕降临后，邹良就开始展现炉火纯青的泡妞本领。偶尔邹良提着一瓶啤酒一瓶果粒橙来张潮宿舍坐坐，啤酒给张潮喝，自己喝果粒橙。邹良说他对酒不感冒，一闻就醉，还是喝果粒橙好了。张潮喊他果粒良。每次果粒良来，喝完饮料，就提议张潮跟他到校园看妹子。遇见漂亮的性感的，果粒良一路尾随，兰花指捏着部时兴的苹果手机偷拍。在宿舍的时候，果粒良打开手机相册，向张潮炫耀。相册里多是屁股，穿牛仔裤的，校服裤子的，裙子的，丝袜的。张潮说她们是学生，说不定还教过，哪好意思盯着人家直勾勾地看，还拍照。果粒良说要解放思想，与时俱进，什么学生不学生，比咱们小不了几岁。果粒良认识很多女人，说改天给张潮介绍个，艺术学院的，也是刚入校的年轻教师，教绘画，漂亮又有气质，或许跟你这个教中文的聊得来，艺术都是相通的嘛。

已是深秋，窗外起了风。北方这时候应是秋风漫卷黄叶，田野村庄一片肃杀。那时候张潮害怕那种荒凉，向往四季如春的远方。一路向南逃遁，到了 S 城。S 城是亚热带气候，一年四季红花绿叶，让他感到另一种恐惧。那是一种隐隐约约的紧迫感，而立之年虽在高校谋了教职，但住房职称都无着落，感情的田园也是荒芜。最近他被评职称的事搞得焦头烂额，动不动就被喊去培训，听书记政治教育，还要交不少培训费。培训的内容与他的专业毫无关系，甚至背道而驰，还不准不去。

整个上午，张潮待在宿舍，用茫然的目光划过纸面，没有一首诗可以安慰他。上午八点多的时候，果粒良来过他房间，照例提来一瓶啤酒一瓶果粒橙。他们聊了一会，果粒良说有约会，就赶去新女友那里了。他这次来找张潮，是想借本书看，也不说书名，只说想提高一下自己的艺术气质，眼睛瞅来瞅去，看到瓦西列夫的《情爱论》就一把攥在手里。他说回去好好研究研究，实践与理论相结合。临走的时候，丢下一句：诗人，别整天躲到书里，不敢面对现实生活，该出去玩玩就出去玩玩，寒窗多年没个女人，你还真以为书中自有颜如玉？

近午时分，一个自称 S 城人才中心的女人打来电话，催缴职称教育的网上视频培训费。张潮说那个网站打不开。女人说打不开很正常，如果多交些培训费，可以后台操作一下，不用点开视频学习就能拿到培训结业证，您知道，这是评职称必经的一环。张潮挂断了电话。这是当月唯一的电话，好像世界已把他遗忘，或者是他自己太自闭了。

张潮打算走出公寓楼，出去散散心。文科楼旁边的"西北谷"是个幽谧的好去处。那里地势低，有一片波光粼粼的湖，湖边有很多热带树。湖上有家木质结构的甜品店，用结实的杉木高高支起，简直是一座空中楼阁，通过一座九曲十八弯的木桥才可到达。学生零零散散地坐在甜品店的木桌旁喝奶茶，有的则用胳膊肘支撑在木桥的栏杆上观望。张潮走上木桥，湖里有很多乌龟浮上来，争先恐后地爬到漂浮着的一块桌面大的木板上晒太阳。他挑选了一把藤椅坐下来。

湖边风景很美，湖水也清澈。菠萝蜜正在树杈上展现它碧绿硕大的果实，指甲花树过了花期，无精打采地站在那里，枝头点缀着黑豆一样的种子。湖边最多的是荔枝树，蔚然成林。荔枝树贴着地面分叉，有个细瘦的男生蹲在树杈上看书，边看边发出尖细的笑声。这个季节的荔枝树叶片暗绿，树上的枯枝是荔枝成熟季节被摘荔枝的人们折断的。这些都是南方树种，一年四季总是绿的，好像时光静止了，没有北方四季轮回的气焰。绿是一座迷宫，走啊走，永远走不到头，让人迷失方向。深秋的风闷热依旧，无力吹黄绿叶，只能吹皱湖水。湖里生着褐绿的水草，飘飘洒洒，长胡子一样。一条通红的观赏鱼停在水草间，小巧的副鳍轻轻扇动，猛地一跳跃出水面，原来旁边的女生向湖里投了一小块面包。那名女生看到鱼跃上来一口衔住面包就乐得哈哈大笑，张潮迷惑不解地看着她，觉得幼稚可笑。最近，他对什么都提不起兴致。

大概是她觉察到了他的诧异，就踩着碎步过来，说："对不起，张老师，刚才打扰你沉思了。"

"你认识我？"他初来乍到，有人认识自己，自然很高兴。

"班里那么多学生，你哪里会记得。我认识你，你未必认识我。你总是胳膊下夹着本诗集伸着头走进教室，跟乌龟似的。"她站在旁边，忍不住哈哈大笑起来，但立刻又忍住。张潮没有责备她，不好为人师，再说了，童言无忌。他讲课的时候，目光散漫地投向台下，并没有聚焦在任何一名学生的脸上。学生们却会齐刷刷地盯着他。

"哦。怪不得有点面熟。"他看到她两颊还未褪去的青春痘，小巧的嘴巴常常张开，露出洁白的牙齿，跳出欢快的笑声。她唇边两痕小酒窝，眼睛很黑，真是新鲜可爱的姑娘。张潮用审视的目光看她，又觉得这样盯着女学生不合适，就望向湖面。

"湖里很多鱼，还有乌龟，真好玩。"她说。

"是啊。湖边还有树，一年四季都是绿的。"他说。

"对啦，老师，你怎么总是愁眉苦脸？"她干脆把自己桌上的那杯奶茶拿过来，坐到他旁边。

"成人的烦恼。"张潮不想跟她提评职称的事，这些都在她的世界之外，哪忍心破坏她无忧无虑的大学生涯。

"有什么可烦恼的？这里风景那么美，不应该高兴吗？"

"你不明白，你太小了。"

"我不小了，刚过二十岁生日。你想跟我一起喂鱼吗？"

"哦，有意思吗？"

虽然不大情愿，他还是接过她递来的一块面包，学着她的样子把面包揪下一点，捏成绿豆大一粒，丢进湖中。张潮注意到她那双纤细柔嫩的手，如此灵巧，捏好的鱼食接连不断地丢进湖中。他的手粗大笨拙，半天捏好一个鱼食，投食的姿势很不雅观，就像随手丢掉一只断了后跟的袜子。果然，不一会儿便引来一群鱼，有红鲤，有白鲢，有草鱼。两条黑鱼躲在鱼群下面，目光阴沉，悄悄观望，好像不屑于争食，又好像伺机吃掉那些呆头呆脑的食草鱼。不知什么时候冒出来一只乌龟，四腿旋转如飞，穿行鱼群上，看起来比兔子跑得快多了。

"看到没，那只乌龟，多好玩啊。哈哈。"她又笑起来。他这次看见她黑眼睛中间咖啡色的瞳孔。

那两条黑鱼忽然一跃而起，扑向鱼群，咬断小鱼的身子。血丝和残体蔓延开去。乌龟吓得赶紧沉入水底。湖泊成了拼死决斗的战场。张潮觉得自己就是一只职场乌龟，只有逃的份。一年前，他拉着缺了一颗轮子的行李箱踏进校园，想到自己今后可以腋下夹着份讲义走上讲台，像虔敬的牧师一样传道授业就不由得伸直了脖子。校园的围墙高高竖起，他年轻的脖颈渐渐弯了下去，成了一只乌龟。不定期的年轻教师培训会上，领导再三训导在讲台上什么当讲什么不当讲。讲了不该讲的东西，酿成教学事故，那是丢饭碗的大事。张潮讲课的那间教室、电脑、放映机、话筒，现代化的教学设备一应俱全，却少了一些尽情交流对话的可能。他目光散漫，没有聚焦在任何学生的脸上。他提出一个观点，台下寂静无声，教室里响着学生们记笔记的沙沙声。他期待会有学生站起来反驳，说，老师，我认为不是这样。可是没有。他们在漫长的求学生涯中早就学会了盲从。讲台成了唱独角戏的舞台，冰冷而寡味。

她大概也发现了鱼群的厮杀，嘟着嘴，说不喂了。张潮说喂不喂捕食都会发生，弱肉强食是动物界的法则。她随即又开开心心喂起来。

"老师，明天这时候你要是没事就再来这里吧。"她说。

"有事？"他问得笨拙。

"没事。看你不开心，来这喝杯焦糖味奶茶会好些。你那么忧郁，是摩羯座的吧？"她笑吟吟地握起纸杯晃了晃，纸杯上印着一张灿烂的儿童笑脸。里面装的，想必就是她说的焦糖味奶茶了。张潮这才注意到她穿着一条镂空的白裙子，在她低头的刹那，又恰巧看到她微露的胸口。他赶紧把目光投向别处。

"你信星座？"

"信啊。要不，明天你帮我抓乌龟吧？"她兴致勃勃地说。

"看看还不行吗？抓到乌龟你要回去煲汤吗？宿舍可不允许做饭。"张潮有点不耐烦了。

"不是，抓到了再放回去。我从来没抓到过，觉得遗憾。只是一个小小的愿望而已啦。"她说。

"我要回宿舍了。"张潮说。

"明天下午你还来吗？一起喝焦糖味奶茶。"她又晃了晃喝光了的奶茶杯。奶茶杯呼呼作响，像是有风穿过。

"我真的要走了。"张潮真的走了，一路上觉得她不过是个孩子，生活在童话世界里，跟自己的世界两不相干，谁都无法参与对方的生活。校园似乎不属于自己，有些东西夺去了它的美丽和舒适。可她偶然裸露的身体又闪现在他眼前。那是一个年轻美好，已经成熟，渴求爱的身体。

晚饭后，果粒良来到张潮的房间，照例提来一瓶啤酒一瓶果粒橙。果粒良只穿了一条内裤，说怎么白天在讲台上感觉裤裆里凉飕飕的，原来内裤又烂了一个洞。果粒良就这样，讲台上的他和私下里的他，是截然不同的两个人。果粒良胸脯上露着根根肋骨，生着一层浓郁蜷曲的黑毛。他拍着他的胸脯说打算去学校健身房练胸肌，等他把胸肌练大，再加上他的胸毛，就会成为天下最性感的男人，他说他前女友常说他的胸毛很性感。

果粒良见张潮不答话，只是举着瓶子喝啤酒，猜测他应该还在为评职称的事烦恼，便说："这事得走动。要么约人事处的王处长去戏凤阁按按摩，不然推荐表上人事处的公章不好盖。"

张潮一口气把啤酒喝完，将空酒瓶蹾在地上，说："算了，这一路下来要盖十几枚公章，还要交培训费，太麻烦了。"

果粒良的浓眉一紧，眉心便夹出一道深缝："混高校，不评职称哪行。高校混的也是个圈子。"

果粒良学政治思想教育出身，会混，跟张潮一批进校，现在已揽了两项国家级课题在做了，正打算搬出学校的单身公寓，在房价惊人的S城买套海景别墅。张潮呢，课题懒得争，职称懒得评，除了上课就是读书写诗。前段日子，一个偶然的饭局上，张潮见到了主管文科的副校长。果粒良向校长先生介绍了张潮，说他读过不少书，发表过不少诗歌和论文。校长虽然面朝着他，眼光却越他而过，粘在饭桌主位一位文化官员的身上。

"就你这样当缩头乌龟不上进。只能一辈子住学校单身宿舍了。"果粒良环顾了一下逼仄混乱的房间。

张潮笑笑："当小讲师挺好。"

"不谈这些烦恼的话题了。对了，说了给你介绍艺术学院的女教师认识。咱们约她去校门口的青苹果咖啡馆喝东西吧。"果粒良见与张潮在职称问题上达不成一致，便转移了话题。

　　那是一名长发披肩的女教师，白内裤外面偏偏穿着一条黑纱裙，走起路来，黑纱下的长腿显得别有味道。脸蛋漂亮，身段也好，柔软得像校园小径上见到的猫。也爱笑，笑的时候眼睛盯着张潮的眼睛，这点跟他白天在湖边遇见的女学生不同。他一碰触到女学生的眼神，她就会躲开。这位女教师倒好，比他胆子还大，盯着人不放，像是印在脑海里回去把他画下来似的。

　　刚聊了没几句，果粒良推说有事离开了，故意让他俩独处。

　　他们谈了毕加索和莫奈，然后就无话可说了。他试着谈他知道的画家，她也试着谈她知道的诗人，可每个话题都谈不长。

　　青苹果咖啡馆蓝幽幽的灯光和勃拉姆斯钢琴协奏曲中，他们对视良久，谁也没说一句话。

　　她一身黑纱裙下影影绰绰的身体让他迷惑。她盯着他，眉头微蹙，涂了唇膏的嘴唇努了努，像是在引诱。

　　"我看你形象不错，我说的形象主要是指那种艺术上的气质。我最近搞人体写生，你愿不愿意给我当次裸模。"她指尖转动精致的咖啡杯，这个小动作也具有诱惑力。

　　张潮沉默了好大一会，仰脸望着桌子上方垂挂的枝形吊灯。上面成串的菱形玻璃散发着异样的光彩，宛如某个夏天的记忆。他以前也有过女人，不止一个，回忆唤起的只是某种痛楚。

"当裸模有福利哦。就在我的卧室里作画。这可是后现代主义的作画方式哦。"她朝张潮眨了眨眼睛。

"邹良很想让我画他呢，总是画不成。他太瘦了，简直就是一根金针菇。"她说。

"所以你们分手了？"张潮问。

时候不早了，张潮起身回去。她说明天下午学校展厅有她的画展，问他去不去。回宿舍的路上，他觉得自己一个朋友也没有了。

第二天下午，张潮没有去画展，直接去了校园西北角的湖边。路上见一只花猫懒洋洋地缩着四条腿躺在围墙上晒太阳，这家伙真是舒坦，不用开会，不用评职称。那名女生果然在那里，就坐在昨天他坐的藤椅上。捧着一本书在读，张潮看到书封上细白的手指。

他坐到她旁边的藤椅上。她见他来，就笑。她真是爱笑，看见一件东西，一个人，都要笑，有时候笑得莫名其妙。

"真有闲情逸致，还是大学时代好啊！"张潮说。

"生活就可以这么美好啊。点一杯焦糖味奶茶，看看书，一坐就是一下午。"她乐呵呵地说。

"老师，你想明白了，要帮我去抓乌龟？"

"好吧。老夫聊发少年狂。"张潮说。他小时候可是抓鱼的能手，放学后，村东的小河里常常有他的影子。他穿着大人衣服改做的短裤，麦色背脊裸露在夕阳的余晖下。

"什么老夫？你看起来不过二十四五岁。其实我们都不想喊你老师，想喊你哥哥。"

她兴奋极了，飞快地站起来，把书装进月白色的双肩包，甩在背上。张潮这才发现她比昨天高了，脚上穿着一双亮晶晶的高跟凉鞋，唇上好像还涂过一点口红。

一走到湖边的树林，她就围着那棵指甲花树转了起来。她说要找指甲花染指甲。张潮说时令不对，已经是深秋了，早过了花期。她不信，拨弄着树枝寻找，半个身子都探进去了。找个半天，树丛里传来她哈哈的笑声。等她探出身来，指间果然有几朵玫瑰红的指甲花。她把那几朵花装进书包，说，先去抓乌龟吧。

张潮就沿着湖边找草丛，他知道有些不安分的鱼静静地藏在草里偷看岸上的世界，想必乌龟也藏在里面。岸边的水草动了一下，他探手伸进草下的泥里，抓到了一团肉乎乎的东西。拿上来一看，一只碧绿的青蛙。青蛙在他手里露出楚楚可怜的黑眼睛和伸得很长的两条后腿。

"它真好看。"她开心地说，盯着那只青蛙左看右看。

"来，你拿着，滑腻腻的，凉丝丝的，感觉很好。"张潮说。

"不了不了。"她把双手藏在背后，捻着书包垂下的帆布带子。

张潮把它丢进水里，接着找乌龟。

"你为什么非要抓一只乌龟呢？"他问。

"哪有那么多为什么，庸人自扰，庸人自扰。"她吵吵闹闹地说。

"你们老家有什么好玩的？"她问。

"现在嘛，就是漫天黄叶，到处都有笔直笔直的白杨树。

可不像这里，一年四季都是红花绿叶，让人觉得不真实。"

"我在 S 城长大，从来没见过雪，一直想到北方看雪。"
她说。

"那得到冬天，每年都有几场鹅毛大雪，飘飘洒洒，覆盖
大地……"

"哇，想想都觉得很美。"她好像是个北方迷。张潮在她
这个年纪，也是个南方迷呢。可那种对地域和远方的迷恋渐渐
冷寂下去。

她忽然站在湖边的一段鹅卵石小径旁不走了，盯着水边
睡莲盛开的紫红花朵。睡莲的叶缘上卷，像平底盘子。

"要摘一朵吗？"他问。

"不要了。摘了会枯萎，明天再来看吧。"她又开心地笑
起来，伸展双臂，旋转手腕，跳舞一样。

走着走着，张潮忽然发现岸边的水里趴着一条手腕粗的
黑鱼。他中指竖在唇边，示意她不要出声。他知道，这鱼很警
觉，遍身黏液，难逮得很。他缓缓探下双手，手掌慢慢围拢，
猛地握紧，那条黑鱼便脱离了水面。那是一只目光阴郁、脊背
乌黑、尾部长满棕斑的老鱼。

"抓到了，抓到了。"她欢快地跳起来，忘记了自己穿着
高跟凉鞋，姿势就像戴着镣铐跳舞。

这时张潮发现那条鱼有点异样。虽是活鱼，嘴角却流着
一丝血，身上有几道泛白的伤痕，大概是跟其他鱼类搏斗时受
了伤，才在岸边休息，怪不得那么好逮。

这时有个戴草帽、穿汗衫的老园林工人骑着辆旧自行车
经过，说这鱼大概被水蛇咬伤了，应该交给他，他放到大湖旁

边那个没蛇的小湖里。张潮把鱼给了他。草帽抓着那条鱼，在水边洗了洗，用塑料袋缠住，装进车筐的蛇皮袋，跨上车子，走了，并没有朝着小湖的方向。他和她同时明白过来草帽不是要放生，而是要吃鱼。她突然蹲在地上哭起来。他想安慰她，说这是自己的错，没提前看透草帽的企图。他拉她起来，她把脸伏在他肩膀上哭了一阵。过了一会，他双手搭在她的双肩上，她低下头笑了。他说她的酒窝真好看。她说那不是酒窝，是梨涡。

　　"你可以帮我抓一只乌龟吗？什么时候都可以。"她问。

　　湖面上荡漾着冷绿倒影，秋天的味道弥散开来。他想明天在湖边再见到她时，她应该用那几朵指甲花染红了指甲。

迷途

1

　　那天晚上八点钟，林带我去了荒野书店。从桂花巷唐姨裁缝店一侧的路口拐进去，顺着架设在颓墙外的旋转楼梯爬到五楼。每走一步，铁板楼梯都咔嚓作响，好像随时都会连人带楼梯一起坠进握手楼中间的夹缝里。我紧紧抓住栏杆，沾了一手赭红色铁锈。你会喜欢的，林扁扁嘴，嘴角扬起一抹笑，信心满满地说。我在桂花巷生活了四五年，竟然不知道有一家这样的书店。我和林在一起也有两个年头了，此刻却感觉陌生。她的世界，至少有一扇窗对我关闭着。你会喜欢这里的，这里有市面上不容易买到的书，随便看，随便坐，别客气。林伸开裹着镂空蕾丝的柔臂向我介绍着，优雅大方，就像第一次带我去她家一样。

　　我表面上在翻看书架上罗列的书，眼光却斜视着观察林。她出门前穿上了一件粉色的蕾丝连衣裙，对着穿衣镜自我欣赏了许久。我早已换好出门的衣服，她却在挑战我的耐性。她侧着身子对我微笑，镜中的她也对我微笑。她让我帮她拉下裙子后背的隐形拉链。她脱下裙子，转着身子欣赏镜中的身体，又套上裙子，招呼我给她拉上拉链。那件裙子确实漂亮，像粉红花瓣连缀成的，紧紧裹住她粉红的身体。这是我第一次见她穿那件裙子，在我们热恋的时候她都没穿过。或许，那是新买的裙子呢，也可能是我最近对她的关注太少，抑或是我患了病，记忆变得碎片化。

荒野书店一堵墙上挂满了琵琶，整整三排，大概有十几把，也不知道书店主人怎么弹奏得过来。这会儿，林轻松随意地坐在琵琶墙下又宽又长的沙发上，取下一把琵琶抱在怀里，手指戴上义甲，试了试音，弹了起来。阳春白雪般的旋律让我沉醉，把我带回第一次见到她的秋天。我顺手从书架上拿了两本书作为搭讪的道具，就像那年秋天我把包里的书拿到手上一样。我走到她面前，怔怔地站在那里，盯着她聪颖的手指在琴弦上挥洒如飞，陷入梦幻，有点头重脚轻。看着她怀里的琵琶弥漫出动听的乐音，我心中充满欣喜、诧异与恐惧。她一心弹奏，脸色冰冷，看都不看我一眼。

林，你竟然会弹琵琶。弹的是什么曲子？

还没有练好。林回避了我的问题。

林，我很冷。我对那个小我十来岁的女人可怜巴巴地恳求道。

她从长沙发上站起来，把琵琶挂在墙上的挂钩上，补上了琵琶队列里的空缺。

她让我帮她拉下裙子背后的隐形拉链，就像来荒野书店之前在出租屋房间里那样。

她用的不是命令口吻，但我不得不听，羞怯的小鸟一样对她言听计从。

在那张长沙发上，她的青丝弥漫着洗发水的玫瑰香，那是她一向喜欢的味道。我亲吻她白嫩贝壳样的小耳朵，那是我们私密的性爱开关。她樱桃红唇饱满温润，皮肤粉红细腻。我爱她，也羡慕她。那年，沙尘暴掩埋了家乡，我逃亡到S城，遇见她，引诱她，兴奋地告诉每一个兄弟我和皮肤细嫩的南方姑娘睡过觉。

相亲相爱地折腾了半天，两个人都精疲力竭地躺在沙发上。我们甚至都没有反锁书店的门。我意识到要关门，但身不由己。

她说她这次高潮了。她又说她已经好久没高潮了。

工作忙，你知道的，晚上还要加班写领导讲话稿，在工作上耗费了太多精力。我怯生生地说。

你不是早就辞职了吗？我看你是待在屋里憋疯了。那晚让你拿吹风机帮我吹干头发，你让我自己吹。你难道不知道，男人帮女人吹头发，是女人最幸福的时候？林说。我不敢反驳，也无力反驳。

你看书吧，你会喜欢这里的，这里有的是你喜欢的书。林站起来，套上裙子，往后弯着胳膊，自己给裙子拉上背后的拉链，没让我帮忙。

我拿起放在沙发旁边地板上的那两本书，一本是高行健的《灵山》，一本是福克纳的《八月之光》，都是繁体字版本。林说她一直喜欢看的动画也被下架了，既得利益者在为摧毁这个时代真正的艺术做最后的努力。你曾经在相关部门上班，也是刽子手，至少是参与者。我惊愕又恐惧地看看林，她正站在满墙的琵琶下，脸色冰冷，根本不是平日里那个肤浅无知嘻嘻哈哈的小女孩。我甚至不敢确定她到底是不是林。

午夜之前，我和林尽情地谈论文学和电影，一起收集《金瓶梅》中被删减的字句。

2

我忘记了多久以前。玲喊我晚上到办公室加班，起草一份领导明天一早在某揭牌仪式上的致辞。我给林发了短信，说加班，会晚点回去，要她晚餐不要等我。

大办公室里的每一张办公桌都用隔板隔开，那晚只有我的隔间亮着灯光。两个月来，我在里面起草了无数五花八门的讲话稿，堆积各种坑蒙拐骗的词句。一闭上眼睛，耳朵里就响起办公键盘令人厌恶的回音。我有时候会想，亚当偷吃了禁果，难逃赎罪的命运。我为了在 S 城混口饭吃，写下那么多谎言，总有一天会遭受惩罚。地府判官、牛头马面会来抓我，丢进油锅里，边炸边骂，你这个可鄙的从犯。办公室里的隔板太单薄了，无法给我庇护，复仇猎手时刻追寻我的行踪。

我对八股文的套路早就驾轻就熟，写份致辞，不过小菜一碟。可那篇公文，眼看着要到午夜，刚写了开头，文字不再眷顾我。我心乱如麻，遭受焦虑啃噬。

玲从她的专属办公室到职员大办公室来找我。玲是综合处主任，年纪跟我差不多。在我的印象里，她是一名把生命献给工作的人，每天很晚才离开办公室。我对她了解不多，办公室里那些有形无形的隔板将彼此隔开，我甚至不知道她有无婚姻。玲学历很高，说话总是很谦逊，没有小官员飞扬跋扈的戾气，她轻声问我稿子进展得怎么样了。

我说刚写了个开头。她把隔壁办公桌的旋转椅拉过来，坐在我身边，看了看狭窄的电脑屏幕。我去过她的办公室，大概她是主任的缘故，办公室里的电脑屏幕也比普通职员的大了几寸。

写公文不适合你，会消磨你对文字的感悟，时间长了，会毁掉你。听说你喜欢写诗？她说。

这是在办公室上班以来我听到的唯一触动我内心的话，给我荒谬的生活打开一道缺口。我表面上不动声色，心里却感动得稀里哗啦。我嘴里像是含着一颗春柳的小绿芽，又苦又涩，我刻意隐藏的处境竟然被她轻易识破。善解人意是成熟女人的专长。小我十岁的林，在我眼里，就是长不大的孩子，有时候做爱的时候她嘴里都含着一颗阿尔卑斯棒棒糖。难道玲真的知道，我对每天要写这种死亡的文字早就烦透了？

玲两边的脸颊上垂下几绺淡黄秀发，在中央空调的微风下轻轻飘动，显露着熟女独有的风韵。她正出神地看着我。我心中升起可怕的情欲之火，我的心期待解救，同时又充满罪责。办公椅的轮子兔子一样奔跑起来，我的吻落在她的唇上，是那种春柳绿芽苦涩的味道。可怕的冲动蛊惑我进一步行动，对，就在午夜的办公桌上。我突然意识到目前的处境，突然想到了林，对林的怜悯和罪责还是没有遏制住我对玲的渴念。那次的性欢乐真是太折磨人了，简直要了我的命。

我中了邪一样跟随玲进了她的办公室。那是一间实体墙围起来的单间，而不是用单薄的隔板隔开。她在一面雪白的空墙上轻轻一推，一扇门打开了。我来过无数次她的办公室递交起草的文件，第一次知道还有另外的一扇门。她示意我跟她一起进去，有意展示着什么。门后面是一个完整的生活，客厅、书房、厨房、卫生间，还有一条穿着西装马甲有绅士派头的棕毛哈士奇。那条狗一看见玲，就摇头摆尾一脸欣喜，一双棕黄大眼总是朝向玲所在的方位，对玲的每一个动作都做出低三下四的回应。玲丢给它一块甜甜圈面包，它用嘴轻轻衔住，并不立刻狼吞虎咽，虽然口水连成线滴在木质地板上，空气中弥漫着狗腥味。它在等玲的进一步指示，玲一挥手，说吃吧，它就哇呜一声将整个吞进喉咙。玲进了卧室，只有那条该死的狗和我在客厅里。它已经吃完面包，伸着猩红的长舌舔着嘴角的面包屑，对我面露凶光，扫帚一样的蓬松巨尾高高竖起，随时准备狠狠地咬我一口。

你准备好了吗？玲从卧室里出来问，她换上了月白色纯棉休闲睡衣，脸上好像扑了点粉，粉嫩而苍白，嘴角挂着淡淡笑意，一种陌生而温馨的笑，我差点把她误认为是林。

准备好了。我跟她走进卧室，继续办公室里的情欲游戏。我回头看了一眼，那条棕毛大狗正充满敌意地望着我。我砰的一声甩上卧室的门，把它关在门外。

成熟女人卧室里的甜腻气息让我昏昏欲睡，我终于可以从毫无意义的小职员工作中暂时逃离，在纵情嬉戏中成为一个国王。玲并不比林漂亮，也没林年轻粉嫩，可她擅长一些性爱小花招和在我经验之外的新玩法。混沌与迷狂中，我经历过的女人陆续显现。我曾经堕落得不成样子，熟练地逢场作戏，与遇见的每一个女人都试图保持情人关系，有半熟少女，有柔情姑娘，有香艳少妇，有半老徐娘，还有老年妇女，她们都有让我着迷的独特之处。我也真是个爱慕虚荣的家伙，女人稍微说上几句好话就能轻易打开我的心扉。

回到桂花巷的出租屋，已经过了午夜。林还在等我，她穿着那件仿佛无数粉红花瓣连缀而成的蕾丝连衣裙，在穿衣镜前扭着身子孤芳自赏。

我美吗？她问。

美，美得很。我说。

我还是不够美，不然你怎么那么晚才回来。一抹苦笑浮在她粉嫩苍白的脸上。

天不早了，该睡觉了。我心里陡然一惊，生怕她猜出什么，赶紧转移话题。

男人真是永不满足的怪物，嫌同龄的伴侣人老珠黄，又嫌年轻姑娘不理解自己。这样成熟的话语从林口中说出来，我惊得说不出话来。也许她已经猜到了什么，两个人在一起亲密地生活久了，总会有一些无法解释的神秘预知。

她摆弄了一会梳妆台上的瓶瓶罐罐，脱下连衣裙挂在墙上的衣架上，去浴室洗澡了。她出来的时候，光着身子，长发上的水滴在地板上划开一道亮痕。她将吹风机递给我，让我帮她吹头发。我第一次拒绝了她，还告诫她那么大了，生活要自理。

后半夜我被吵醒了，林在磨牙，雪白的细牙咯吱作响，拳头紧握，好像在梦中使出全身力气与什么较劲。我伸手捏了捏她的脸颊，她暂时停止磨牙，过了一会，又咬牙切齿起来。我索性不管她，自己也睡不着。房间里很黑，不知哪里忽然窜出的一束光照射在林挂在墙上的连衣裙上，把我吓了一跳。那条裙子鼓鼓囊囊，就像依然穿在林身上，包裹着她全部的肉体和灵魂。

我混混沌沌地坠入睡乡。早晨醒来，一睁眼的明亮瞬间，意识到自己和林的生命已经深深地交织在一起，她该是我唯一的女人，最后一个女人。林曾说，我是她童话里的王子。该死的，我给林纯洁的爱情溅上了污点。看呐，我这个蠢货昨晚做了什么荒唐事。整整一天，办公室里的一切都显得虚伪做作，我一点都高兴不起来，甚至想把办公室放火烧掉。

我知道如何轻巧地辞职，比如在起草的领导发言稿标题下面写上自己的名字，并且上传到网上的个人空间。当一名文字秘书想为自己起草的讲话稿要求署名权的时候，即使是仅仅表现出讲话稿是自己写的时候，他距离丢掉那份工作已经不远了。

不出所料，玲把我从职员室叫到主任室，和蔼可亲地对我说，你不该把起草的讲话稿贴到网上个人空间，大家都知道那是你写的。你上个月的工资已经结算好了，迟到早退的话扣除当天工资。你想继续干就要服从单位安排，我们会尊重个人意见。

我返回职员室，收拾了自己的办公桌。对面办公桌二十出头的职员小王让我去热水间帮他倒杯水，我笑笑拒绝了，眼神里充满鄙夷和不屑。我想起两个月前第一天来办公室上班的时候，那名身材瘦小，脸颊细长的青年，惊愕地盯着我看了一会，眼神闪烁地说："咦，您不是图书馆那次读书会的特邀嘉宾吗？您的诗真是好。您还记得我吗？我业余当文化义工，给您拍过照。本来还想和您合张影，但是您身边簇拥着很多人，挤都挤不过去。您怎么来这里了？""这是我新应聘的工作，两个月的试用期，我现在是一名实习工。你知道，写诗挣不到钱，徒有虚名罢了。""哦……"小王意味深长地哦了一声，马上摆出老职员的派头来，细长脸颊变得严肃，闪烁的眼神充满威严。小王接着说："按照单位的安排，我负责带实习工熟悉业务，你主要负责领导讲话稿的起草。"小王指了指自己的印着米老鼠的卡通水杯，我心领神会地去开水间给这个小年轻愚蠢的杯子倒满热水。

回到办公室，我打开电脑，看了一眼两个月来自己起草的那些文稿。它们或许对单位有用，但对我个人而言毫无意义。我顿了顿，按下了删除键。我觉得自己以后再也不会为任何组织和单位浪费文字，我只会听从自我的召唤写字。

我把办公桌上的水杯和茶叶装进背包，将自己的键盘斜挎在腰际，走出办公室，友好地朝看守栅栏门的保安小伙子打招呼。保安小伙子友好地朝我回笑，当然他不知道，这名每天斜挎着键盘上下班衣衫不整的家伙，不会再次跨进这道伸缩栅栏门。

那是一份只做了两个月的工作。我想以后自己再也不会过这种每天按时上下班的生活。在 S 城一间配有中央空调的办公室里拥有一张办公桌带来的安全感虚假而孱弱。如果注定要漂泊，又何必暂求安稳。

3

林让我陪她去唐姨裁缝店,她说想把那件粉红蕾丝裙改短一些,有时候裙边会拖到地上沾上灰尘。平日里,桂花巷熙熙攘攘热闹非凡,总弥漫着猪大肠的味道,有很多旧书店,封面斑驳的书籍论斤出售。戴草帽的小贩用扁担挑着俩藤条筐子,兜售桑葚和草莓。小贩看见穿制服的官方人士撒腿就跑,不惜掉落满巷子的桑葚和草莓,被路人踩个大红大紫稀巴烂。桂花巷藏在S城深处被遗忘的城中村,租客大都是浪迹天涯的外地人,他们有的会烹饪,有的会剪裁,有的贩卖小商品,都是凭自己的双手吃饭。S城总是不厌其烦地向世界展示什么,除了炫耀泡沫化的经济,还推出一大批驯化艺术家,试图证明文化沙漠的论断纯属谣言。桂花巷的居民可不是这样,他们总是小心翼翼地隐藏,在巷子的入口处种了很多胡须垂地的大榕树,使外人无法轻易发现。握手楼的颓墙上爬满绿油油的亚热带藤蔓,穿上了迷彩服,航空拍摄时还以为是一片未经开垦的荒地。若是有外人混进去指手画脚,我想老租客十之八九会说"别他妈的打扰我的生活"。以后如果有人发现了这块S城深处的遗忘之地,官方也大概不会承认,他们早就通过媒体向全世界宣布这座伟大的城市已经完全消除了城中村,进入了后现代主义新时代。

巷子里有好几家裁缝店,店主都是中年妇女,数唐姨活儿最好。她有一张金黄色的南瓜脸,裁剪技术天衣无缝,待人和蔼可亲,可我实在不喜欢她,一点也不想去她那。林却跟她很谈得来,一见面就唐姨长唐姨短地闲聊。她的那间几平方米的门市店总有一股怪味，有时候是老鼠味，有时候是鱼腥味，有时候是臭豆腐味，有时候是腐肉味。我甚至多次不怀好意地揣测，味道就是从她高大肥胖的身体上发出来的，怪不得没有男人，大概S城肆虐的蚊虫都不敢咬她，也省得点蚊香了。有次，我把自己猥琐的揣测告诉了林，林说那些味道是唐姨故意涂在自己身上的，用的是独特配方的香水，为了驱赶男人，总有男人骚扰她，她对男人不感兴趣。我听后诧异又窃喜，因为陪在我身边的林是一名纯粹的小女人，每天都想着穿上漂亮的花裙子讨我喜欢。

4

我到桂花巷的炒货店买了一纸包糖炒板栗，林爱吃，喜欢我一颗一颗地剥掉硬壳，把香喷喷的栗子肉塞进她嘴里。我盘算着晚上邀她去电影院看场爱情片，好久没一起看电影了，让她穿上那件漂亮的花瓣一样的蕾丝连衣裙。这些日子，真是亏待她了。

钥匙插进锁孔里，我打开门，林竟然不在，一直挂在墙上的那件蕾丝连衣裙也不在，那可是一件她平时不舍得穿出去的裙子。我有一种不祥的预感，疯子一样冲出出租屋，跌跌撞撞跑进桂花巷里。从唐姨裁缝店一侧的路口拐进去，顺着架设在墙外的铁板旋转楼梯爬到五楼。每走一步，楼梯就咔嚓作响，好像随时都会连人带楼梯一起坠落进握手楼中间的夹缝里。我紧紧抓住栏杆，沾了一手铁锈，顾不得弄掉。在楼梯上，我听到荒野书店里传来林奇怪的笑声，她的喉咙里好像含着冰，笑声带着明亮的冰晶。还有陌生男人的声音。林和他在打情骂俏。书店的门跟往常一样没有关，我轻轻推开一条狭缝，看到林赤身裸体躺在琵琶下面的长沙发上，她樱桃红唇饱满温润，皮肤粉红细腻，有一对贝壳一样精致的小耳朵，那是我们私密的性爱开关。那个颧骨高耸戴着大黑框眼镜的老男人正亲吻她的小耳朵，惹得林发出冰晶般的笑声。他们肯定已经耳鬓厮磨了老半天，这会正躺在沙发上边谈笑边回味。我和林的爱情，我的所有爱情，都像一个五光十色的肥皂泡，光艳了几秒钟，不容置疑地倏然破灭。我没有走进去，承受不了S城暑季的寒冷，尤其是她那冰晶般的笑声。我亟须到桂花巷里找个酒馆，像那些喜欢蹲着喝酒的民工一样，来瓶高粱烧酒暖暖身子。

我正喝酒，林发来短信，让我去荒野书店，说想再为我弹奏一次琵琶。

这时候，我才意识到，书店里和林在一起的男人不是别人，是曾经的我自己。我确定自己患了病，此时记忆开始复活。往昔就像桂花巷抬头望见的星星，依然发光，但已经死了。

阳光照在桂花巷乌黑的街道和四处攀援的藤蔓上，到处都是熙熙攘攘的人群和鳞次栉比的小商店，一切都平淡无奇。忘记了是哪天，反正是过去，我和林跑遍了巷子里所有论斤售卖的二手书店，挑选我眼中的经典之作。我把那些书装进帆布双肩包，背进五楼的荒野书店，摆在旧家具市场淘来的简易书架上。沿着通往书店的旋转楼梯，我的膝盖骨和铁板台阶同时咯吱作响，向我展示书籍和生活的重量。林背着一个小一点的双肩包，也帮着搬书，精巧的鼻头上密布汗珠，身体散发着醉人的汗味。我们像巷子里的挑着两个藤条筐子兜售草莓和桑葚的小贩一样，时刻提防官方人士的骚扰，没竖广告牌，只在楼下的墙上贴了一张不起眼的书店开张铜版纸海报。书店有零零星星的顾客，大都只看不买，转一转就走，像大多数热衷于逛街的人一样。我想大概是缺乏读书环境，就在书店设立了吧台，林理所当然成了吧台女郎，为顾客提供现磨咖啡和珍珠奶茶。为了浓郁文艺氛围，我们还在一面墙上挂满了收购来的旧琵琶。那些都是我辞职后对新生活的尝试，试图在现实和理想之间找到平衡。

顾客有时候半天也没有一个，大概是我喜欢的书没人喜欢。林就笑我，说书店开在五楼，连个招牌都没有，哪会有人来。我也跟着笑，承认自己确实不是经商的料。一个稀松平常的下午，来了一名戴金丝眼镜，穿宽领西服的人。因为顾客很少，我观察得很细，紧紧盯着衣着考究一本正经的来者。那人身材瘦小，脸颊细长，二十岁出头，我猜他应该是真正的读书人，或许是一名大学生，不像是桂花巷里的租客。致命的不是西装革履的男子，而是随他而来的玲。他们都是我以前办公室的同事，一起干过不少监督网络舆情查封书店网吧之类的事，当然都是指示雇来的闲散人员具体实施。我不知道他们是有意还是无心，这次竟然亲自前往。书店门口突然响起两声狗吠，那条穿西装马甲的哈士奇也来了。我一转身，正好与那畜生四目相对，它伸着猩红的长舌舔着嘴角，好像刚刚吃过什么。那畜生对我面露凶光，蓬松的巨尾高高竖起，随时准备狠狠地咬我一口。大概镶嵌在颓墙上的旋转楼梯不适合犬类攀爬，它上来得有点晚。我一直担心又期待的报应终于来了。我装作不认识他们，他们也装作不认识我。他们装得实在太像了，好像真的不认识我。林有眼色地给玲和小王倒上两杯加奶咖啡。他们不是来买书，而是查看书店经营许可，开了我们难以承担的价格并且拒绝讨价还价。先前所有的辛苦和谨慎都挡不住真正的危险。就这样，我撕掉了楼下墙上张贴的书店开张海报，把荒野书店变成了我和林两个人的家庭书店。我读书写诗，偶尔在报刊发表，两块钱一行。林那时起，开始自学弹奏琵琶，一心想当酒店伴奏。饿了就叫外卖，点得最多的是酸辣粉和麻辣烫。

林穿着那条粉红花瓣一样的蕾丝裙，怀抱琵琶端坐在沙发上。墙上悬挂的那些琵琶，每一面她都抚弄过。看着她怀里的琵琶弥漫出动听的乐音，我心中充满欣喜、诧异与恐惧。她最喜欢的那条裙子让唐姨改得很短，几乎遮掩不住什么。那次，她弹了整整一曲的《十面埋伏》。一时间金鼓齐鸣，马蹄雷动，短兵相接，西楚霸王走投无路。她的手指时扣时抹时弹，挥洒如飞，琴弦上一团幻影。

林说明天她就要坐在 S 城大酒店的包厢里弹了，总得谋个出路，越来越讨厌酸辣粉和麻辣烫的味道了。

唐姨给了我驱赶流氓的香水配方。林见我不说话，便接着说了一句。

S 城的暑季向来以闷热著称，我却感到从头到脚不寒而栗，冷气从她身上那件漂亮蕾丝裙上散发出来，房间越来越冷。

我还没学会如何扮演好角色，走以后的路。

采莓

1

那是一座用木料和防水布搭成的小屋，有风的时候，肯定野兽一样呜呜作响，小屋本身似乎也成了一只供人居住在肚子里的野兽。

张潮站在小屋里的时候，那是一个阳光明媚的春日下午，并没有风。他趁着女友陈欣和她的妈妈阿萍采摘草莓，跑来借用一下草莓园主人的卫生间。

草莓园主人，一位个头矮小身材枯干的南粤老汉，指了指地头上那座帐篷一样的小屋。

张潮刚走进小屋，便愣在那儿了。他小时候，家里有几亩果园，种着桃树和苹果树，在远离村子的荒郊野外也有这样一座小屋。他记忆中的果园小屋更加简陋，用残砖兑着石灰垒就，两洞方形窟窿当作窗子，他一家四口便住在里面，一张方桌，一架破床，便是全部家当。现在回想起来，小屋的面积也就七八平方米，远远没有眼前的小屋大。毕竟那是记忆深处穷乡僻壤的果园小屋，这是南国大都邑城乡接合部的小屋。

走进小屋内部，厨房、卧室、卫生间一应俱全，都是用防水布隔开。屋子一侧有个不锈钢洗脸盆，上面垂着的水龙头有自来水。卫生间里有一方干净的陶瓷蹲坑，无法自动冲水，旁边的水桶里有一只冲水用的水瓢。卫生间的隔壁便是卧室，摆着一张双人床，被褥算不上干净，可能还有灰尘，却给人舒适妥帖的感觉。

"水桶里有水。"外面传来老汉的声音。

"嗯，看到了。"张潮走到小屋门口，看到老汉正用毛笔准备在一块白色泡沫板上写字，提着笔，一副若有所思的样子。泡沫板的背面是红通通的宣传语。

"捡来的板子，风吹到草莓园来的。"老汉看他盯着自己，便说起板子的来路。

"写啥好呢？这边有草莓园加箭头？哎！你来说。你看起来就有文化。"老汉看了一眼张潮。

"哦，就写'草莓熟了'四个字吧，加上箭头，挂在路边的电线杆子上，路过的司机就可以看到了。"

"好！"老汉挥笔写上。

"大叔书法了得！"

"我小学都没毕业，谈啥书法嘛。"老汉有些羞涩地笑了。

"当然可以谈书法。我见过不少人，写得还没你好，都开书法展呢。"

老汉笑得更开心了，熟练地用螺丝刀在泡沫板上钻了两个洞，钻进一根铁丝，拎起来便往路边跑去。

"挂在这儿？"老汉问跟上来的张潮。

"再高点儿！"

"这里呢。"老汉把板子举起来。

"高度可以了，方向不对。靠近草莓园一侧的路是双行道左侧来车，板子应该朝着司机。"张潮说。

"对！对！"老汉说着，摆正了板子的方向，并用铁丝固定住，免得被风吹歪。

"快来摘草莓！跑哪里去了！又偷懒！"草莓园传来陈欣娇声娇气的声音。

"来了，来了！"张潮应答着，回头看了一眼老汉，他正坐在路边帐篷下的小小地摊上，望向路边的车流。地摊上的蛇皮袋上码着一堆草莓，散发着熟透的草莓特有的甜香。

陈欣和阿萍各挎着一个塑料篮，顺着田垄采摘熟透的草莓。草莓种在土埂上，两侧的沟里还有一些积水，所以她们换上了草莓园提供的胶皮靴子。那些牛筋大靴，倒插在地头的竹子围栏上，鞋跟指向天空，颇有气势。

"你不怕弄湿鞋子啊。"陈欣问跟上来的张潮。他依旧穿着一双休闲鞋。

"我拣干燥的地方下脚。看，这颗草莓多红多大，跟苹果一样。"张潮说着，伸过手去摘，却被陈欣制止了。

"不要那个畸形草莓。怪模怪样的。"陈欣说。

"这不算畸形，可能是两颗草莓长在一起了。这颗大啊。你见过苹果一样大的草莓吗？"

"我要长相好看的草莓。"陈欣说。

"长相好看？你那么好色！"张潮眉眼含笑地望着陈欣。说着，他摘了一颗外观圆润红得发亮的草莓放在她唇边。

"好色情！好像一部电影里的场景。"陈欣转过头去。

"哈代小说改编的电影《苔丝》，我带你一起看过的。乡间阔少亚雷就是在苔丝嘴边放了一颗草莓，苔丝吃了草莓，成了他的情人。"

"哪里是草莓，我记得是樱桃。"陈欣说。

"管它是什么呢？反正是一颗熟透的水果。快吃了吧。吃完我带你去个好地方。"张潮说着，指了指草莓园的小屋。

"不吃，没洗。不去，你才没有什么好地方。"陈欣说。

"熟透的草莓不用洗，一洗就烂了。"说完，张潮动作夸张地张大嘴巴把那颗草莓一口吞了。

这时候，陈欣和张潮到了草莓园的尽头，正好跟阿萍会合。阿萍说："比一比我们谁摘的草莓更好。"她的篮子里满是红艳艳的草莓，眉眼里含着笑，不像一位中年妇女。

"哈哈，我妈就这样，像个小孩，心理年龄比我年轻。"陈欣对张潮说。

"对了，你去路边看看全哥，免得那人欺负他。"阿萍想起来什么，对张潮说。

"不会的。一会儿保险公司就来人了。那家伙也不像是能欺负全哥的人。全哥很壮实呢。"张潮虽然口头这么说，还是迈开了步子，去草莓园的路那边跟全哥会合。

2

全哥和那人依然站在路边的榕树下，各自的车也停放到了树荫下。保险公司的人还没来。

年假的那几天，每天阳光灿烂，南国的羊城宛如夏天，人们穿着长袖短袖，一副欢天喜地的样子。

年初一的午饭后，阿萍提议去商城购物，把单位发的购物卡余额花光。不过那座商城在十公里之外，只好开车去。

全哥开车，在车河中走走停停，忽然猛地一震，追尾了前车。

"怎么回事呀？"副驾驶位置上的阿萍说。

"应该是追尾了。"全哥小声说，像个做错事的孩子。

"你开车从来没出过事呀。"阿萍说。

"刚才低头看了一眼手机导航。"后视镜中的全哥皱着眉。

"这是老爸开车第一次出事呢，就算交学费了。"陈欣说。

这时候，前车的司机已经下车，站在他们车旁，手指敲着前车窗。

全哥和张潮都下了车，查看两车损伤程度。

全哥的越野车高大结实，只是掉了一点漆，前车的后车灯碎了，后备厢也鼓了起来。

前车司机看起来三十来岁，穿着条纹衫和七分裤，一副都市休闲风的装扮，外翻的大嘴唇操着一口珠江电视台娱乐节目一样的流畅粤语。

大嘴唇用手机拍了被撞坏的车尾，双手比画着，口吐张潮听不懂的语言。

"啥意思？"张潮问全哥。

"他说让赔五千块。"全哥皱着眉，第一次开车出现事故让他手足无措。

"这破车！对了，不是有车险吗？让保险公司处理好了。"张潮说。

全哥给保险公司打了电话，两人找准角度各自拍了许多照片。

时值年假，路上车水马龙，停在路中央影响交通，也不安全，两人便商量着把车开到路边的树荫下。

张潮在树下伸了个懒腰，闻到空气中一丝香甜，便四处张望，只见行道树后面是一道道田垄。

陈欣打算在车中小憩。张潮轻敲车玻璃，让她下车来呼吸新鲜空气，可惜她只是摇下了车窗，并不打算下车。

"那边有草莓园哎！"不远处传来阿萍欢快的呼声，只见她一蹦一跳地沿着一条土路向田垄深处走去。

张潮定睛望去，那边的田里果然红绿相间，香甜味便随风飘来。

"走，摘草莓去！你妈已经跳过去了，像个顽皮的小女孩。"张潮对陈欣说。

这下陈欣有了下车的理由，边下车边感叹，"哎！我的极品老妈！老爸在这里处理撞车事故，她还有心情摘草莓，真是奇葩。"

"这正是她的可爱之处。其实你有点像她。"张潮说。

"老板，你怎么不在路边立个招牌呢？这地方一点都不好找。"阿萍对老汉说。

"对哦，是要立招牌。我这的草莓又大又甜，价格也便宜。"

"多少钱？"

"自己摘的话三十块钱一斤，周边其他草莓园的价格我了解过，都是五十块钱一斤哦。"老汉搓着手上的泥巴说。

"刚才我给你提了一个多好的建议，立了招牌你这生意准好，二十五元一斤吧。"阿萍讨价还价道。

"好吧！"老汉笑嘻嘻地回应。

张潮看了一眼脚边草莓摊子上的果子，很多已经红如大樱桃，散发着馥郁的香甜，有些已经熟过头了，再不摘就要烂在地里了。对于果农来说，应该是到了给钱就卖的时候了。

这时候，母女俩已经换上了胶皮鞋，开始摘草莓。其实，比摘草莓更重要的是拍照发朋友圈，阿萍尤其爱拍照。陈欣正两手捏着手机对准挎着草莓篮子戴着墨镜摆着姿势的阿萍。

"过来帮我拍照。"阿萍对着张潮喊。

"阿欣比我拍得好看。我去趟卫生间。"张潮说着，朝着草莓园尽头的小屋走去。

"别忘了来摘草莓，采莓，把一年的霉运都采干净，来年准发大财。"阿萍说。

"这也是广府文化？"张潮向陈欣喊。

"哪有！这是老妈胡编乱造的。"陈欣笑着说完，挎着小篮子跳进了草莓田。

"不过，我相信她的话。"张潮喊道。

3

年三十那天，陈欣爸妈从羊城驱车来隔壁的 S 城，接他们回家过年。

那天陈欣在家收拾行李，张潮一早就去了书房，那是他在不远处写字楼上租来的单间。

看了一会儿书，刚刚十点，就接到陈欣发来的信息，说爸妈已经在家楼下了，等会儿，接上你就直接去羊城。

"吃了午饭再走吧。我定个饭店。"

"还没到饭点啊。"陈欣回复。

"那就先在东门步行街逛一会，到了饭点再去吃饭。对了，你不是一直想玩密室逃脱吗？"张潮问。

"反正接上你就走。"陈欣回复。

我猜他们是嫌在S城消费高。张潮暗想。记得上次他们开车来，在小区地下车库停了一个多小时车，花了二十块钱，全哥抱怨了好几遍，甚至建议他们搬到羊城发展。

停好车，张潮把他们迎上来，泡了茶。书房被书架和杂物填满了，没地方待客，好在办公区前台旁边有沙发和茶几。另外，张潮也不喜欢别人进入自己的书房，就连女友陈欣，也很少来。其实，里面没有金屋藏娇，没有什么见不得人的东西，可是，不知道为什么，他就是不喜欢别人进自己的书房，似乎那是一处隐秘之地。

就在张潮回房间取茶壶的时候，全哥跟了进来，四处打量着，这令张潮芒刺在背。

过了一会，全哥的目光停留在书桌上，上面摆着一尊半裸的铜制维纳斯雕像，还有一台日本丽声牌的实木座钟。他的目光上移，书架最上一层，立着一个国产的日本手办，那是一个半米高的穿着黑丝袜的卡通美少女，乳房大得惊人。如果从后面看，透过丝袜，可以看到少女圆润的屁股。后来，全哥盯着书桌上的那对巨大的惠威音箱看了许久，问张潮，你弄这么大的音箱做什么？

"看书之余听歌，也听英语。"张潮漫不经心地回答。

"得几千块吧？家用没必要买这样的。"全哥说。

"音质不一样。出来喝茶吧。"张潮边向房门口走去边喊，他心中嘀咕着全哥肯定觉得自己玩物丧志。

张潮用一次性纸杯倒上茶，四人没头没尾地聊着天。全哥自然又谈起存钱买房，张潮压根没有这方面打算，说了一些现在应该把收入投资在学习上，等拿到博士学位入职，单位会解决住房问题之类的废话搪塞过去。

"聚个餐再走吧。"张潮转移话题。

"年三十饭店不开吧。"全哥说。

"周边营业的饭店一大把，顺德佬、江南厨子、全聚德烤鸭分店……这里可是 S 城啊。"张潮说。

"不了，我们出发吧。记得把你书房的电源都关上。"全哥说。

"等下，我想把那个卡通手办送给弟弟。"张潮说。

"算了。他还是小孩子。"全哥说。

"都大一了，还是小孩子？"

"最让我头疼的是怎么引导他。他现在白天睡觉晚上打游戏。整个人都快废掉了，我们真是没辙了。"

"发展点其他爱好代替游戏呀，比如读读小说，听听音乐，看看电影，玩玩手办，总比打游戏强吧。"

开车两个小时就到了羊城，恰好午后一点吃午饭。全哥找了一家尚在营业的兰州拉面，一人点了一碗，几十块钱就解决了全家午饭，果然是勤俭持家啊。

饭后没有开车回家，而是去了全哥的工作室。

那是在城中村租来的一楼门面房，拉着一道宽大的卷帘门。

全哥蹲下身来，开了卷帘门的锁，推上去，张潮也跟着他钻了进去。

满墙壁的螺丝刀、扳手、锤子之类的工具，可谓是琳琅满目。靠墙摆着几台油乎乎的制衣机器。

"来，帮我抬一下。"全哥说。

全哥和张潮各自抓住大麻袋的一端，把它码到另外的麻袋上。

"什么东西，这么沉。"张潮问。

"件。"全哥答。

其实不用问他也知道，里面装着衣服半成品。附近聚集着不少粗加工的制衣作坊。张潮只是找点话题，避免沉默的尴尬。

"你的工作室跟我书房差不多大吧。"张潮说。

"怎么可能。我这大得很，有一百多平方米。你那间顶多十个平方米。过来这边看。"全哥自豪地说。

张潮跟着他进去一扇门，原来里面别有洞天，还有几个房间，厨房、卫生间一应俱全。看来，平时工人们就在这里干活与吃饭。

"听歌吗？"全哥说着，摆弄着一个三合板箱子。

"你自己做的音箱？"

"是啊。喇叭是从我结婚时的老音箱上卸下来的，二手市场花了十块钱买了个功放板，装到三合板盒子里钉起来。三十年前的音箱用料足哦，你看，这喇叭的磁铁就有三五斤重。"说着，全哥打开了音箱开关，摆弄着手机，选了一首粤语歌，音箱便轰隆隆响了起来，声音很大。

"音质还不错啊！啊，高科技啊，还可以用手机点歌。"张潮赞叹道。

"是啊，用蓝牙连接的，很简单的，功放接口上插个蓝牙接收器就行了。"

"有技术就是好呀。"张潮赞叹道。

"我只会一些基本的实用技术，高端的就不行了。比如，弟弟的键盘坏了，电路板上的线路太小太精密，我就焊不上了。"

下班之后，全哥就开车赶去他的工作室。那些机器，在他上班的时候，已经开始运作了。他下班后赶来并不只是为了监督工人们干活，或作为一名技术指导。他本身就是其中的一名工人，工作室里有一个他的专属机位。他坐在那儿，跟工人们一起干活，手指同样灵活，手掌一样粗糙。

4

在陈欣家过年的两天半，全哥买菜、做饭、洗衣、浇花……几乎包揽了所有家务。阿萍则坐在客厅红木沙发上的按摩垫上看手机，要么就与陈欣聊天，偶尔也去帮厨。那个按摩垫，是张潮带来的新年礼物。其实大包小包回家过年早就不时兴了，他在淘宝上下了订单，年假期间一些快递公司也照常送货。

除夕夜，全哥做了满满一桌子菜肴，有汤圆没饺子，完全是广式过年。可惜陈欣的弟弟没有一起吃饭，他养成了通宵打游戏白天睡觉的习惯。张潮晚上就跟他一个房间，常常大半夜被敲击键盘点弄鼠标的噼啪声吵醒。他向陈欣提出要跟她一个房间，睡在她闺房里，被拒绝，理由是欠她一场体面的婚礼。

"多管管你弟弟，我们是无能为力了。我们也没什么文化，初中毕业就来厂里打工了。"饭桌上愁眉紧锁的全哥对陈欣说。

"我也管不着啊，我相信他会自己觉悟的。对了，这是什么鱼，长得那么丑。"陈欣边吃清蒸鱼边问全哥。

"这是丑斑，石斑鱼的一种，肉质鲜美。好吃就行，丑不丑无所谓了。"全哥说。

"我们开一瓶红酒吧。"阿萍说着，便到橱柜拿出一瓶红酒了。

"你们喝吧。我喝苹果醋。"全哥说。

全哥确实是标准好男人，烟酒不沾，忙完厂里的工作忙家务，业余还到作坊里干活，在羊城也购了一些房产。张潮暗暗感叹。

饭后开了电视，不是看春晚，而是看珠江台，画面里一群人嘻嘻哈哈拜大年。张潮不懂白话，便低头看手机。

张潮划弄了一会手机，眼睛干涩起来，索性关机，一阵气势汹涌的无聊感扑面而来。每次来陈欣家，他总觉得十分无聊，一时又想不清楚其中原因。那栋三室两厅的老宅散发着一种说不清道不明的气息，即便掏出背包里的书也看不下去。

"记得晚上给我留门。"张潮悄悄对陈欣说。

"想得美。"陈欣答。

126

"那我明天就回 S 城。"

"随便你。"

相对来说，张潮在陈欣家最喜欢的去处便是门外的天台了，虽然也难以排解无聊。天台靠墙的位置，种着几株箭杜鹃，有些年月了，顺着墙壁攀援了很高。还有一棵发财树，种在一个裂了被几圈铁丝箍住的瓦缸里，一看就是全哥的杰作。机修工出身的全哥心灵手巧，总会化腐朽为神奇。

天台上只有一个还算精致的花盆。那是一方蓝色的釉彩花盆，盆沿上趴着一只活灵活现的青蛙。花盆的尺寸对于院子来说，实在太小了，比巴掌大不了多少。

"这只花盆里怎么没种点东西呢？"张潮问正在给绿植浇水的全哥。

"这是许多年前带着正读小学的陈欣逛早春花市时买的，里面原本有一棵桃树，开的桃花很漂亮。前两年，桃树不开花了，死掉了。你知道的，果树搞成盆栽，一般都活不长。"

"那就再种上一棵嘛！花市离这不远。"张潮轻松愉悦地说。

"没必要再种了。种了也开不出那么漂亮的花了。"全哥的脸上弥漫着一层莫名的忧伤。

年初一，张潮便想着返回隔壁的 S 城。在陈欣家里，除了吃就是睡，实在无聊。在饭桌上，全哥抱怨说孩子不学习。天呐，这样的环境，能学什么习。那种氛围算不上压抑，却沉闷得很。全哥觉得跟光线有关系，他说白天客厅还要开灯，人容易昏昏欲睡。他跟张潮说，年后准备装修一下，把天台上的那几株箭杜鹃砍掉，只留树墩，并把铁皮棚子换成透明玻璃的，这样屋里就亮堂起来了。张潮只是敷衍了一句，觉得并不会有什么根本的改善。他思来想去，觉得本质原因是家里缺少一间可供人躲在里面不被打扰的舒适的书房。

初二早餐的时候，张潮推说还有许多事情要处理，便乘坐城际高铁返回了S城。在自己书房中读了半天书，才缓过劲来，觉得生活步入了正轨。当然，陈欣也跟着他回来了。

在高铁上的时候，陈欣坐在靠窗的位置，望了一会儿窗外，忽然回过头来对张潮说："在家这两三天我观察到了一些现象。比如逛商场时，老妈在老爸表示可以买那双很贵的休闲鞋后，竟然欢乐地跳着走，真是越活越像个小孩了。"

"哈哈哈，这正是未来丈母娘的可爱之处啊。"张潮忍不住笑了。

"可总觉得奇怪。"

"没什么奇怪的，有些女人永远长不大。"

"还有，老爸也挺奇怪。有次聊天，他觉得我对你不够体贴，竟然举起拳头假装要捶我。"

"他是一个顾家的好男人。"

"可是，父母真的老了，琐碎事容易健忘，反应过来慢半拍，白发多了，皱纹也多了……"陈欣忽然有些忧伤地说。

"那说明女儿长大了。"

这时候，张潮心中忽然冒出不知道哪部电影里的台词：当一个男人意识到在一个女人身边醒来才是幸福的时候，他才算成熟了。

许多次，当他早晨醒了，她还睡着，像个孩子一样缩成一团的睡相，呼唤着他的怜悯，揪着他的心。

"如果我生在你家，我也天天打游戏，因为实在太无聊了，除了打游戏，实在没什么事情可做。"

"你家也好不到哪去，你不过是一个受了教育的农民。"陈欣嘟着嘴反驳。

"我可以捉鱼遛狗啊。不过我也确实厌倦农村生活，初中时就想着远走高飞，逃到大城市里去。"

"羊城也是大城市啊，并且还有现成的房子住，不用总是搬来搬去。都怪你，不给我一个安稳的家。"陈欣说。

"那是你父母的城市，那里有他们的生活，不是我们的城市，没有我们的生活。"

坐在书房，望向窗外的时候，张潮又想起了那个沐浴在春日阳光下的草莓园，园中的帐篷小屋，质朴的果农。空气中满是熟透的草莓的馨香。那似乎是一片魔幻之地，把撞车的烦恼现实关在外面，只有欢声和笑语，轻松与愉快，还有蓦然苏醒的童年。

一天晚上，张潮想找一本书，这才打开拉杆箱，发现里面有一个塑料袋，像是包着什么东西。他解开塑料袋，扯掉里面包着的几层报纸，露出了那只洗得干干净净的釉彩花盆。那只青蛙正趴在盆沿上，睁着一双圆圆的黑眼睛望着他。他身子一震，明白了什么，原来自己是一个罪人，采走了全哥生命中最美的花，连花盆都没有留下。整个晚上，他都在考虑，是不是该在花盆里种上一株草莓。

女神

1

寒假在老家的时候，王小诺就听说校园里的桃花开了。同学李淑云拍了照片，发在朋友圈里，还伴着桃花萌出一个清亮的微笑，黑亮的发丝在南国的春风里微微飘荡，有几丝挡在她的眸子上，眼神便显得有几分神秘了。他喜欢她的眸子，纯净得不染纤尘。他喜欢她的笑，她笑的时候，嘴角弯弯。他就是这样得知了校园桃花盛开的消息。她身旁的一树桃花就像他爱情幻灭后的命运，他注视了桃花一会，内心一阵刺痛。尽管他心情抑郁，急于从屈辱中摆脱，但还是抵不住桃花下她的诱惑，便又看了一眼那张照片才关闭手机。关闭手机的时候，也无法控制手指的颤抖。望了望自家小院里寒枝上的麻雀和屋檐上悬着的冰柱，心也凉了半截。他的老家虽也在长江以南，今年却出奇地冷。S城大学虽在千里之外，他还是摆脱不了不幸爱情的凉意。

三五乡邻站在大门口晒太阳拉家常，王小诺也加入他们的行列。发小王大良牵着一名姑娘的手走过来，脸上洋溢着神采。姑娘算不上漂亮，相对于常年务农的村妇，肤色算得上白皙，还把一个绒线短裤套在了打底裤的外面，在这样偏远的村子里，就显得洋气得很，虽然这样的装扮在城市的街道上随处可见。

桂花嫂笑吟吟地明知故问："良子，这是你媳妇吗? 真俊。"

"是啊，这还用问。"王大良搂住身旁女子的肩膀，朝自己紧了紧，两颗龅牙便突破嘴唇的包裹，脸颊便如刚清洗过的南瓜了。

"穿那么少，不冷吗? 早上起来，俺家咸菜缸都冻裂了。"桂花嫂挑着眉梢。

"不冷，不冷，我穿了保暖内衣。良子给买的。"姑娘爽利地回答，倒也不害羞。

良子牵着媳妇朝村东走去，准是去见他奶奶。老太太见到孙媳妇，免不了给些钱当见面礼。

乡邻们望着良子夫妇远去的背影，意犹未尽地啧啧称赞。良子真有出息，小学没毕业就进城打工了，现在成了包工头，一年挣十来万，还带了这么好的媳妇回来。

不知从何时起，乡村也刮起了一阵金黄的风，十几年前谁家孩子考上大学，那是多么风光的事情，爹妈走在村头，比村支书还趾高气扬。现在倒好，王小诺的爹妈平时都不敢出来，怕被人戳脊梁骨，没农活的时候天天守着一台十四英寸黑白电视机。那台满是雪花点的家伙有时候必须猛加敲打才能显出扭曲的人影来。

桂花嫂用胳膊肘蹭蹭王小诺的腰。"小诺，你看人家，领了媳妇回来，你不羡慕吗? "

王小诺看了一眼她怪异的眼神没答话，折身走进院里。

走的时候，听见背后的桂花嫂说："这孩子一直上学，一个钱也挣不到，倒是花了不少学费。现在二十多了，连个女朋友都没有。上学有个鸡巴用，连女人啥滋味都不知道！"桂花嫂和那些乡邻哄笑成一片。乡邻们不知道是在笑王小诺，还是在笑桂花嫂的荤段子。

回到房间，站在衣柜的穿衣镜前。镜子里面是一名消瘦的青年，苍白的脸色，孱弱的身躯，犹疑的眼神，一副近视眼镜更让他显得楚楚可怜。他想写首诗发泄一下感情，却什么都写不出。在学校时，倒是给李淑云写过不少情诗的，也在同学圈里博得一个诗人的雅号。在此时，他忽然觉得自己曾经的行为是多么荒谬可笑。

一回到学校，王小诺就跑去看女生宿舍旁边的桃花。天空飘着细雨，刺骨的凉，比老家还冷。桃花还算繁盛，虽然花期将过。他不由得想起人面桃花相映红的诗句来。低头望见遍地残红，又生出几分惜春的惆怅。

"诗人雨中赏花，兴致可嘉！是不是打算吟首诗？"陈墨大大咧咧地从桃林里走过来，边笑边像古人那样朝他拱拱手。

"墨哥见笑了。我不想再写诗了，封笔了。"王小诺见到他，竟有些害羞。陈墨比他大几岁，跟他是同学，也是同宿舍，是个彻头彻尾的北方汉子。据说他是工作过两年才重返校园读书，总有一些留恋校园的家伙走了又回来。

"哈哈，过了个年，成熟了不少嘛。"陈墨在王小诺背上打了一掌。

一辆粉红小巧的单车停在一棵桃树旁，车座上落满了雨滴。王小诺不由自主地从双肩书包里掏出毛巾，擦净上面的水。那辆单车是李淑云的，王小诺多次见她骑着这辆单车去文科楼。S城多雨，车座常是湿的，王小诺便在书包里备上一条毛巾，悄悄把李淑云的车座擦干净，并且至今未被她发现。直到李淑云做了别人的女朋友他还没改变为她悄悄擦干净车座的习惯。

"还放不下你的女神啊？现在都是马年了，该策马奔腾了。"陈墨说。

"谈何容易。"

"说放下就放下了。"

"说放下也放不下。"

"年轻人，总不能为了谈场浑浑噩噩的恋爱，磨灭了男儿志气。"陈墨做出一副老气横秋的样子，他总这样，好像自己真的比同学们大许多岁似的，在女生面前，又常常自称大叔。他也不过是一名二十多岁的青年，只不过身体健壮些，经历多一些，看起来成熟些罢了。

"墨哥，学院女生那么多，咋没见你恋爱？不会是性取向的问题吧？"

"你喜欢青涩女生，哥喜欢熟女，那种浪的，娶不得的女人，最好是丰乳肥臀的。"明知陈墨故意岔开了话题，王小诺也不好究根问底，他知道陈墨的习性，每逢谈起爱情，他不是缄口不言就是胡言乱语。

"在咱们学院，难道没有你的女神？"

"女神在云上。"

两名穿黑丝袜的女子嬉笑着在桃林中拍照，摆着各种撩人姿势，王小诺的目光也被吸引过去了。陈墨却目不转睛地盯着一段桃枝。

"墨哥，有美女哎！"王小诺扯扯陈墨的风衣袖子。

"不过是些浮花浪蕊。"陈墨瞥了一眼说。他讲的是北方的普通话，字字句句都坚实有力。

"你看。"他一把拉过来王小诺，让他看那半截桃枝。

"结桃了，花朵的姿态太肤浅。"顺着陈墨的目光，王小诺果然发现在那段桃枝上挺立着一颗小指头大的毛桃。

"临渊羡鱼，不如退而结网。不是你选择女神，而是女神选择你。"陈墨宽厚的手掌拍在王小诺肩上。王小诺似懂非懂地点点头，一个劲儿地盯着陈墨的眼睛。他的眼睛不大，却有难言的力量。跟他在一起的时候，王小诺有种莫名的安全感。陈墨却没有看他，而是望着不远处的文山湖，湖上正掠过一只姿态优美的白鹭。过了一会，王小诺伸出右手拉住陈墨的手掌，笑着说："谢谢你，墨哥，咱俩今晚一醉方休如何？""滚你妈的，牵我手干吗？"王小诺的背上结结实实挨了一拳。

"哥晚上还有约会。改天再喝吧。"陈墨急匆匆地朝图书馆方向走去。

王小诺虽然知道陈墨没有女友，天天过着图书馆宿舍食堂三点一线的生活，却也不怪他。他知道，陈墨这是去图书馆看书了，他总是很忙，除了看书上课，还给一家影视公司编写电影剧本。王小诺从来没见过陈墨谈过恋爱，约过女生，但他知道他绝不是同性恋，只是心中暗藏着不愿示人的心事罢了。

陈墨从图书馆回来的时候，夜已经深了。王小诺正在电脑旁打一款叫作DOTA的网络对战游戏。

"墨哥！我这把合成了圣剑！"

"女神不会因为你合成了圣剑而爱上你的。"陈墨把书包扔在桌上，甩掉外套，坐在那里，盯着王小诺。王小诺已经沉浸在游戏里了，时不时还发出几声得意的笑声，连陈墨的当头冷水都没觉察到。陈墨躬下身去，按下了电源插座的断电按钮。屏幕一片漆黑，电源指示灯孤星一般亮了一会儿，也灭了。"天天打游戏，只能一辈子当屌丝！"王小诺从来没见过陈墨发这么大脾气。还好陈墨随即从情绪中解脱出来，说了几句软语安慰王小诺。

王小诺瞪着陈墨，举着拳头，迎着陈墨的目光，突然号啕大哭起来，伏在陈墨的肩头，泪水把他的长袖打湿了。

关上宿舍的门，他们并肩坐在床上，白炽灯管亮得耀眼，王小诺伸手关上了灯，忽然觉得一种电流般的神秘感觉通透他的全身，又想去拉陈墨的手看，甚至想伏在他结实的胸脯上，却不敢。陈墨那家伙最讨厌男人娘炮，从来不看韩剧。同学们聚在一起谈论韩剧的时候，他总是躲在一边戴着耳塞听歌或者一动不动地望着窗外。有位好奇心强的女生上去问他，难道你不觉得《来自星星的你》中的男主角很帅吗？他竟然说人帅鸡巴小，搞得场面很尴尬。他有时候就这么不正经，简直就是个猥琐大叔。还有一次，班级搞联谊，和几名低年级师妹聚餐。学生会主席让他招呼一下师妹，他竟然说师妹多吃点，正长身体的时候。主席脸上青一块紫一块的，深深后悔自己所选非人。

"墨哥，今晚我可以睡在你的床上吗？"宿舍里寂静了好久，泛起王小诺微弱的声音。

"那我睡哪？打地铺？"

"也睡在你床上。"王小诺的声音更微弱了，像蚊子的哼哼。

"去死，你他妈有病啊。"陈墨骂骂咧咧地爬到上铺睡觉去了。

2

王小诺本来是个挺正常的男生，刚开学就嘟囔着喜欢李淑云。上课的时候总是偷偷望她，回到宿舍就谈起她，仿佛他的心里除了她再没有其他东西。起初的时候，两人挺聊得来，偶尔沿着文山湖散步，聊些无关紧要的话题。那时候，总有几颗明星起伏在波影里，湖上还漂浮着千姿百态的睡莲。文山湖到图书馆途经的广场上有一座石砌的喷泉不舍昼夜地吟唱，其中有一只喷管坏了，喷出的水柱远远低于其他几个，霜打的茄子一般。有次，王小诺去图书馆还书时在喷泉旁碰见陈墨。陈墨指着那个一蹶不振的喷管说，你看那个多像你，为个女人整个人都蔫了。王小诺不好意思地笑笑。陈墨拍拍他的肩，去图书馆了。

那时候，每次回到宿舍，王小诺谈起他和李淑云的爱情，总像个孩子一样惊呼。"哇，今天我和女神在 KTV 对唱情歌了。""哇，今晚我们沿着文山湖比平时多走了一圈。""哇，今天我们谈起了彼此的感情经历。"每当此时，陈墨就督促他加油，给他出主意，又有些欲言又止。王小诺一次提及这半年来好像他和女神的感情并无进展，李淑云身边的男生不止他一

136

个，而且关系都差不多。陈墨听了就笑，劝他放弃，说那女人喜欢的不是你，而是被追逐的感觉。王小诺想想也是，李淑云总是对自己忽冷忽热，让他得不到也放不下。王小诺眼中闪过一丝绝望，旋即又盯着陈墨的眼睛："你是不是也喜欢她？""我只会喜欢喜欢我的人。"陈墨一挑嘴角发出一声冷笑，那家伙总带着一副桀骜不驯的高傲表情。同学聚会的时候，他很健谈，天南海北，趣闻轶事，滔滔不绝，有时还夹杂着一些让人捧腹的荤段子。可是提及爱情，他便立刻沉默下来。同学就笑他，说他能写剧本能挣钱，有安身立命的本事。他又说女人太麻烦，能把人缠死，他想要一个人的自由。陈墨心里怎么想的，谁知道呢。反正王小诺猜不透他的心。一次聚会陈墨喝酒喝多了，却又念叨着每个北方汉子的心里都有一个南方女子的梦。

快放寒假的时候，王小诺明显感觉到李淑云的疏远，他想用炽热的表白进一步发展关系。他摸清了她的行踪，周五一吃过晚饭就来到学校的机房，挑个偏僻的角落坐下。他百无聊赖地打开一些真真假假的新闻看着，目光却频繁瞥向门口。女神果然来了，背着那只他熟悉的双肩帆布包。女神在门口刷了校园卡，刷卡的时候撩了撩额前的长发。她今天穿了紧身的白长袖和紧身的深蓝牛仔裤，窈窕的身材凸显无疑，可谓是凹凸有致，更有女神范儿了。王小诺忽然感觉到肌肉紧绷，额上渗出几粒汗珠来，更要命的是裤裆里仿佛忽然长出另一条腿来，裤子成了监牢，有个东西亟待越狱。他不知道这是不是爱情，或者自己只是想找个女人上床，随便哪个女人都可以，这样可以摆脱自己处男的身份和因之而来的屈辱。他不知道自己为什么选择她，大概因为她长得漂亮，和她走在一起有面子吧。想起自己肤浅的爱情和虚荣，一阵自责袭上心头，但那种爱欲过于强烈，这点自责起不了丝毫作用。他想站起来跟她打声招呼，故作惊讶地说声，真巧，在这遇见你。可又知道自己不能站起来，支起的裤子会泄露他的秘密。

对，通过 QQ 向她表白。这样既可以观察她的表情，又可以掩饰自己不敢当面表白的懦弱。她在靠近窗子的位置坐下了，书包放在旁边，打开了电脑。王小诺只能看见她的侧影，从侧面望去，她坚挺的胸部更加撩人。他打开自己的 QQ，发现她可爱的海贼王头像还是灰的。对，她有 QQ 隐身的习惯，女神就是女神，总是藏在云上，总喜欢玩捉迷藏的游戏。他双击她的头像，向她表达爱意，说出了那简单又复杂的三个字。他盯着窗子边的她，屏住呼吸，恰似法庭上等待宣判的死刑犯。她往常一样表情漠然，白皙的脸庞上凝了一层霜，很显然，他的表白并没有在她的心里激起涟漪。果然，她有礼貌地回复说我们只是朋友之类。"朋友"这个温馨的词汇在此刻比"陌生人"还冰冷伤人，钢针一样扎在王小诺心上，随即又产生一种莫名的快感。大学以来，他已向好几位女生表白过，"我们只是朋友"这几个字无一例外地从她们口中钻出，那么轻松，那么不容置疑，并且千篇一律，惹得王小诺对"朋友"两个字由衷地厌恶。这些女神，竟然丝毫没有创意。她大概是发现了他的存在，又撩了撩额前的头发，背上书包，走了。

王小诺估计她走远了，才关上电脑，淋着雨朝宿舍走去。在女生宿舍旁边的桃树旁，他又看到了她那辆粉红娇小的单车。他掏出毛巾，团成一团，缓缓擦拭车座上的水珠。他的动作很慢，好像手里握着的不是一团毛巾，而是她身体的某个部位。

晚上抱着那条曾经擦净李淑云车座雨水的毛巾睡了一夜。他闭上眼睛，觉得有个酥软的身子钻进被窝，伸手一摸，确是李淑云。他们紧紧地抱在一起。待到被路上的警笛声惊醒，才知是一帘幽梦，自己抱着的不过是一方毛巾罢了。

她不过是一名极平常的女孩子，眼白泛着蓝，眼睛大而空洞，有些呆滞。不过因为王小诺耽于幻想的缘故，在自己的心中把她美化了。在他眼里，她便不再是她，而是插上了翅膀，飞上了云端，成了女神，俯视着他。

还有几天就放寒假了，一些平时吊儿郎当的家伙忽然勤奋起来，充斥在图书馆和自习室里，手里捧着各种备考资料，有的还念念有词，一夜之间成了巫婆神父，念叨着"信春哥，不挂科"之类的神奇咒语。王小诺在自习室看见李淑云手里摆弄着一款土豪金的苹果手机，心情不由得低沉下来，那手机的价格抵得上他一年的生活费了，或许她是富家女子吧。大学以来，在经历了多次感情上的屈辱之后，他养成了为女神找借口聊以自慰的习惯。一天晚自习后，他跟在她后面，望着她的背影，抄远路回宿舍，只为了能多看她几眼。她身边忽然多了一位穿红色风衣的胖子，问她他送的手机喜不喜欢，还从口袋里掏出两张艾薇儿演唱会的门票。他们两个有说有笑地走出校门。王小诺低头看见自己脚上那双从地摊上买来的假冒的阿迪达斯鞋，想着自己毕业后找一份半死不活的工作，在S城工作二十年都买不起一套房，追求的女人如鸟兽散，便生出几分莫名的愤怒。

他走出有保安把守的学校大门，顺着街巷胡乱地走下去，竟然成了野兽，一头钻进了巷子里的按摩店里。随便找了个女人发泄一通。又发现自己对性事一窍不通，一阵刺痛便草草了事。以前无聊的时候，他也常沿着学校周边的后街小巷转悠，窥探这座城市的隐秘。有时候做家教存了一点钱，也想去小巷里找个女人。他对女人要求不高，老点丑点也无所谓，只要是个女人就行了。也不枉来到这繁华都市走了一遭，仿佛只有这样，才可摆脱家乡村妇的嘲笑，她们才当他真的到过城市。S城的按摩店洗头房比比皆是，出卖肉体和出卖灵魂的女人一样多，但他总没有勇气，常常受困于自己懦弱的品性。就这样躺在床上的一个妓女，还是做不了她的主人，没有感情的性爱显得一文不值，成了王小诺心中羞耻的经验。转瞬即逝的肉体的欢愉之后，剩下的只是空虚和悲哀，何谈情感的满足。只有在宿舍里，趁着陈墨去图书馆的空当，备上一沓纸巾，打开一部岛国影片，看着硬盘中的女神搔首弄姿，自己抚慰自己，那时才觉得是自己身体的主人。一次并没有满足他的欲望，也不知道是生理的欲望还是心理的欲望，他告诉那名妓女自己要包夜。在暗红的灯光下，他这才端详起她的脸。她大概只有二十岁，虽然脸上扑了粉，描了眉，还戴了修长上卷的假睫毛，言行举止风骚撩人，也掩饰不了淳朴的村姑模样。如果不是来到这该死的城市，她应该在山坡上割草或者在水田里插秧，找个淳朴老实的乡下人嫁了，来到这里，只能遭人渣蹂躏。一想到自己家乡的姐妹也去了城里打工，不知在做什么活计，王小诺心中就一阵刺痛。在这个社会上，为什么有一小部分人可以养尊处优，占有绝大多数的社会资源，自己却生来就遭受屈辱，上了大学也摆脱不了屌丝的身份。旋即，女神高傲的表情掠过眼前，他关上灯，把对女神的怨恨发泄在了那名可怜的妓女身上。他边猛烈做爱边骂她是贱货，她虚假地呻吟让他更加愤怒。到了第三次的时候，他让她在上面，边做边骂他屌丝。奇怪的是，她越是骂他，侮辱他，他越是感觉到兴奋，陷入阵阵快感带来的癫狂，可还是感觉不够过瘾，便把自己裤子上的皮带抽出来交给她，让她死命抽打自己。每抽打一次，他就癫狂一次，好像多年的屈辱都聚积到此刻重演了一遍。那晚他们做了八次，直到两人都筋疲力尽瘫倒在污迹斑斑的床上。

　　早晨付账的时候才发现自己口袋里只有一张校园卡，便问前台学生卡能否打折。起身想跑，却被两名赤膊文身的大汉拦住。他便打电话让陈墨来付钱，陈墨一来，什么麻烦都会迎刃而解。

　　陈墨把一沓钱摔在柜台上，一言不发，拉起王小诺就走。S城又是一个阳光灿烂的日子，路两侧榕树的影子印在地上。

　　第二天王小诺早早起床，洗漱完毕，背上书包，走向文科楼教室，恢复了学院派那副故作高傲的神情，每日的行踪都有律可循，成了一名规规矩矩的好学生。

3

　　陈墨看到王小诺的一切，也看到了曾经的自己。大概在每个男人二十出头的年纪，心中都曾存在过一名女神。那时候他们一无所有，一年又一年地抱着幻想，直到看到心中的女神正挽着别的男人行走在陌生城市的街道上，这种幻想便会完全破灭，幻想仅仅是幻想。

两年前，陈墨追随女神的脚步，来到 S 城。女神是彻头彻尾的女神，他在大学时喜欢了她四年，没牵过她的手，更没有吻过她。他们各自找了工作，陈墨在有她的城市觉得安稳。

那天陈墨回到家，摆脱了女房东的纠缠后，躺在床上想着白天发生的事情。刚回来的时候，女房东敲开他的门，她手里端着一盘饺子。陈墨不知道她是不是对每一个年轻健壮的男租客都这样。

不久前的一天，女神来看望陈墨，提着一串香蕉，陈墨对她说："你的长发真漂亮，跟大一时在校门口见到你时一样。"陈墨突然发现女房东就站在他旁边，他想到她可能会吃醋，就转向她，对她说："你的眼睛很漂亮。"女房东那天涂了墨黑的眼影，看起来就像被人揍了两个青眼窝。陈墨之所以在意她的感受，只因为她是他的房东，在陈墨拮据的时候兴许可以晚几天交房租，金钱常常折磨男人的尊严。那些天，陈墨总是发现她在暗处盯着他，穿着露着半个乳房的丝质睡衣，陈墨也配合着她，努力摆出各种潇洒的姿势，做出一副深沉的表情，让她继续为他着迷，但绝不越雷池半步，因为他心里有自己的女神。她也许会在心里把陈墨跟她曾经有过的男人进行比较。女神帮陈墨打扫了房间，但是没有帮他铺床。门开了，女神走出门去，她的脚步声渐渐消失。陈墨站在门口，关爱地目送她，过了一会儿才把门关上。陈墨知道，长夜漫漫，等待他的将是失眠的不安。那是一套三层复式结构的住房，陈墨租住的是一套小别墅中的一个单间，没想到房租竟然那么便宜。一楼的四个单间都租出去了，女房东住在二楼。陈墨住在最上面的阁楼里。房间不大，木质地板，但对陈墨来说已经足够。很难想象能在S城租到这样的房间。女房东以一个超乎寻常的低价租给了陈墨。S城向来以自己有全国最高的最低工资标准而骄傲，可是陈墨租房的时候还在试用期，大学毕业却享受着扫大街的待遇，也就是所谓的全国最高的最低工资标准。陈墨让女神留在那里过夜，她说不必了，还要赶着回去，她来陈墨这里只是看看他初来S城的住宿问题解决了没有。陈墨觉得她肯定也喜欢他，才打着朋友关心的名义来看他。女神是陈墨大学同学，那时候他们都在北方上大学。陈墨喜欢她，也说不出哪里喜欢，就是想她，觉得她憨厚实在，很适合做老婆。上大学时，陈墨向她表白了几次，她没有拒绝也没有答应，说等等看，结果一等就到了大学毕业，陈墨连她的手也没牵过。大学时看着其他情侣在校门口的小区里租房同居，心里别提有多羡慕了。女神就是女神，女神是个正经女人，几年来，陈墨不断地用这句话安慰自己。

女神来到S城成了一名幼儿园老师。陈墨也千里迢迢来到这座城市。想着她会感动一把，没想到他们的关系没有一点进展，依然是若即若离。晚上约她出来吃饭。连约了几次都没约出来。她说单位加班。陈墨想幼儿园加什么班啊。那天陈墨就直接去了向日葵幼儿园。没想到她真的在加班，在幼儿园的办公室里对着电脑做表格，说是边做老师边搞行政，可以多挣一些。她把她的水杯递给陈墨，让他喝点水。陈墨的嘴唇在杯沿上徘徊良久，希望能品尝到她的味道。办公室里只有她和他。突然，陈墨的脑海中浮现出和她在办公桌上疯狂做爱的景象。她一直加班到晚上十点才回住所，陈墨在旁边一直无所事事地翻看几份报纸。离开向日葵幼儿园，他们沿着一条小巷走了十几分钟，到达一个荒芜的花园。那里散发着腐烂树叶的潮湿味道。她转过身对陈墨说谢谢他送她回家，前面就是她的家了。不远处就是满是握手楼的城中村，陈墨知道，她所谓的家，就是其中的一个狭小的单间。陈墨想和她一起走进那个单间，一起过夜。可她没有挽留他。陈墨好想对她说愿意为她做牛做马如果她做他女朋友的话，但他没有说出口。陈墨一个人游荡着回出租房。好长一段折磨人的寂静，远处一条狗悲伤地叫了几声。奇怪得很，那晚路上一辆车也没有。

向日葵幼儿园，陈墨又去了一次。女神的怀里正抱着一个哭闹的小孩。小孩不断地哭闹，女神便在他的额头上吻了一下。陈墨走过去，热情地伸出大手，女神让他抱着小孩，他也在小孩的额头上吻了一下，看那上面有没有她残留的气息，惹得那个破涕为笑的小孩喊他怪叔叔。

陈墨白天去一家外贸公司上班，晚上回到阁楼十分无聊。无聊的时候女神就更加鲜活了，有次她在他面前竟然只穿着一件情趣内衣，微笑着朝他招手，不过这全是陈墨的胡思乱想。做外贸实在太单调，不断地收发邮件，询问外国客户要不要买本公司的产品。有时候陈墨想搞点自己的事情，自己支配时间，比如写点剧本，他实在不想看办公室主任的脸色行事。办公室主任，也就是刚入职时给新员工做培训的家伙，脸大得出奇，嘴又小得出奇，让陈墨想起池塘里的蝌蚪。主任办公桌上养着一盆红掌，用拙劣的塑料花盆装着。他让陈墨每天提前半个小时去上班，打扫办公室，给他的红掌浇水。有好几次，陈墨都想把阁楼的房门钉死，这样他可以不去上班。

这些年陈墨的心里一直压抑着一种隐秘的欲望。而他把女神想成了自己欲望的释放对象。陈墨追随着女神的足迹，从北方来到 S 城，也受到这种欲望的驱使。在晚上的时候，那种欲望在狂暴地嘶吼，陈墨想大概出去走走可以让它平静下来。他漫步在潮湿而闷热的天气里，看着与自己无关的霓虹和女人。但无论走多远，女神是他摆脱不了的，她像一只虫子一样啃噬他的心。陈墨的腿，总是不听脑袋的指令，把他带到女神租住的街道。陈墨站在城中村握手楼狭窄的走道里，闻着臭豆腐的香气和下水道的味道，看着无数个亮着灯的单间，不知道她在哪里。

直到有一天，陈墨看见女神挽着一名中年男人的胳膊钻进小汽车里，想着她终于可以过上舒舒服服的日子，便长长地舒了一口气。在那一刻，陈墨忽然明白，四年多的时间，其实没有培养出爱情，放弃的时候却都以爱情的消亡为借口。那个悲喜交加的男人辞掉工作，一头钻进 S 城大学的图书馆里，通过了入学考试，重新成为一名学生。

4

王小诺晚自习回来，已经是午夜了。推开宿舍的门，灯亮着，不见陈墨的影子。王小诺顺着消防楼梯爬到楼顶，看见陈墨正一个人站在那里鸟瞰这座灯火辉煌的城市。楼顶上巨大的排气扇发出巨兽叹息般的响声，银色的钢铁管道肆意蜿蜒。陈墨转过脸来的时候，脸颊上分明有一线泪痕。他大概哭过，在没人在场的时候，这也是唯一能让他哭出来的方式。在王小诺的眼里，陈墨一直是一个硬汉，仿佛什么事都打动不了他。常常在午夜，王小诺即将睡熟的时候，陈墨悄悄下床，关上房门，走上楼顶，独自面对自己的命运。王小诺有好几次想尾随他，可又觉得他此刻需要孤身一人。

"你看，咱们站在楼顶上，城市就小了。"陈墨见王小诺走过来，伸直右臂导游一样指着楼下的城市。

"可我总觉得活着没有尊严，在这里，什么也没有。"王小诺顾影自怜地说。

"什么也没有，但可以去创造。"陈墨甩掉 T 恤，趴在一段管道上做起俯卧撑来，结实的肌肉蒙上了一层水，映着楼下投射的灯光，给王小诺一种奇特的炫目感觉。

王小诺双手拉住平时晾晒被子的钢铁支架做引体向上。刚拉了两个，便死鱼一样久久挂在那里，随风轻轻晃动。

一阵浓浓的睡意漫上来。

陈墨已吃过午饭，便返回宿舍，躺在床上，设定半小时的午休时间。王小诺不在宿舍，大概是知道学习了，去了图书馆。闹钟响了，眼睛却怎么也睁不开，他便摸索着把闹钟关闭。他想挣扎着起来，去图书馆看书，可眼前灰蒙蒙的一片，意识还停留在混沌中。醒来时已是傍晚，正好王小诺背着书包回来了，他喊上他，朝酒馆走去。

当陈墨在晦暗的街边小酒馆里向王小诺陈述往昔的时候，将玻璃杯中的白酒一饮而尽，也在王小诺的杯中倒满白酒。虽然现在往事已渐行渐远，但他还是注意刻意不去提它，好像那刚刚愈合的伤口会再次流血，仿佛就发生在昨日。陈墨又觉得一片虚无，往事就像昨日的风一样转瞬即逝，和他的生活已经没有半点关联。谁都无法阻止不可逆转的岁月洪流，可没有比这个年纪还保持天真的爱情观念更危险的了。

"喝了它，为告别曾经幼稚的自己干杯！"陈墨又恢复了平时稳重的风度和振奋的精神，就像当年入学报到时在登记表上签字时那样。

"墨哥，我不能喝酒，喝一点就醉。"王小诺往前推了推杯子。

"为曾经的女神干杯！"陈墨的目光逼视着王小诺。王小诺龇牙咧嘴把那杯白酒喝了。

几杯白酒下肚，王小诺的脸颊便烧成了一团火。想去盛米饭，刚站起来又跌回了椅子上。陈墨示意他坐下，帮他盛了饭，还把几片焦黄喷香的回锅肉夹进他的饭碗里。王小诺忽然哭起来，由小声啜泣渐变成大声号哭，瘦削的肩头地鼠一样跳跃起来。

"墨哥，我曾经追求过的女神从没对我这么好过。"王小诺带着哭腔说。

S城的春天来得早，走得也快，接下来便是冗长的夏天了。女生宿舍旁边的桃园，不见了桃花的姿采，地上的落红也消失不见。繁花落尽的桃林，倒是结出累累的毛桃来，在愈加炽烈的阳光下静默。

校园依旧人来人往，只是多了一个不谈爱情的男人。

春梦

四月

七月的一天，张潮从同学那儿听说陈晓尘回了丹城，说是到学校办点事。六月开始，她就一直屏蔽他的电话，短信也不回。他着了魔一样每天拨打她的电话，听到语音提示说对方已停机，他还给她充了话费，照样没有回应。他意识到她已经彻底离开自己了，失落在深深的受挫感中，同时抱着一丝残存的希望。他在一家商店的玻璃橱窗前整理了一下头发和着装，兴致勃勃地奔向学校，期待在一起流连过的地方找到她。

丹城的七月炎热而干燥，头顶散发着毛发烧焦的味道。挤公交车加上奔跑，张潮已浑身汗湿，短袖黏糊糊地贴在后背上，像是一块巨大的膏药。不过这膏药，医治不了他的心灵创伤。跨河大桥上的阳光令他头昏目眩。身边的行人影影绰绰，像是河里的倒影。他感觉自己一点也不了解大学女友陈晓尘，她怎么可以一毕业就跟老家的高中同学订婚了呢。他没想到韩剧中常有的狗血剧情会发生在自己身上。

张潮先回了趟家换了身干净衣服。他的家是租来的农民拆迁安置房中的一间。四月的时候，他和陈晓尘还有说有笑地在公用厨房里一起练习煮面条，浪漫的两人世界俨然已经拉开序幕。就在那个逼仄的房间，年轻的他们初尝禁果，她坐在他的膝头看电影《泰坦尼克号》感动得泪流满面。这些温馨的场面还近在眼前，散发着余温，只是已然逝去。

一只白色的泰迪熊毛绒公仔蹲坐在床头，大睁着一双忧伤的玻璃珠眼睛。他盯了一会公仔，随后绝望地栽倒在床上。过了一会，他开始挥拳捶打床铺，感觉自己的生活真是一团糟，简直一败涂地。大学一毕业女友就走了，自己在一家小型培训机构干着一份没有前途的工作，在这个世界上的财产不超过一千块钱。

张潮决定去河边的杨柳树荫下走走，以免继续沉沦在悲伤中。这时候，他收到陈晓尘的短信。短信寥寥几个字，说她要来他这儿一趟。这是最近两个月来第一次收到她的信息。他的心跳声盖过了窗外的蝉鸣。

过了一会，陈晓尘果然来了，抱走了那只毛绒公仔，逗留时间不超过两分钟。他想象中的牵手拥抱接吻做爱重归于好一样都没有实现。

"嘿，你还好吗？我来拿小白。"陈晓尘微笑着，忽闪着长长的睫毛。那是一个陌生人的声音，比普通同学还疏远。

"你觉得我还好吗？自己在这座城市。"张潮竭力控制着自己的感情，有什么东西堵住了喉咙，使他声音沙哑哽咽。

"我订婚了，以后不来丹城了。"陈晓尘平静地说。

张潮想问她，作为大学男友，自己算什么，但终究没有说出口。他感觉自己已经死掉了，在拼尽最后一口气勉强站在那儿。

"我走了。"说完，她迈着轻快的步伐走出门去，甩给他一个穿着绿罩衫的熟悉又陌生的背影。

张潮沉浸在痛苦和虚无中，忘记了说再见。难道在她眼里，大学时代的恋爱与同居就像小孩子过家家？

四月是他们感情最好的月份，那时候毕业论文已经忙完，他们手牵手流连在河畔公园盛开的牡丹花丛中。他一直保存着一张用手机自拍的照片，他们并排躺在河沿上，一脸欢笑。牡丹花、长河，那是他们的青春。

四月的一天，一个电闪雷鸣之夜。他们逃离校园，像往常一样在学校附近的城中村小旅馆中欢度良宵。

"就今晚吧。"张潮在床边拥着她，试探性地问。从前一起过夜只是相拥而眠，还没有戳破那层窗户纸，进入真正情侣的阶段。

"好。不过得先喝点酒。我醉了，随你折腾。"陈晓尘说。

张潮撑了雨伞出门，从小卖部提了瓶白酒回来，还有一袋酒鬼牌花生米。

"这酒不错，鹿邑大曲，我家乡的酒。"陈晓尘握着酒瓶盯着上面的贴纸。

"几块钱一瓶，不是啥好酒，凑合着喝吧。"张潮歉意地说。

张潮把酒倒进一次性纸杯中，递给陈晓尘，自己打算就着瓶子喝。小卖部老板太抠门，只愿意给他一个纸杯。

陈晓尘却握起酒瓶，碰了一下纸杯，说了句"为了青春的疯狂"就咕咚咕咚猛灌了几口，连花生米也不吃，似乎喝的是一瓶矿泉水。她喝酒的架势惊呆了他。

"青春就要燃烧，我疯故我在……告诉你个秘密，我没心没肺……"过了一刻钟，陈晓尘开始胡言乱语。

还有正事要干，张潮喝酒有所保留，一纸杯白酒只喝了一小半。

陈晓尘确实喝醉了，面色苍白意识不清，时不时脸朝着床边的那块地板一阵狂吐。满屋子胃酸的味道。预谋中的好事泡汤了。整个晚上，张潮都没有睡觉，给她找白开水，担心她酒精中毒。第二天早上，她重新变得活蹦乱跳风风火火，提着个红色的塑料桶，要到河边捉泥鳅。

风筝

毕业后的第三个年头，张潮离开了那座毫无希望的北方城市，候鸟一样到南方的S城逐梦。时光似乎按下了快进键，一晃毕业已十年。十年内，他又经历了几个女人，大都没留下什么深刻印象，有的甚至算不上是女友。在孤身一人的漫漫长夜，他无数次梦见初恋女友陈晓尘归来了。梦中，她的出场方式每次都不同，有次竟然双手各牵着一个孩子。梦中醒来，意识到那不过是青春恋情的残影，但初恋毕竟是初恋，留下的印象自然深一些。

这次陈晓尘真的归来了，活生生地站在他面前，不过跟梦中的每个场景都不同，她正跟老公闹离婚，请他帮她找房子。一毕业就玩失踪，十年之后突然冒出来要求见面，给他一种怪异的感觉，似乎看到有人从坟墓里钻了出来。

一个多年失联的人，突然冒出来，竟然同处一城。这算什么事？

陈晓尘发信息说已经十年没见了，想想就激动，抽空见见吧。张潮犹豫了半天，决定见她。他以前也交过几个女朋友，分手后不是互相拉黑老死不相往来，就是保留电话号码却从不联系，就像一篇流布甚广的网文里写的那样"当初可以进入身体的人，现在连朋友圈也进不去了"。她可不一样，她说分手了也是亲人，真是令人捉摸不透。

见或不见，张潮纠结了很久，想象着见面时的场景。十年过去了，会不会彼此较劲，看谁比谁过得好？会不会一见面就指责对方当年的不好，发泄一通当时未来得及发泄的怨气？难道一起回忆往事的时候旧情复燃，重归于好？这个可能性不大，因为她已经结婚，他也有了女友。

张潮买了两杯混合果汁，递给陈晓尘一杯，顺着步行梯上了书城的天台，朝风筝广场走去。夜幕已经拉下，市中心地标性建筑的霓虹炫人眼目。他偶尔刷刷朋友圈，也看到过其他女同学的照片，大都有了孩子，度过短暂而迷人的少妇期，阔步迈向大妈行列。可陈晓尘是个奇怪的女人，巫女一样躲过了时光的刻刀，身材没变，性格还是那样风风火火。

坐在风筝广场的草地上，陈晓尘坦言自己十年前离开张潮是因为看不到生活的希望，那时候的他大专毕业连个正经工作都没有，没有什么上进心，整天摆弄那几本地摊上买来的烂书。

张潮仰望着广场上那只周身彩灯的大风筝，那华美的造物飘到几公里远的高空，拖着条闪着霓虹的长尾巴。放风筝的是位矮胖的中年男人，踮着脚尖奋力摇着脸盆大的绕线盘，似乎那风筝随时会带他飞升天际。

张潮曾经无数次想过陈晓尘离开的原因，今天算是盖棺论定了。二十岁出头的他，被爱情冲昏了头脑，殊不知同龄的女人比男人现实得多。他开始害怕同龄女人，才千方百计寻找比自己年纪小的女人，不全是因为老牛贪吃嫩草。

"在S城生活久了，去哪里都不习惯了。"张潮不想陷入那些令人不快的回忆，便把话题转移到现在。

"是啊，比丹城繁华得多。"陈晓尘感叹道。

"你终于找到归属感了。"陈晓尘抿抿嘴说。月光下的她依然算得上一个美丽的女人，可在张潮眼里，她只是S城大型百货商场无数逛街的女人中的一个，已没有什么辨识度，也唤不起他的欲望。

"最近辞了工作，正忙着搬家，搬到山脚下去住。"张潮找了个话题。

"我正打算从关外搬到关内来，离你近一些。对了，你住在哪个小区？我也干脆到那里租房子算了。"陈晓尘说。

"翠竹地铁站附近。"张潮不想让她进入自己的生活圈子，便回答了一个泛泛的地名。

"你能帮我找房子吗？"陈晓尘问。

"我恐怕没时间，天天瞎忙，挣钱养家。"张潮勾勾嘴角，朝她狡黠一笑。

"养着你的小女友吧，那个比你小十岁的小姑娘，估计没什么思想吧。那样的女人最好相处，有钱花就行。"

"她在我没钱的时候也会抱怨，但至少没有离开我，不像你，突然玩失踪，连个像样的告别也没有。你现在一声不响地搬到别处去，躲开你老公，跟十年前离开我一个套路。"张潮平静地说，就像茶后谈论别人的故事。十年的时光把一切都稀释了，包括感情和怨恨，一切都变得无所谓了。

"你不懂，那家伙竟然带我住又脏又臭的城中村，窗边连点阳光都没有，我就要搬到他找不到的舒适地方。住那么个鬼地方，还说是为了存钱买房子。理科男就是不懂得享受生活。"陈晓尘抱怨道。

"S城的房租很贵，你的负担会很重。"张潮说。

"我才不管，反正花他的钱。他的工资卡在我这儿！什么都得听我的！"陈晓尘得意地说。

此刻，张潮庆幸着十年前她的离去，他早就无法忍受大事小事都要管的女人，藤蔓一样，早晚把男人缠死。

"你好好想想再做决定吧。总觉得你做事全凭心血来潮。"张潮说。

"你养着小女友不累吗？我可不需要男人养，我能自食其力。"陈晓尘说。

"累啊。就拿昨晚说吧。我加班到九点才回去，她吵着要吃红肉柚子，非永旺卖的不吃。我拉着个大妈拉的两轮小车步行到永旺，回来已是十点多。她又要用投影仪看电影。我摆弄半天才把投影仪调试好。她边看电影边向我伸着一只手，手掌朝上，等着我把剥好的柚子果肉放到掌心，然后直接塞进嘴里。如果我放她手里一坨狗屎，她也会看都不看直接塞进嘴里。还有她选的那剧情狗血的国产爱情电影，做作得不行，恶心得我要死，她却边看边感动得稀里哗啦……"想起现在的女友，张潮就说个没完，有意炫耀着什么。

"你这一边当男友一边当干爹真是累。不想轻松一点吗？"陈晓尘语气温柔地问。

"是累，但也快乐。"张潮得意地说。三十岁的他，已经懂得享受女人，也懂得给女人享受。再说了，身边有一个小姑娘，极大地满足了这个乡下人根深蒂固的虚荣心。要知道，在从前的乡下，只有地主乡绅才有资格娶上一房小老婆。

"你就是犯贱。受虐狂！死变态！"陈晓尘笑着打趣道。

"你还别说。我那方面还真有点不正常，喜欢时不时玩点花样。"张潮死皮赖脸地说。

"别嘚瑟了！其实你想想，如果不是我当初离开你，你也不会有今天。如果我们一起留在丹城，说不定一天吵三场呢。"陈晓尘说。

"谢当年分手之恩。谢谢你离开我的第一个月就跟你老家的高中同学订了婚。"张潮朝陈晓尘拱拱手。

"你说的是周宇吧。哈哈。他是我找的托，故意让他在我的QQ空间说订婚的事，为的是让你死心，不再纠缠我。你那时天天打我电话，烦死了。"陈晓尘笑着说。

"我当时还给他的邮箱写信说我才是你真正的男朋友，大学时代的男朋友，还附上一张合照佐证。在那张照片里，你只穿着一件白色裙式睡衣，坐在我的腿上，短袖下摆垂到膝盖上。第二天在QQ空间看到你们解除婚约的消息。"

"哈哈，老周把你的邮件给我看了。我还教他怎么回击你。"

"你的回击？就是让我觉得我拆散了你的婚姻，让我心怀负罪感？"

"就是这样。"陈晓尘笑着，似乎对自己高明的手腕颇为得意。她根本无从体会当年自己的绝情对他的伤害。

"那你最近为什么三番五次要求跟我见面？"

"我嫁到 S 城了啊，总该有一两个朋友吧。"陈晓尘轻描淡写地说。

"你觉得我们能做朋友？"

"怎么不能？"

"奇怪的女人。"

"对了，你还记得哪一天是我们的初次吗？"陈晓尘忽然问，似乎有意引诱他回忆过去。

"你这人怎么这样？都劳燕分飞了，回忆那些有什么意义？"张潮抱怨着。

"我倒是觉得回忆是唯一美好的东西。你再仔细想想。这么重大的节日竟然忘记了是哪一天。"陈晓尘说。

"整个春天我们天天黏在一起，鬼晓得是在哪一天，蹭着蹭着不小心就进去了。"张潮一本正经地说。

"你还是那么流氓！你再想想，到底是哪一天？"陈晓尘笑着说。

"大概是四月吧，那时候我们感情最融洽。"张潮边回忆边说。

"是啊，那时候我们经常一起煮面条吃。你总是不舍得多放两棵青菜。"陈晓尘露出满意的笑容。

"怎么可能？是饮食习惯不同的原因吧？"

静谧的风筝广场忽然响起一阵喊叫，原来那个中年男人的超级大风筝断了线，他正抱着脸盆大的绕线盘朝风筝飘走的方向追去。鬼才知道风要把风筝带到 S 城的哪个角落。张潮初恋的风筝永远飘落在了北方的丹城，线，早已不握在陈晓尘的手中。

斯巴达

陈晓尘第二天又要求见面，张潮便带她去了工作室附近的斯巴达咖啡馆。

"等会我老公来接我，你就说是我同学。"陈晓尘先跟张潮统一口径，怕他说漏嘴。其实就是同学嘛，同一学院，他比她高一届，做过一个春天的恋人而已。

斯巴达咖啡馆木桌上方的枝形灯给陈晓尘的额头涂上一层光亮，让她看起来还像大学时代那样妩媚。两条长而上卷的睫毛，照样可以把男人扫得心跳加速。

"你还是那么不现实，连班也不上了。"她劈头就说。

"你当年曾说，如果跟着我早晚会饿死。你看，我现在不工作，还没饿死。"张潮说。

"胡说，我才没说过那样的话。我当时只是建议你找份稳定工作。"陈晓尘语气十分肯定。张潮一下子不那么确定了，可能是记忆出了差错。记忆这东西，经过十年潜意识的加工，鬼晓得离真实有多远。

他们谈起当年的矛盾，探索分手的原因，最终归结于青春时代的幼稚，不懂得相处之道，就像现在懂得了相处之道似的。隔着岁月的长河审视，一切都显得清楚了，心结也似乎解开了。

张潮想起十年前的自己，时常在校报副刊发点豆腐块文章，是同学们眼中的"文艺青年"。只是尚且浅薄的文艺爱好并不能抗衡现实，他在那台砖头厚的二手东芝笔记本上写下的只言片语根本找不到像样的地方发表，也挣不到钱。毕业季的那个夏天，为了填饱肚子，把大学时代的几十篇习作打包卖给了一个急于出书评职称的阿姨。

　　咖啡已经喝完，果盘也消灭得差不多了。陈晓尘说她老公正从机场坐地铁赶来，得发个咖啡馆的定位给他。

　　飞机晚点，他们便各自又点了一杯果汁，这样，沉默的时候可以咬紧吸管，遮掩无话可说的尴尬。

　　夜幕已经降临，透过玻璃墙，可以看到咖啡馆门口的霓虹招牌。张潮盯着招牌上的古怪店名，想着娶陈晓尘的男人一定勇猛若斯巴达战士。这女人太能折腾了。一晚上下来，他的后背都是她的指甲印，有的地方还流了血。早晨醒来她笑嘻嘻地在流血的部位贴上创可贴，以致他后来在那事上也不太正常了，需要对方连掐带咬才觉刺激，不然就是做了也不解渴。她吵起架来更是不得了，不是冲进厨房摸菜刀就是跑得没影，十天半月都没音讯。起初的几次吵架，他还以为她失踪了或自杀了，紧张得不行，打电话给她的父母，联系了多位同学，才得知她藏到一个女生家里，吃住都在那儿。长此以往，还不把人折腾死。这次也够折腾的。她跟老公吵架，谎称回了娘家。那个可怜的家伙长途跋涉去北方老家接她，谁料她竟在 S 城跟初恋男友喝咖啡。

　　张潮时而回忆往事，时而故作深沉，还谈了最近读过的几本外国文学名著。

“你读再多书也改变不了骨子里的粗俗，还有污秽。拔高了学历也是白搭，反正你又不工作。”陈晓尘含着吸管咂了一口橙汁说。

“确实如此，还是你懂我。当时离开我就是因为粗俗和污秽？”张潮一副皮笑肉不笑的无赖表情。

“当然不是，是你靠不住，迟早会出轨。反正你当时脚踩两只船，以后你脚踩的船肯定能装满整个海港。你竟然背着我跟五十多岁的老女人胡搞！”陈晓尘笑了，眉眼里也含着笑。

“怎么可能？我已经跟你解释过许多遍了，难道让我添油加醋地承认做过根本没有做过的事情你才满意？”

“你还否认？我不怨你，也不恨你。我觉得现在这样就挺好，还可以面对面聊天。十年后，又鬼使神差地生活在同一座城市，不是很神奇吗？对了，你和你的小女友相处得怎么样？见你去年经常晒她的照片，今年却不晒了，是不是过了新鲜期？男人喜新厌旧，你更是喜新厌旧！”她眨眨眼睛。

“相处得挺好。我白天在工作室干活，晚上回去陪她。”

“带出来一起吃个饭呗，放心吧，我不会拆散你们的。”陈晓尘说。

“刚结婚半年，我就想离婚了。”陈晓尘见张潮没答话，继续说。

“你这不是坑人吗？对了，你跟斯巴达怎么认识的？”

“斯巴达是谁？”

“你现在的老公啊。”

“我那时干着一份销售工作，经常来S城出差，老乡聚会时经人一撮合，就认识了，过了俩月就结婚了。”

"真够草率的。"

"想结了就结，多自然的事情。再说了，他很宠我啊，为了结婚他在 S 城买了房，每月还房贷，压力大着呢。我挣的工资自己花。"

张潮打心底佩服那位素未谋面的斯巴达了，他的抗压能力绝对一流。

斯巴达打来电话说找不到地方。他们便去路口接他。

在明亮的路灯下，张潮终于见到了那位神秘人物。斯巴达不过是位相貌平平的理科男，背着个帆布双肩包，因为赶路而满头大汗，短袖也湿透了。夫妻俩一见面，斯巴达不仅没发火，还一把挽住他新婚妻子的腰肢。陈晓尘也显出温柔的一面，掏出面巾纸擦拭他眉头上的汗，俨然贤妻，一点也看不出正在闹离婚的迹象。

张潮看到陈晓尘的丈夫，一点也不觉得妒忌。他早已妒忌不起来了。

"你们小两口好好欢聚，我回家了。"说完，张潮赶紧抽身而退，再待下去就尴尬了。

张潮的记忆中确实存在过一个陈晓尘所说的老女人。老女人身材早就走了样，穿着一身灰色麻点的套裙，看起来像个农村老大娘。他当时在丹城的一家杂志社实习，拆信封看稿子，没有工资。认识老女人，就在一场饭局上，杂志社的副主编牵线搭桥。第二天，老女人单独约他吃了个饭，问他愿不愿意卖给她一些文章，她急着出书评职称。他恰好存着几十篇平时写下的短文习作，手头正紧，便答应给她。过了几天，老女人邀请他去她家，说是帮她润色一下那些文章。他如约前往，坐在她事先准备好的电脑前。她在厨房忙活，张罗了一桌饭菜。那时候他才了解到，她是个离了婚的独居女人，女儿刚考上研究生，住在学校。饭桌上，她找出女儿的照片给他看，夸赞着女儿从小成绩就好，多么争气。他盯着相框里的那位白裙美女，怎么也不能把她和面前的这位老大娘联系起来。她怎么可能生出这么漂亮的女儿呢？

难道陈晓尘以为张潮没提前向她汇报就私自去了老女人家里就一定有奸情？陈晓尘是从他的手机短信里得知他的行踪的。他根本没有必要删除那些短信，却引起了她的猜疑。

那天晚上，张潮做了一个噩梦。梦中，他回到了十年前的丹城。看四周的场景，应该是在那位老女人家里。他坐在桌前，桌上放着一台笔记本电脑。

天已经晚了，你不如住在客房，明天接着修改。老女人说。

张潮觉得有道理，从他住的地方到她家，要坐两个小时公交车，不如住一晚，晚上加班改完，明早再回去。

到了后半夜，张潮感觉被什么东西压住了身子，以为是鬼压床了。猛然睁开眼，看见老女人披头散发地坐在他的身上，一丝不挂的臃肿身体来回磨蹭着，把他吓个半死。天呐！这比鬼压床更可怕！

张潮从梦中惊醒，一身冷汗，像是刚刚经过了一番垂死挣扎。如水的月光正透过大窗洒在舒适的双人床上，只穿了内衣的女友乖巧地伏在他的身旁，气氛温馨而静谧。他扯过薄软的蚕丝被，盖住她裸露的双腿，摩挲着她的小肩膀，把脸埋进她的长发里。

旧梦

　　半个月后的一天，张潮像往常一样搭乘地铁，兴致勃勃地奔赴写字楼上那间租来的工作室。那时候，他愈来愈深刻地体会到，任何工作都得不偿失，耕耘自己的那块自留地才是正事。他虽然脚步匆匆，却可感受到秋天的暖风掠过脸颊，心中洋溢着一股久违的惬意和满足。那是辞掉稳定工作后，不受制于人，自谋出路，手中握着自由的深切满足。如何谋生呢？他顾不上多想，先肆无忌惮地读读书。

　　张潮惊奇地发现工作室的门虚掩着。难道昨晚回去时忘记锁门了？他嘟囔着，推开门走了进去。陈晓尘正坐在书桌前，信手翻弄着桌上的那本《包法利夫人》，看他来了，扭头抛出一朵得意的微笑，把他吓了一跳，接着心中便升起一股愤怒。他奔向办公室租赁公司的前台，责问工作人员为什么替别人开自己房间的门。

　　"她说她是你的女朋友，我才取了钥匙开门……"前台办事员，一位穿着工作套装的小姑娘满脸委屈地说。

　　"以后不要为除了我以外的任何人开门。"张潮压低声音说。

　　张潮返回办公室，感觉来之不易的清静又被打破了。他很后悔上次见面时带陈晓尘来过一次这里，暴露了藏身之地。

　　"你来做什么？"张潮毫不客气地问陈晓尘。

　　"我请你帮个忙。"她轻描淡写地说。

　　"什么忙？"

　　"我想在你这里放点行李，就三个纸箱。等我找到合适的出租房就搬走。"陈晓尘说。

"你们干吗要分居呢？"

"现在我们住在一套没有阳光的城中村合租房里，另外两个房间住着他的同事，一点个人空间也没有。"陈晓尘倾倒着生活的烦恼。

"你上次不是说他为了和你结婚在 S 城买了房吗？你说他买了一套二手商品房，但交不起房贷，只好租出去以租金抵月供，自己另外租便宜的房子住。"

"那是他撒谎，为了让我尽快答应婚事。我最近才发现，其实他根本就没买房，也没有存款，是个彻头彻尾的屌丝。"

"这算是什么事？你也真是的，刚认识就结婚，糊涂不糊涂？"

"那还不是因为觉得自己年纪也不小了。"

"你如果离婚，麻烦肯定比男人大。现实就这样。谁都有缺点，两个人相处就得包容。"张潮注视着眼前这个三十岁的女人，觉得自己的怜悯毫无意义。

"我想分居，自己过日子，给他点颜色看看。"陈晓尘低着眉眼说，手指揉搓着衣裙上的褶皱。

"你看我的单人牢房，两个人站在里面都显得拥挤，哪有地方放你的行李？"张潮摊开双手，指尖触到了两堵用复合材料隔成的墙壁。

"那放到你住的地方。"陈晓尘说。

张潮半天没说话，面前的这个女人，毫无疑问会给自己带来无尽的麻烦。他不久前费了很大的劲儿搬家，好不容易在一处山清水秀的小区租了套一室一厅的公寓。房东是香港同胞，屋内家具摆设算得上精致。小女友则把家里收拾得整洁温馨。他改掉了睡懒觉的习惯，做事比从前用功了许多，用心呵护着得之不易的两人世界。他实在不想她入侵自己现在的生活。

若在几年前，张潮还是一个毛头小伙子，以到处拈花惹草为荣，不顾后果招惹麻烦。三十岁的他则变成了一头雄狮，小心翼翼地保护自己的领地，谨慎提防着周围的危险。婚后分居，难道她没意识到自己在玩火？趁着老公出差把自己行李搬走玩失踪，这套路如此熟悉。十年前，她不就这样对自己吗？简直如出一辙。再说了，她的话，又能信几分呢？

"我住的房子更没地方，早被女友的衣服填满啦。你若执意要存放行李，还是放在这里好了，大不了我让人搬走那张桌子，腾出点空间。"张潮沉默了半天后说。

"他和前女友在出租房的那张床上滚过床单。我真的不想住在那儿了。"陈晓尘说。

"换条床单不就行了。好不容易结婚成家，都三十岁的人了，应该学会容忍。真不行就连着床垫和床一起换掉。"张潮继续出主意。

"那也不行，必须换房。"

"在S城换房代价太大，零碎物品搬着麻烦，两个月的押金也是收不回来的。我在S城住过不少出租房，深知其害。"

"我才不管。"陈晓尘依旧那样执拗，一副不管不顾的样子。

"对了，你现在的女友一天到晚缠着你吗？"陈晓尘问道。

"她忙得很呢，没空理我。我正好可以做自己的事情不受打扰。我喜欢这种状态。双方毕竟都需要空间做自己的事。"

"这十年当中，你交过的女友当中，你最爱哪一个？"

"很难说最爱谁。"

陈晓尘眼睛掠过一抹愠怒，沉默了好大一会儿，大概是因为他没说最爱的是她。

"那你爱过我吗？"此刻陈晓尘坐到了书桌上，依然是十年前的装扮，淡蓝色牛仔裤，绿色罩衫，剪着齐刘海。她说话的时候，双腿不停地钟摆一样晃动，似乎要打破时空的界限，重回过去。她的眼睛大而空洞，让他捉摸不透。

"现在你都结婚了，这个问题早已没有意义。"

"那你讲讲这十年间的女人。有没有嫖过娼？"

陈晓尘像是威严的法官，张潮则是接受审讯的犯罪嫌疑人。

"我不想回忆，都已经过去了。我只想安安静静地过日子。"张潮可怜巴巴地恳求。

"过去了不只是过去了。"她眨眨眼睛，调皮地说。

"你这人，怎么强迫着别人做自己不喜欢的事？"

"那就让你做点喜欢的事。"

"什么事？"

"做爱啊。在这张书桌上。"

"别胡闹！"

"怎么？你现在还是那么虚伪？"陈晓尘微扬着洁白的面颊，挑衅地问。客观地说，现在的她，还算得上美丽。

"这是我做事的地方，墙都是硬纸板隔的，狭窄得要命。我们的每一句话隔壁都听得清清楚楚。"

"女厕所的单间，比这里还狭窄呢。"

"什么女厕所的单间？"

"那次，晚自习放学后，我们趁着楼道没人，溜进女厕所的单间。你站在蹲坑上，我两腿盘住你的腰。你还一手拉下身后的水闸，让水声掩盖一切。"

"别说了！"

"我偏要说，真实事件为什么不能说。你如果嫌这里窄，那我们找个宾馆不就行了？"

"肯定不行。我可不想破坏你的家庭，也不想对不起我现在的女友！"

"什么人啊！没想到十年没见，流氓摇身一变成了道德家！"陈晓尘从桌上下来，走出门去，顺手带上了门。木门撞击门框的声音震得张潮的耳膜都快碎了。

陈晓尘终于走了。张潮长吁了一口气，这会儿很后悔当初与她见面。无论怎么样，当年是她主动离开的。在他正儿八经谈恋爱的时候，她却跑了，用冷漠击碎了爱情。都分手十年了，青春已是一片废墟。难道废墟上还能开出花朵来？

过了不到半小时，陈晓尘又回来了，手里提着两份盒饭，说是他们的晚餐。

入夜之后，滨海大道上的阴香树挂满了彩灯，闪着黄金般的光芒。川流不息的车辆便疾驰在这流光溢彩中，奔向淘金之路。副驾驶座上的张潮让出租车司机开到一条幽暗偏僻的小路，陈晓尘一声不吭地坐在后排。她让他陪她到城中村走走，说是那种地方才有过去的感觉。两人背着各自的伴侣，在背街小巷找什么过去的感觉，不是很荒谬吗？

出租车渐渐把曼哈顿般的豪华抛在身后，街灯越来越稀疏，越来越暗淡，似乎真有了点当年丹城的感觉。下了车，两人一前一后走着，张潮在前，陈晓尘在后。过了一小会儿，她就赶上来，两人并排走着。两人并排走的时候，小巷显得局促，巷子两侧都是城中村的握手楼。

"简直是神经病，非要在 S 城寻找丹城的感觉，干脆回丹城不就行了吗？"张潮抱怨道。

"那我们一起去丹城旅游，看四月的牡丹？"陈晓尘试探性地问。

"要去你一个人去。"张潮望了一眼黑漆漆的夜空说。握手楼挡住了月亮和星星，把天空裁成碎片，恍若那些碎片化的青春记忆。

"我不敢一个人去。丹城到处都是过去的痕迹。我害怕那种伤感。"陈晓尘说。

"伤感的应该是我吧。"张潮说。听陈晓尘一说，又勾起了他记忆深处的怨怒。

"我也不知道怎么日子过成了这样。搬来 S 城后，一天也没开心过。"陈晓尘说。

张潮瞥了陈晓尘一眼，她还是十年前的装扮，不知是有意还是无心。十年前，到了夜幕降临，他们就手牵手走向大学周边的城中村，到廉价小旅馆欢度一晚，第二天再返回学校上课。

陈晓尘的脚步忽然停住。张潮顺着她的目光望去，不远处的路边有一家"青春旅馆"，招牌上的彩灯闪着幽魂般的绿色光芒。"青春旅馆"四个字以彩灯为笔画，有些灯不亮了，笔画显得七零八落，整体上却尚能分辨。十年前，二十岁出头的他们，经常去的就是这样的小旅馆。青春阳光烂漫，安放青春的旅馆却残破暗淡。

要不，书生，我们今晚别回去了。陈晓尘声细如蚊地说。此刻，她对他的称呼也变了，变成了十年前的"书生"。那时候，他的双肩包里总有一两本课外书，才惹得她给他取了这么个绰号。

"这，这实在太过分了……"张潮咬咬嘴唇含混不清地说。

"怎么，你现在变得那么懦弱？"

"不是。我们向前迈一步，就势必伤害到别人。"张潮支支吾吾地说。

"你现在成顾家的好男人了？哈哈哈……"她的笑声尖锐而刺耳，回荡在夜色中。两三个看不清面目的路人停下来看了一眼这对奇怪的男女，然后继续往前走去。

旅馆招牌上的霓虹在陈晓尘的脸上变幻着色彩，时光仿佛回到了十年之前，那些他们在丹城度过的青春。

他们登记了身份证，走进旅馆里的一间略显局促的双人房。

可是，当张潮刚贴上陈晓尘花朵般微微绽开的嘴唇，就停止了动作，颓然地坐到床边，随即站起身来，朝地铁口走去。他要搭乘最后一班地铁回家，回到另外一个真正属于自己的年轻姑娘身边，给她爱，给她生活。而那个姑娘，则是夜半归来时的拥抱，张罗碗碟的双手，哺育后代的母亲。他已经明白，再怎么寻找，也找不回那份失落在时光深处的感情了。毕竟，那个牡丹花开的四月已逝，连同那心酸且斑斓的青春。

归去来

搭档

去年台风路过 S 城时，文化路一棵大榕树老人一样躺着死去了。它巨大裸露的树根，猛禽一样抓紧大地，如果要把它拔起，难免路面塌陷。市政部门小心翼翼地对待它，剪除了挡住人行道的枝叶和气根，就势赋形，把树干做成了人行道和机动车道之间的护栏。张潮那天经过的时候，它横躺的树干上正长出几簇油绿的嫩芽。

林莉对张潮说自己要辞职，就在那天晚饭后去莲花山散步的路上。这把他吓了一跳。在他眼里，这位干瘦文弱的女同事是最不可能辞职的人。她在大厦已经工作了十八年。大厦这几年一直在改革，计划经济时代残余的编制和职称不再与工资挂钩，基本实现了按劳分配，待遇不高但旱涝保收。他怎么也想不明白她怎么会辞职。十八年做一份工作对他来说是不可想象的，他迄今做过最长的工作只持续了一年半。

莲花山路口人行道上亮起了红灯，照在她眼角的鱼尾纹上。十八年，对一个女人来说，意味着什么。一毕业就参加工作，结了婚，离了婚，一个人带娃过日子。

大厦里的生活，温水煮青蛙。我如果现在不辞职，就再也没机会了。她看起来已经深思熟虑。

稳定工作不要了？辞了职，去哪里呢？

无所谓了，先给自己放个长假，旅行一阵子。我想沿着小说的足迹旅行。第一站就是塞尔维亚，那里有写出《哈扎尔辞典》和《君士坦丁堡最后之恋》的帕维奇。她单薄的嘴唇弯起一抹笑，跟那晚的月牙很像。莲花山上有月光，洒在她泛黄的脸上。月亮旁边有颗明亮的星，她问他那颗星的名字，他如实回答自己也不知道。

帕维奇早就去世了啊。

那无所谓，我要去他常去的贝尔格莱德大桥，还有他笔下废弃的教堂，破旧的工厂，生锈的火车头。我甚至想住到他家里，在他睡过的床上躺一会。林莉说。

一个疯狂的逃跑计划，我喜欢。我从北地逃到S城五年多了，还好这里有月光。他说。

不久的将来，这里也没有月光了。今天的空气质量是轻度污染。这里算是大陆最南端了，看你到时候逃到哪里去。她笑着说。

那就辞掉工作，找个山清水秀的小镇待着，反正不会一直待在一个地方。

你不跟那个还在上大学的小女友结婚啦？

解决不了房子问题，跟她家人难以开口。

慢慢存钱吧。

我若存到钱，肯定不待在这里了。

那去哪儿？

找个安静的地方。如果说这份工作对你来说是温水煮青蛙，对我来说就是沸水煮蛤蟆。

哈哈，怎么说？

我觉得自己在大厦里迅速腐烂。用不了多久，上下班就成了习惯，日子开始变得毫无意义。

你想怎样？

我也想离开大厦，只是现在还不是时候。我得存点钱，以后到周边小镇买个小房子，埋头做自己的事。

做什么？

当然是看自己想看的书，写自己想写的文字，反正不想受人驱使。不像现在，虽说上班也是看书写字，但要看别人让看的书，写别人让写的字。

那不是没了稳定收入？

所以要先存点钱嘛。

年轻人挺有想法的。她打趣道。看得出来，递交辞呈带给她的是轻松愉快，丝毫没有离开大厦的悲伤。

有次洗完头，发现自己额角窜出几根白发，分外触目惊心。过了而立之年，阔步迈进中年老男人行列喽。

你还年轻，不像我，跟你小女友的妈妈一个年纪。你真有先见之明，找个女朋友，附赠年轻丈母娘，赚大了。

哪有，负担更重了才对。香水每次要买两瓶，苹果手机也要买两部呢。你不显老，路还长，应该再找个男人。

单身久了就不想再找。再说了，也不好找啊，你们男人都喜欢年轻漂亮的学生妹，哪里会喜欢年老色衰的阿姨。

S城挺多外国人，你找个有钱的老外。

你以为来这里的老外都腰缠万贯啊，其实大都是穷的，找女人只是玩玩。

这时候，他们走到了风筝广场，沐浴在弯月的光辉中，迎面吹来清凉的微风。广场上的紫荆树和凤凰木呈现出与白昼迥异的风貌。连人们的交谈也变得真实，跟白天的话语截然不同。这样的情景似曾相识，不久之前，张潮和女友来过这里，不过那时正值满月罢了。

等回到文化路，就看不到月亮了。他转移了话题。

文化路不是有你生活的全部吗？出租屋、办公室、单位食堂全在那儿。她说。

我挺羡慕你，可以逃离那个地方。张潮说。

逃离可算不上，其他地方也好不到哪里去。晚上喝点酒才好啊。她提议道。

去文化路上的白夜酒吧？张潮提议。

才不去。怕遇见熟人。不如穿过莲花山，到山北那边，随便找家酒吧。

好啊，我也正想喝点酒。自从参加工作，三点一线的生活，感觉与世隔绝了。

喝酒好啊，那你懂得照顾一个不小心喝多了酒的女人吗？

当然。非常擅长。

她没有说话，微微一笑，朝着山北的方向走去。走了几步又折回来。

还是各回各家吧？她细碎的步子快了起来。

你心里只惦记着你的小娇娘。对啦，你是想娶她，还是只想和她睡觉？她笑着问。

当然要长远发展啦。张潮回答。

那就好好干，小心维护你的灵气，不要让工作给耗光了。我就是个活生生的反面教材，被那份工作榨干了一切。她说完步子就更快了，在一棵接着一棵的榕树下奔跑起来。张潮怎么也赶不上。奇怪的女人。

腰带扣

张潮刚来大厦上班时正赶上 S 城的读书月，书部最繁忙的一个月。没有上下班的界限，没日没夜地看书写东西，当然也没有周末假期。林莉是他的搭档，他写，她编。当然，他加班的时候，也少不了她。

午夜已过，昏暗的版房里只剩下他俩。她坐在电脑前修修剪剪，他站在一侧帮忙斟酌字句。她说原有的大标题有股腐朽的学院味，得换个实在又响亮的新标题。那段日子，她像是一位手持皮鞭的女王，催促他写稿改稿。

夜深沉了，他还没想出让她满意的标题。他焦躁不安地站在那里，双脚不停地交换位置，时不时用岔开的五指从额头插进竖立的短发里。在眼前摊开手掌的时候，指缝与掌心黏着几根脱落的短发。

用不了几年，这工作就把我变成老丁那样的秃驴了。为了缓和气氛，张潮开起玩笑来。

到时候你就可以自称老油条了。她也暂时从布满文字的版面中逃离出来，转过身子，嘻嘻哈哈地说。

恐怕还没熬到转正，就未老先衰啦。他说。

没那么夸张，你是绿色通道引进的高技术人才，三个月转正。当初我来的时候，光试用期就要一年呢。这单位待遇一般，可也不是好进的。她说。

高技术？啥技术？

码字的技术啊！前几天总编室黄主任还夸你码字又快又好。她笑了。

如果码字只是技术，那是码字者的悲哀。他倚靠在电脑桌旁，双臂抱在胸前。

怎么，你不喜欢这份工作？跟你的专业很对口啊。

对口是对口，上班时写太多，对文字就会丧失敏感性，业余想写点自己的东西就难了。这仿佛是缪斯女神对码字者的诅咒，一天就千把字的量，超过限度写出来的就是垃圾了。他扭头看看她，皱着眉头说。

你的腰带扣很亮。她说。

他本能地低头看了看下身，还好，前开门的拉链没忘记拉上，纽扣也没有脱落。随后，他的目光沿着她的短衫看到无毛的腋窝和简易文胸包裹着的贫乳。他也不知道是什么把她耗得油尽灯枯。这时候，她细长的眼睛泛着蜥蜴眼睛的麻黄，或许还有花蛇眼睛的斑点。他可不敢久久盯着她的眼睛。

哦，这腰带是网购的便宜货。他局促不安地说。

你看，最近天天加班，我陪你的时间比你女朋友都长。

哈哈，确实如此。

你这个小鲜肉在这里上班要注意哦。大厦里一半多的女人都是单身。那些姐姐们，阿姨们。

174

我倒是不怕。只是不明白她们为什么单身。

三天两头加班，哪有时间照顾家庭孩子，结过婚的大都也离了。

对啦，实在想不出来就用原来的标题吧。她说着，点了一下排版软件上的保存按钮，关闭了电脑。

嗯，只能这样了。

第二天一上班，老大哥就把张潮叫到了会议室。老大哥关上门，偌大的会议室只有他们两人。老大哥还未开口，张潮就预感到一种不祥。张潮头脑中不断回想着自己最近做错了什么。撰稿任务按时完成，在办公室坐班的时间比谁都长，他想不出到底哪里出了差错。

以后少在朋友圈唧唧歪歪。老大哥沉默了一会儿说。

不要抱怨薪水，不要抱怨加班，不要评价同事，也不要炫耀自己写了多少字……他驯兽师般的方形大口中吐出条条禁令，恰如环环相扣的锁链。

朋友圈难道不再是私人空间了吗？张潮以前也像其他人一样，隔三岔五发条朋友圈，沉浸在由"点赞"构筑的虚荣幻觉里，没想到无处不在的"天空之眼"正悄悄盯着他。

在这里上班，任何言行都代表着大厦的形象，要注意影响。老大哥说。其实，老大哥在朋友圈中的牢骚比谁都多，连"食堂包子凉了"都要咒骂一番。

"你们在想什么难道能瞒得了我吗？"老大哥曾经的一句话又回荡在张潮的耳畔。

老大哥跟女人一样心细，能把所有文章修剪得四平八稳，从未出过思想导向上的差错，确实很胜任书部的工作。他的阅读量远远大于书部的其他职员，观点也颇让人信服，只是脾气很臭，"你他妈的"四个字是他口语中的高频词汇，尤其是面对下属的时候。在张潮来书部上班的半年内，脸皮薄的女同事已经被老大哥骂走了两个，一个转到其他部门，一个干脆辞职了。

年轻人，刚参加工作，要学会时时刻刻夹着尾巴做人。老大哥说这句话的时候，张潮感觉自己是一匹狼或一只虎，低眉顺眼，蓬松大尾紧紧夹在两腿之间，蓄力完成便一跃而起。

谈话后，张潮随即关闭了那条宣泄个人情绪的通道，删除了每一条朋友圈，个别有纪念意义的图片小心加密。接下来的两天，有几个好事之徒发来信息询问是否屏蔽了他们。张潮费尽口舌，托出朋友圈有毒，吞噬时间之类的种种理由。好事者散去之后，他坠入一阵虚空。此刻，只有埋首书堆才能给他安慰。这样也好，索性把社交软件统统关闭，把不平之鸣藏进文字的褶皱里。

"年轻人，别忘了，你的一言一行代表大厦的形象，不代表你自己。"天空有一只大眼投射地面，老大哥在望着你。

梦话

张潮走上文化路，抬头望了望榕树的枝丫和高空的白云，深吸了一口带着榕树叶子味道的空气，心情不错。他刚刚享受过一场短暂而甜蜜的午睡，梦见一个主动投怀送抱的小美人。他庆幸自己的住所离单位很近，可以午睡。那个房间挺好，午后有阳光，床垫宽敞舒服，就是房租有点儿贵。

到了办公室，老大哥通知书部职员们开例会。部门人员规模太小，开会也不用到会议室，大家把自己的办公椅滑到老大哥旁边，聚成一个半圆就行了。张潮滑到老大哥办公桌前，正对着他。也许是中午的睡眠太酣畅，他还没有完全回到现实，小声咕哝了一句"这次开会能不能快点啊"，以往每次开会，老大哥总啰嗦没完。他刚咕哝完，就被老大哥骂了个狗血淋头。老大哥的声音太大了，震得他耳膜疼：你他妈的有什么资格让开会快点！盯着眼前那个四十来岁身材发福的圆脸男人，张潮紧攥的拳头已经略咝作响了，北方汉子的血液裹挟着愤怒在他的体内奔腾。对，朝着他的双下巴一拳打过去，让他妈的满嘴脏话。这时候，他在老大哥的呵斥声中完全清醒了。有几秒钟，张潮眼看着就要动手了。揍他一顿收拾一下办公桌走人，就像以前干过的那样，反正到哪里工作都一样。

这时候，刚才去茶炉房接水的林莉回来了，匆忙回到自己座位上。这时候，老大哥发完火，气慢慢消了，语气也缓和下来。为了示威，张潮把办公椅滑到自己办公桌旁，有意拉开距离。老大哥让他返回原处。张潮说这里就挺好，靠着桌子方便记录。老大哥坚持让他坐回原处，他不情愿地滑动椅子，重新坐到老大哥正面。会议跟往常一样，平淡无奇，婆婆妈妈，拖拖拉拉，夜幕降临才结束。

张潮离开办公室，走到文化路上，S城冬日的凉风迎面吹来。受了气的缘故，他那会儿一点也不觉得饿。再说了，这么晚了，食堂的饭点早过了。

一家理发店门口站着一位穿单薄绿裙子的姑娘发传单，她染着一头庸俗的黄发，脸蛋倒是标致，有双杏眼，一看就是来城里打工的村姑。张潮经过的时候，那姑娘递给他一张传单并朝他微笑，他回笑了一下，受伤的心忽然康复了，他看着姑娘和张灯结彩的理发店，心中重新洋溢起对世界的柔情。

帅哥，办张会员卡吧，一楼可以理发，二楼可以按摩。那姑娘露出一口漂亮的白牙笑容可掬地说。

好呀，好呀，为什么不呢。按摩的话，我想让你亲自来。那姑娘便把张潮引进了理发店。

行啊，行啊，我的手法您放心。那姑娘又笑了，简直是一位金发天使。

我们这有金卡、银卡和普通会员卡，请问您想办哪种呢？那姑娘问。

当然是金卡啦。张潮满不在乎地说。

嗯，最近搞活动，充值五千块就可以办一张金卡。金卡的话，所有服务项目都打三折哦。请问您是刷卡还是现金？那姑娘跑到收银台后面问。

刷卡。说着，他把工资卡交了出去。他也不晓得里面还剩几个钱。

要不要马上去二楼体验一下肩颈按摩呢？一看您就是坐办公室的高级白领，整天对着电脑可真得注意颈椎保养啊。那姑娘乐呵呵地说。

当然，当然，就看你的手法了。张潮开心地笑着，跟着姑娘去了二楼的按摩单间。

您把上衣脱了，趴在按摩床上就行了。我去拿玫瑰精油。那姑娘轻轻地带上门，出去了。

多美好的日子呀，有个年轻貌美的姑娘给按摩陪聊天，还有什么不知足的呢？张潮想着，脸趴在按摩床的孔洞上，嗅到了甜腻的春天气息。窗外冬天刚来，春天还早着呐。不一会儿，果然有一双温热的小手在自己背上涂了精油，缓慢有力地按摩，经络咯吱作响，揉开了，推顺了，又酸又爽。

你叫什么名字呢？下次再来找你。张潮问。

金蕾，金子的金，花蕾的蕾。她笑着回答。

应该是真名吧。

那当然，身份证可以给你看哦。我们这可是正规的店。

看得出来。我去过几家洗脚城，都不怎么正规。

我们这是理发和中医养生。前几年，我在北方老家自己开过一间经络按摩店，真是受不了老家人的目光哦，他们可是说什么的都有。

那是，那是，内地就那个样！这里倒是挺好，干什么都自由。

嗯嗯，你也是从内地来的？

受不了内地的风气，逃到 S 城来的。对啦，你这份工作怎么样？张潮问。

还好啦，不过一天十几个小时下来，回到出租房，手脚都要抽筋了。可是没学历没技术，只能做这样的工作啦。那姑娘诚恳地说。

张潮心里震了一下，坐了起来，戴上眼镜，这时候，他看见了她那双通红的手。她那头玛丽莲·梦露一样的黄头发和那双幽黑的中国杏眼一点都不搭配。

要按够一个钟呢，不然主管知道了要扣工资。她恳求道。

嗯。他又趴下去，脸对着按摩床的孔洞，像是望着一口干涸的深井。

帅哥，你背上有颗很大的痘印，我帮您除掉吧，保证不留疤痕。

好呀。

去痘印的时候，张潮又想起白天挨训的事情。这痘印可以去掉，老大哥的训斥在心里却难以去掉了。本来还把他当哥们当朋友，以后就只能当顶头上司了，这蠢货！想到这，他又狠狠地握了一下拳头。

怎么了帅哥，刺疼您了？

没有，一点都不疼，实在是太爽啦！对了，这里可以足底按摩吗？

先生，您说的洗脚服务应该到路对面大厦负一楼的绅士会所。我们这是兰媄发屋，主要是理发和中医养生哦。

哦，看来真是正经地方。兰媄发屋，刚才在路边看成兰婊发屋了呢。这眼神，都是天天看那些垃圾书害的。什么时候才能选择自己喜欢的书看呢？他心里念叨着。

前任

第二天上班的时候，张潮故意迟到了一个小时，跟新实施的打卡考勤制度过不去。他在单位楼下的麦当劳点了一杯咖啡，阅读一本黑封面的小说，塞利纳的《死缓》。大厦这份沸水煮蛤蟆的差事，不就是一场死缓的判决嘛，永远不要去设想工作能成就一个人。

等他回到办公室的时候，林莉正和老大哥吵架。他赶紧回到自己的办公位置，摊开一本书假装在看，竖着耳朵聆听。从他们的对话中，隐约可以辨识争吵的原因：老大哥连续几次追问她具体的离职日期，她连续几次回答现在自己也不知道，要办理一系列的离职手续，等一群部门盖章。大妈一样的唠叨和啰嗦，是老大哥一贯的特点，有点像《大话西游》里的唐僧。若在平时，大家不得不忍受。对林莉来说，反正辞呈都交上去了，用不着再忍受什么了。

你一遍遍地问我离职日期，你什么意思嘛！驱赶？那个外表瘦弱的女同事提高了嗓门。整层楼都是一个个的办公位，用隔板三面隔开，留下一面进出。其他部门的人员听见争吵声，地鼠一样从隔间露出头来，朝书部这边观望。

你不要生气嘛，我又不是故意跟你过不去，我只是想按照时间安排好工作。老大哥站起来，肚腩颤了颤，放下高高在上的姿态，孩子一样挠挠头压低声音说。他并不想让争吵天下皆知，便立刻把话题转移到版面上。

他俩共事多年，却以吵架的方式收场。她大概要把多年的压抑一股脑儿释放出去。张潮多次听她感慨，职场上只有利益没有朋友，若有，也是个人交情。

张潮又想起前几天老大哥朝自己发火的事，一口一个"你他妈的有什么资格说这话"，好在自己忍住了，不然现在辞职的应该是自己，不，应该是他们两个人。她走了，自己也不远了，但不是现在，他还没有足够的实力在不工作的状态下养活自己。侵犯尊严是不可逆的，就像吸进肺部的雾霾，牢牢地粘在肺泡上，有一天会忽然爆发，毁灭一切。

林莉与张潮做搭档的日子里，总是提起从前的搭档魏封，就像痴情女人念念不忘分手多年的情夫。张潮认识魏封，两人年纪差不多，在S城一些文化场合见过几次。魏封辞职后空出一个岗位，张潮就是被老大哥喊来接替他。那时候，张潮在S城边缘一个叫章阁的小镇租了套还算宽敞的房子，窝在里面看书写东西，做专职作家的梦。老大哥听说他没工作，约他来大厦聊聊写专栏的事。从章阁到市中心，要坐一个多小时公交车再转一个多小时地铁。张潮背着双肩包，一见到老大哥，就说自己这是农民工进城。专栏的事没谈成，老大哥是醉翁之意不在酒，他是想让张潮接手魏封的工作。那时候魏封已经辞职大半年，老大哥一直在物色合适的人选。

张潮说先考虑考虑，自己本没工作的打算。老大哥说你上班也是读书写字，跟你窝在家里干的活一样，还有一份稳定的收入，并且上班时间比较灵活。你们这些自由撰稿人，我是最了解的，也想提供一些实际的帮助。老大哥循循善诱。等张潮按部就班办完入职手续，才渐渐知道上班的情形并非如此，读书不自由，还有没完没了的加班。既然来了，就多待几年，看看到底啥情况吧。

魏封就不会这样写。在昏暗的排版房里，林莉常常这样说。

魏封写卷首语时先谈论时节。林莉说。

每当林莉提起魏封，张潮心里就不舒服，仿佛现女友老是提起她的前男友。亲密的工作搭档，共事久了，也有一种微妙情愫。

张潮看得出来，魏封的辞职对林莉影响很大。魏封辞职的原因，林莉讲的版本和魏封本人的讲述差不多，就是有次魏封去香港出差，老大哥托他带两本港版书，结果过海关时被没收了。刚回到办公室，魏封就被老大哥臭骂一顿，让他找海关索要。魏封一肚子闷气，去了趟海关，当然是无功而返，又遭老大哥一顿臭骂。魏封恼了，骂老大哥是不通情理的大傻逼，差点动起手来。工作是干不下去了，辞职离开了大厦。

在大厦上待久了，张潮就会眼睛干涩，视线模糊，甚至把一个人看成两个人，有时候还会把领导看成保洁员，耳朵里满是同事们闲聊的杂音。这时候他需要出去走走，沿着文化路一路朝东，在邮政报刊亭旁边拐进一条无名小路，再往右拐，到学院路上去。

当他到学院路上转一圈，偷偷欣赏那些穿着蓝灰校服的职校女生，那些还没学会把口红涂抹均匀的雏儿，心情就会重新舒畅起来。这时候他就会想，什么时候能当一名职校老师呢？

新生活

最重的还是书。林莉站在办公位上，把书装进纸箱里。

我帮你搬书，你拿零碎物品。张潮说。

那麻烦你了，也谢谢你给我纸箱。喂！我昨天加入一个群，里面全是从大厦辞职的人，大家过得都比从前好。她笑着说。看得出来，离职让她很开心。

我们部门就你一个男的，就该你帮我搬。她依然乐呵呵。张潮这才发现她换了新发型，原本垂到肩头的长发剪短了些，纤细泛黄的头发像是涂了一层蜜，闪着健康的光泽。

老大哥也是男的啊。张潮把纸箱封盖交错起来封好。

你确定他是男的？很多人都是雌雄同体呢。她压低声音说。

这我就不知道了。

小声点，办公室那么多办公位，让别人听到然后去打小报告就不好了。她把食指竖在嘴边说。

谁那么无聊？

我在这十几年，一些人没有才华，就靠打小报告混日子。向领导打小报告来提高自己的地位嘛。她乐呵呵地说，好像早就看透了大厦上的一切。

不管他们。其实挺舍不得你走，我们搭档得挺融洽。

还会招人来，你会有一个年轻漂亮的新搭档。

到时候还得培训，不会像你那样涉猎广泛，还会帮我润色稿件。

先搬吧，顺便让你参观参观我的小房子。然后一起去版房，修改我编辑生涯中的最后一期。

张潮搬起箱子，发现箱底承受不住书的重量，只好把箱子横着搬。

能搬动吧？挺沉。她问。

我腰板还行。说着，两人就朝大厦电梯走去。

她的小房子就在文化路上，估计当初买房时觉得会在大厦干一辈子，才选在这个位置。

小房子一室一厅，生活设施一应俱全，比张潮在文化路另一栋大楼里租的单间大多了。张潮把装满书的纸箱放到客厅电视柜旁边，茶几上也堆满了书。一个与书为伴的女人。

有点乱，懒得收拾。小孩在我妈那，我上班没时间照顾他。她说。

待在单身女人的房间让他浑身不自在，放下东西就退到了门外。

接着搬吧，办公室还有书。他在门外说。

不搬了，那些书是留给你的。多看书，别让工作耗光了你的灵气。她锁上房子的木门和外面的防盗门。

那天的天气又闷又热，浑身不舒服，手指缝里也湿嗒嗒的，像是沾上了女人身上的什么东西。傍晚时分，张潮又去了兰媄发屋，享受那微小的消遣。不远处人民大厦负一楼的绅士会所有更大的消遣，女孩们的裙子都很短，他明白那不是自己该去的地方。老干部们在楼上开完会，那么辛苦，当然要去地下室放松放松。他寂寞时曾去过一次那儿，只要付钱，就能随便找个可怜的女孩压在身下，狗一样喘一阵粗气潦草了事，还担心染病，实在是糟糕的体验。

第二天张潮上班的时候，邻桌已经空了。他收到一批出版社邮寄的新书，很快投入日常工作中去。老大哥坐在靠窗的位置，戴着油腻腻的大耳机盯着电脑屏幕。

年底的时候，张潮已经还清了信用卡，还有了一笔小小的存款，那些钱在外人看来可能微不足道，他倒是心满意足。他打算每晚去健身房，练得跟拳击手一样强壮。即使有朝一日辞职时心情好，没揍谁一顿，肌肉没派上什么用场，他也不想让愚蠢的肚腩破坏自身的美感。

一封关于内退的文件在大厦上引起一阵骚动，很多人在抢内退的名额，各种关系也开始悄悄走动。抢到的话，就能享受事业单位退休待遇，退休金跟正常上班领到的工资持平。错过这次机会以后退休的话，就只能按照企业待遇了。大厦里的改革时而大张旗鼓，时而潜移默化，天天都在变化，每个人都担心自己盘子里的奶酪。前面办公桌顶着副处级头衔的老丁，十天半月不来一次单位，也没见干什么活，桌上的工资条数目一度大得惊人。新考核办法实施后，他的收入锐减，办公桌也没收拾就火速内退了。

办公室天花板上的老鼠滚雷一样穿过，让人觉得大厦上潜伏着一支老鼠大军。有时候，办公桌上的书也会被啃成碎屑。打印机里偶尔会钻出老鼠来，吓得正要打印文档的半老徐娘发出少女的尖叫。不止一家的除鼠公司派人来过，都无济于事。

我也要退休啦！最迟要在三十五岁退休！这他妈的！张潮翻开一本书，假装在看，心里愤愤地盘算。很多人羡慕张潮的工作，上班就看书，接触的都是志同道合的文化人。当然，看指定的书，不能随心所欲。有次张潮拿出一本自己喜欢的书看，被老大哥发现了，老大哥说上班别看与工作无关的书，闲书辞掉工作回家看去。那是早晚的事，哼。他心里念叨着。老大哥经常不厌其烦地唠唠叨叨，什么年轻人不要好高骛远，要脚踏实地好好干活。

归来

林莉办完离职手续，前脚刚离开大厦，魏封就回来办入职手续了，坐在林莉曾经坐的位置。跟他一起回来的，还有两个，都是码字的能手，其中的一个矮个子据说写得一手好诗。

部门一下子壮大了。老大哥的待遇随着下属的增多也高了，每天都春风满面，说自己现在坐拥S城四大写手，终于可以垂拱而治了。

魏封来得毫无预兆，他走进办公室那天张潮觉得他只是来玩玩，等到看到魏封填写入职登记表才明白怎么回事。

单位最高长官来了，召集书部开会。长官天天参加各种重大会议，召集单个部门开会真是稀罕事，足以显示出对书部的重视。

现在的大环境大家都知道，即便心系天下苍生，也要谨言慎行，莫谈国事。安全起见，还是好好看书吧。看书练本事，才是最重要的事，当然不能乱写。

会议气氛有些奇怪。轮到老大哥发言时他劈头就对魏封说，你比较有个性，以后要和同事们好好相处。

魏封尴尬地笑笑，点点头，显出一种磨光了棱角的乖顺。

小魏，这次回来，以后还跑不？坐在长条会议桌对面的长官乐呵呵地问魏封。他是一位老文艺青年，满头烟灰白的短发，喜欢调笑别人，没有官架子，深得大家喜欢。

不跑了。魏封这会儿更尴尬了，低下头去。魏封从辞职到归来将近一年的时间里，换了好几份工作，对比之下，觉得还是在大厦里上班好。当张潮问及那一年的感受，魏封只说了一句"外面的世界很精彩，外面的世界也很无奈"。当然，也有人离开大厦后找到了新工作，还有的自主创业，过得挺潇洒，但毕竟是少数。离开又归来，心就安了，想必他会一直待在大厦里直到大厦倾覆。离开又归来，不是每个人都玩得起的游戏，若不是魏封的父亲与长官是要好的大学同学，离开就无回头路了。

　　午餐后，张潮像往常一样沿着文化路散步，顺便欣赏美景。仲春时节，木棉树脱光了黄叶，木棉花却开得正好，硕大花朵点缀枝头。春风过处，整朵坠到青砖人行道上，不小心踩到，便是一地胭脂。当然，路上最能吸引张潮的美景还是女人，那些穿着蓝灰校服的职校女生。与她们擦肩而过的时候，张潮总是忍不住深呼吸一口气，顿觉神清气爽。这时，他注意到前面飘着一位瘦高的女人。她上身一件垂到腰际的针织衫，下身水洗牛仔裤。针织衫太短，她的整个臀部便露在外面了。她迈着悠然的步子，每走一步，臀部便微微起伏一下，别有味道。张潮注视了一会儿，为了看清她的脸，快步走到她前面。竟然是林莉！

　　又逮住一只大老鼠，真他妈的肥！背后传来老大哥的声音。张潮一回头，看见老大哥捏着粘鼠板。上面一只脊背漆黑的老鼠正死命甩着跳绳一样的大尾巴。

　　张潮打开林莉送的一摞书，最上面那本就是她最喜欢的《君士坦丁堡最后之恋》。张潮迫不及待地打开精装的蓝色书盒，里面躺着一本绒面的书，书下一副占卜命运的塔罗牌。

伴娘裙

1

楼洞口的两扇玻璃门全打开了，宛如一个巨型昆虫的大嘴。一刻钟前，他给物业管理处打了电话，说要搬家，让他们派人过来打开另一扇门。平时，只有刷卡才能半开一扇门，侧身出入，据说为了安全与防盗。这会儿，他坐在小区游乐场的长椅上，盯着那张大嘴，等待着什么。游乐场上曾有许多孩童玩滑梯，骑上一只墨绿色的塑料恐龙。他常倚靠着二楼阳台上的铁栏杆，静悄悄地望着玩耍的"小天使们"，听着嬉闹声，作为读书之余的休息。现在，这里的塑料滑梯空空荡荡，突然变得过于寂静。恐龙把头埋进散尾葵丛，粗短的尾巴朝外，似乎不愿面对小伙伴们的缺席。刚刚立秋，一楼商铺的阳光幼儿园就莫名其妙地关门了。

"我也该离开这里了。"他咕哝道。

"又要回到那时候了。"一个嘶哑的声音传来。

一个身材瘦小的老年环卫工站在游乐场边缘，双手挂着一只底部带爪子的棍子。环卫工老吴正笑眯眯地望着他。

"啊。吴叔你好呀。"当他意识到周边没有别人，环卫工在朝他说话的时候，他有礼貌地回应。

老吴认识他，就在昨天，他把一桶未拆封的花生油和两袋密封在真空袋里的东北米提给了正在垃圾桶旁捡饮料瓶的老吴。他愉快地对环卫工说自己要搬家了，这些东西送给你了。他也搞不明白当初为什么网购了这些东西，因为他根本不做饭，甚至没做过饭。

老吴先是一愣，然后开心地笑了，说了声谢谢，说是去年春节加班的时候，物业给他发了一小箱方便面，远远没这值钱。为了表明这是赠送不是施舍，他故意岔开话题，称赞老吴手里的棍子是个宝贝，不用弯腰就可以把东西抓起来。

"天下又要大变样了。"吴叔继续说，似乎试图用自己的见识解释幼儿园关门的原因。

"我今天搬家，已经约了车。"他显然不想跟老吴谈论什么天下大事。

"哦，我也搭把手。"老吴友善地说。

"谢谢，不用麻烦了。东西不多。搬家公司负责搬运。这不，车来了。"他指着朝这边开来的面包车说。

"俺大老远从龙岗开车过来帮您搬家。本来不打算接这一单，但想到还有三个孩子要养。"一个面色黝黑身材粗壮的汉子从驾驶室下来，一见到他就说。

"东西不多。"他说，顺手把从小区小卖部提前买好的矿泉水递给他一瓶。

那汉子拧开瓶盖，随手丢在红砖人行道上，仰着脖子咕咚咕咚喝起来，只见粗大的喉结上下窜动，如同一只想要逃出来的旱地蟾蜍，几口便把一瓶水喝光了，随手又是一扔。

"天真他娘的热。对了，你最好去买点运动饮料，干活有劲儿。"汉子说。他那黄色的喷涂着"专业搬家"四个字的汗衫湿哒哒贴在后背上。

"这天气，什么都不干，在路上站站就是一身汗。"他边捡起汉子扔掉的矿泉水瓶和瓶盖边说，把空瓶递给老吴。老吴接过瓶子，又去垃圾桶里寻宝了。

"您这是高档小区。"汉子从车厢里拖出一辆平板车，仰望了一会儿大理石质地的门楣说。

"跟我没关系。我才搬进来四个月，刚收拾好，房东就把房卖了，只能再搬家。"他说。

"违反租房合同，这得赔偿吧？"汉子说。

"没有赔偿，能退回押金就不错了。如果是租客提前退租，就要扣掉押金了。业主可不按合同来。不仅如此，还三天两头让地产公司来看房估价，骚扰得住不安生。"他说。

"真他娘的黑。那至少也得赔个搬家费啊。我听说国外可不这样，出租后房东本人都没权力进门。有人闯入，突突了也不犯法。"汉子打抱不平地说，两只大拳头拇指朝前叠在一起，做了个"突突"开冲锋枪的左右扫射动作。

"一毛钱也不赔，并且只给了一天搬家时间，不然不给沟通物业开放行条。"

"日他娘的。看来，你住的高档小区跟俺住的城中村一个屌样！哈哈哈！"汉子开心地笑着，大概觉得眼前这人比自己优越不到哪去，用他的话说，就是他娘的一个屌样。

"就这么多东西。我把要拿走的东西都打包放在客厅了，房间里的统统不要了。您先搬，我去小卖部买运动饮料去。"

他说着，走下楼去。

"好得很！"汉子喊道。

阳光棕榈小区很大，据说住着三千多户居民，基本上是一个大学校园的面积，他刚搬进来的时候，打开手机地图导航好不容易才找到出租房所在的那栋楼。他走在去小卖部的路上，顺便再观赏一下小区的风景，棕榈树高大挺拔，给人一种身在海南岛的感觉，鸡蛋花树已过了花期，只剩下枝干和绿叶，凤尾竹上沾着雨后的水珠，轻轻摆动……当初搬来，就是因为他喜欢这些苍翠的绿植。可是她不喜欢，那个比他年纪小许多的姑娘每次来都抱怨这里阴森森的，空气又潮湿，后来干脆赌气不来了，说等他租到更好的地方再来。她在 S 城最偏远的一个行政区上班，平时住在单位安排的宿舍里。"想我了就坐大巴来看我。我的宿舍可比你租的房子舒服多了。"他眼前又浮现出她的笑影。最近两三个月，每逢周末，他就坐两个半小时的大巴去她那里。

等他回来的时候，汉子已经把几纸箱书搬到了面包车上，正倚在车子的一侧抽烟。

小卖部只有这一种运动饮料。说着，他把一瓶橙色的瓶装健力宝递给汉子。

"好得很！"汉子接过健力宝，拧掉盖子丢在地上，仰头喝了个精光。喝完之后，没有要走的意思。

"兄弟，你确定其他东西都不要了？要不，咱们再上楼检查一下，或许还有重要东西忘拿了。"汉子问。

"好啊。"他答，便随汉子返回房间。

"看不出来，你还是个练家子。这对哑铃也不要了？"汉子双手各握一个哑铃做了个飞鸟动作。

"不要了。"

"好，这对宝贝归我了。"汉子说。

"行。"

"说实话，这里阳台真大。这大型遮阳伞不错。"汉子手搭凉棚，仰望着遮阳伞。

"这伞是我网购的，刚用了一个月。铝合金伞骨，很结实，注水基座，很稳固。"他说。

"也不要了？"汉子问。

"不要了。"

"来，搭把手，帮我把伞收起来。我住的地方没阳台，但有天台。我打算把它安到天台上，有空搞搞露天烧烤。"汉子说。

"豪宅啊，还有天台。"他赞叹道。

"豪宅个屁！城中村握手楼的最高一层，屋顶上的天台。"

"那也不错呀。"他说。

汉子熟练地收拢了遮阳伞，几乎不用他帮忙。然后，汉子熟练地把塑料基座里的水倒掉。

"嘿，你的生活真小资。盆栽照料得相当不错。"汉子腋下夹着遮阳伞，粗短的手指抚弄着阳台竹质花架上的绿叶，顺手把几片枯叶摘了，就像他家的一样。

"这几个盆栽不错，尤其是这盆发财树，光这龙纹花盆就花了一百多块呢。"他说。

"那我连同花架一起拿走了，放在我家天台上。"汉子说。

"随便。都送给你了。"

"好得很。兄弟实在人。"

"棉被、枕头也不要了？"汉子走进卧室问道。

"不要了。"他答。

"那你以后咋睡觉？"汉子问。

"不活了。"汉子总是问来问去，惹得他有些厌烦了，便没好气地回答。

"兄弟，不要这样啊，好死不如赖活着。我有老婆孩子要养，信用卡欠了十几万，银行催款的律师函都来了，我依然觉得还是活着好。"

他注视着墙上的一个塑料挂钩，没有回答，似乎在回忆上面挂过什么。

"我也欠了一屁股债，比你欠得还多。"过了一会儿，他语气舒缓地说，似乎在自言自语。

"在咱们这个年纪，欠债很正常，关键不能丧失生活的信心。我老娘常对我说，人懒致穷，好死不如赖活着。我以前经常喝酒，出不了车。现在，我不喝酒了，天天接单，饭也顾不上吃，经过十年八年的努力，或许能还上债。"汉子说。

"兄弟，你确定搬的只是一个人的行李？"汉子斜着两只鼓凸的眼睛，伸着胳膊指向挂在床尾墙上的衣服问道。

"这明显是女人的裙子。那这次搬家得按家庭套餐收费了，个人实惠套餐可不成。"汉子嘟嘟囔囔地说。

他没有回答，兀自盯着墙上的伴娘裙。那是一件乳白色的裙子，袖口和下摆都有网纱状的流苏，跟她很相配。她穿上它的时候，宛如仙女，甚至会抢了新娘的风头。他正想象着她怎样在婚礼现场吸引在场男士的目光时，忽然一愣，意识到她已经三个月没来他这里了。

三个月前的一天早晨，他睁开眼睛的时候，迷迷糊糊看到一袭白衣迎面扑来，吓得顿时睡意全无。

等他完全清醒过来，才辨识出那是她参加闺蜜婚礼时穿的伴娘裙，就挂在床头对面的墙上。他记起来了。昨天晚上，她将伴娘裙用衣架撑好，挂在床头正对面的墙上，边挂边说，就是要提醒你，早点娶我。她近年做了多次别人的伴娘。她的大学舍友、闺蜜、女同学、女同事……每次做伴娘回来，她总是拉着他观看手机相册里婚礼现场的照片。新娘脖颈上挂着一整串黄澄澄的家伙，似乎要把新娘的粉颈坠弯。但新娘的柔颈挺得笔直，似乎沉甸甸的黄金不过是金色羽毛。他的目光总是在那张金灿灿的照片上定格片刻，迅速移开。她猜透了他的心思，便解释说，这是我们广府结婚的习俗，新娘要挂金，寓意婚后生活富足。

"置办那么一串，得花不少钱吧？"

"是吧。"

"等我们结婚的时候，得按我老家的习俗，给你的脖子上挂串大蒜。"

"不要，不要。我要一场盛大的广式婚礼。这是我从小到大的梦想。"

"乡村婚礼多好，省事。嫁鸡随鸡嫁狗随狗嘛！"

"结婚一辈子只有一次，一定要隆重，要浪漫。"她紧抿小嘴，态度坚决。

"这些形式的东西要让位给生活啊，毕竟我们手头并不宽裕。"

"那从现在开始攒钱。"

"要不，旅行结婚也成。现在不流行旅行结婚吗？我一个同学就是这样。"他寻找着妥协方案。

"出国旅行要，盛大婚礼也必不可少。"她说。

"说实话，伴娘比新娘还美。"

"赞美我也免不掉盛大婚礼。"她并不买账。

这时候，他听见窸窸窣窣的声音，准是她在摆弄那些瓶瓶罐罐。

"你在干吗？过来一下。"他喊道。

"来啦。"她轻快地跑来。

"靠近一点。让我抱抱。"

"昨晚不是刚抱了，抱得肋骨都痛了呢。"

"今天刚刚开始。"

他的胳膊环绕着她的肩头，脸对脸问道："你想吓死人吗？伴娘裙挂在对面墙上。"

"这样你每天一睁眼就能看到，好提醒你早点娶我。"她嗲声嗲气地说。她撒娇的时候嘴唇微微上卷，嘴角印出一对梨涡，眼睛眯成一条线儿。看起来她今天心情不错，早把昨晚的不快忘记了。不过，过了片刻，她愉悦的脸上便蒙上了一层阴云。

"你又是九点多才起床，那么懒惰，这样下去，什么时候挣够婚礼的钱啊。"

"我一直打算早起的。闹钟都买了五个，设定在早晨六点。可是我要么听不到闹钟，要么睁不开眼。"

"那是你动力不够强劲。你得给自己设定明确的生活目标。"

"好的，领导！"

"这样下去不知道何时才能结婚。"

"你也帮帮我。比如说，你起床后干脆把被窝掀了，或者用鞭子抽。这样或许可以奏效。"

"我也有很多事情要做啊，我可不想因为喊你起床破坏了一天的好心情。"

"怎么会呢？喊我起床我又不会跟你吵架。"

"喊了半天没起来，我自己心情就不好了。"

他爬起来，洗漱完毕，一刻钟后，已经走在去肯德基的路上。他习惯了起床来杯咖啡。

等他喝了一杯咖啡回来的时候，她已经收拾好行李离开了。靠近门口的书架上贴着一张便签纸，上面一行娟秀的小字："我再也不到你这里来了，你想我的时候，就来单位宿舍找我吧。另外，这个小区绿植太多，到处都潮乎乎的，阴森森的。"他手里提着为她打包的咖啡和汉堡，呆呆地站了好一会儿。他忽然想起在哪本书上读到的一句话：落在一个谋杀者手里，不是比落在一个女人梦里更好些吗？

"喂，兄弟，你在梦游吗？你在手机上把单人实惠套餐改成家庭套餐，一百多块钱的差价呢。"汉子喊道。

"这裙子我自己拿着。改套餐门都没有。"他把伴娘裙从衣架上摘下来，轻轻地搭在自己的胳膊上，回头望了一眼那个只剩下空衣架的孩子气的卡通兔子挂钩。

汉子不仅没有懊恼，反而谦卑起来，挠着后脑勺上的头皮轻声问道："兄弟，我看你许多东西都不要了。要不，已经搬到车上的那几箱书也别要了。我有俩孩子，我老婆响应国家号召准备生第三胎，已经怀孕了。你把书也送我得了。孩子们以后或许用得着。"

"对呀！"他打了个激灵，心想这样的好主意自己怎么没想到呢，本打算把书寄存在大学同学那里。在那套被隔成五个房间，客厅比卫生间还小的房子里，同学皱着眉头说可以先放在客厅，等他找到地方再搬走。

"好嘞！这样就不用改成家庭套餐了。"汉子兴奋地说。

"不对呀！是我搬家，搬的却都是你的东西。你这是搬家还是打家劫舍啊？"他问道。

"当然是搬家。你要知道，现在国家实行垃圾分类，请专业人士上门处理垃圾还要收费呢！更何况我帮你处理了整整一车，清理了你的烦恼。"

他丢掉了几乎所有的身外之物，只剩下胳膊上的伴娘裙，坐上了汉子的车，准备离开这个仅住了四个月的小区。他坐在副驾驶位置，透过车窗望见吴叔正双手拄着那根底部带爪子的棍子，目送自己离去。

"我也辛苦了几个小时了，除了车费，再给点搬运费呗。"汉子边扭动方向盘边说。

"我送你的那些东西也值不少钱。"他冷冷地说。

"嘿嘿，是这样，但都是你不要的东西嘛。你也知道，我有老婆孩子要养，信用卡里欠了十几万。"

"好吧。除了运费，转你一百块。"他拨弄着手机，转了一百块给他，似乎懒得废话。

在小区出口，他把放行条交给了岗亭里的保安。

"说实话，你这样的人不适合住在这鸟地方。"他拉开车门准备下车时，汉子说。

"那我适合住哪？"他问。

"城中村。或者干脆回农村。"汉子笑嘻嘻地说。

"有道理。"他笑了一下，阔步向前走去。他感觉浑身轻松，那种舍弃了所有身外之物的自由和舒畅。

2

"喂，你刚才做梦了吗？"他耳边响起她娇柔的声音。

"做了。"他迷迷糊糊地睁开眼，如实以告。这时候他才意识到自己侧身紧紧抱着她光洁的肩膀，肢体接触的部位满是滑腻腻的热汗。她身材娇小，肩膀很窄，他修长结实的手臂可以把她环抱起来。他进一步想到，就在午饭后，她说回她宿舍睡个午觉吧。他说自己起床晚，没有午睡的习惯。她莞尔一笑，说他已经很久没来看她了。他微笑着点点头，顺手捉住她纤细的手腕。她的肩膀轻轻地碰触一下他的手臂。

"做了什么梦？"她追问道。

"梦见开学了。我夹着棉被提着水桶去学校报到，结果没找到宿舍，裹着棉被露宿街头。还好有你在身边，我提着暖水瓶，在一棵树下给你洗澡。树枝上挂着你的那件伴娘裙，在风中飘着……"他不断地眨着眼睛，像是在竭力回忆着梦境。

"在树下洗澡，岂不是要羞死？我也做梦啦！"她欢快地说。

"做了什么梦？"

"我梦见我们搬到了海边的大房子里，我们都有独立的书房，我还有梳妆室，只是保姆不太专业，不知道地毯和浴巾要分开清洗。我正教育保姆呢，忽然醒了。"

"哦。"他礼貌性地回应了一下。

那天是周六，早晨的时候，她在微信里对他说，自己感觉很累，头疼肚子痛，全身没力气。那时候，他刚"搬完家"，当晚找了家城中村的小旅馆过夜，抱着他唯一的家当——那件她的伴娘裙。他便立刻叫了一辆网约车，心急火燎地直奔那个遥远而熟悉的地址。正常情况下，从南山到望鹏，两个半小时的车程，可是那天下了一阵急雨，市区拥堵，用了四个多小时才到了她的宿舍。那是一套三个姑娘合住的公寓。她拥有一个带洗浴室的主卧，其他两个女同事分别住在两个次卧。

他站在门口的时候，给她发了信息，让她开门。

门开了，她叮嘱他换上拖鞋。

他边换拖鞋边瞟了她一眼，没看出什么病态，便心领神会地微笑了一下，丝毫没有责怪她的意思。

"我们下楼吃午饭吧。我请你吃大餐。"他说。

"嗯。那也得换上拖鞋，到房间换上干净的 T 恤。我给你买的，已经洗好晾干了。"他换上散发着清新和芬芳的新衣，返回客厅，重新穿上运动鞋，便牵起她的手朝开元大厦美食街走去。

"对了，这次你搬到哪里去了？"她问。

"搬到你这里来了呀！"他微笑着盯着她。

"男人的嘴，骗人的鬼。我又不是不知道你，你从来都是住一夜就走。"她习惯性地努起小嘴。

"住一夜就走？哈哈，说得我跟游击队似的，放一枪换一个地方。"

"你骗人！"

"这次真没骗你。我没有租新的房子，来投奔你了。"他一改嬉皮笑脸，忽然庄重地说道。

"你的东西呢？"她皱着眉头问。

"都送给搬家师傅了。"他说。

"你的衣服呢？"她问。

"扔到小区衣物回收箱里了。我知道，你会给我买新的啊。你总说我自己买的衣服都是灰扑扑的，像个刚进城的小乞丐。"他眨眨眼，调皮地说。

"书呢？你以前搬家总是先搬书的。"

"也送给搬家师傅了。我现在一无所有了，唯一的家当就是你的伴娘裙了。"他仰起头，皱皱眉，朝她摊摊手。

"你还有我。"沉默了一会儿，她忽然按住他的手背说。他感觉一只大蚂蚱跳到了手背上，本能地浑身一颤，想抽回手，但低头看到那只娇小柔滑的手，便打消了这个念头。

吃饭的时候，他放在餐桌上的手机忽然响了，他发现她比他还警觉地第一个望向手机上的陌生号码，似乎在提防什么。

"喂，哪位？"为了打消她的顾虑，他故意开了外放声音。

"兄弟，是我啊，昨天给你搬家的师傅。最近看新闻了吗？地铁被淹的时候，一个打工妹把所有的钱转给了她的朋友。我看你也不像是有朋友的人，你要是真的不想活了，干脆把钱转给我。几十块也行，我不嫌少。每年清明节我给你烧纸……"汉子还在嘟嘟囔囔，被他粗暴地打断了。

"你他妈去死！老子比任何时候都热爱生活！"一向轻声

细语的他忽然野兽一般吼叫着，随即挂断了电话。

当晚，他享受了一场酣畅睡眠，就像书里写的一样，女神给他的眼睑降下无梦的睡眠。

第二天早晨，他睁开眼睛的时候，迷迷糊糊看到一袭白衣迎面扑来，顿时吓得睡意全无。

等他完全清醒过来，才辨识出是那件伴娘裙，她又挂在床头对面的墙上了，用的是同样的卡通兔子挂钩。这时候，他的头脑中又浮现出那句话："落在一个谋杀者手里，不是比落在一个女人梦里更好些吗？"这次他不仅想起这句话，还想起了这是尼采说的。

他从床上坐起来，看到了床头柜上的冒着热气的挂耳咖啡和旁边的牛角面包。

"尼采是个疯子。"他喃喃自语道，开始慢条斯理地享用她上班前为他准备好的早餐，想象着即将开始或许已经开始的家居生活，想象着即将到来的见她父母的日子，想象着自己寻到了一份稳定工作。

那天晚上，他请求她穿上那条伴娘裙，并且只穿那条伴娘裙。待她穿好之后，他忽然蹲下身子，双臂环绕住她丰满的大腿，侧脸贴住她的小腹，似乎在倾听爱的回声。她则用那双小手满怀情意地抚摸着他的头顶。紧接着，他抱起她的双腿，自己则坐到靠背椅上。他们第一次在椅子上做爱，伴娘裙扬起情爱的风帆。

风过竹林

S城接连下了一个多星期的雨，那天傍晚，雨终于停了。张潮在步行回翠竹小区的路上，打定主意把兔子放生到附近的翠竹山上，用他的话说，就是"放兔归山"。那只养了一年的垂耳长毛兔总是啃咬笼子，似乎厌倦了笼中生活。陈欣那天正好从学校来找他，对他放生兔子的想法保持沉默。他寻思，她比自己晚两届，正读大学的最后一年，一边写毕业论文一边找工作，烦恼也多，大概无暇顾及宠物了。

去年毕业季，张潮逃离校园，四处寻找合适的出租房，一眼就看上了老城区一个偏僻的角落，那套一房一厅的小公寓窗外便是一片竹林，紧靠翠竹山。当初在中介的带领下看房的时候，站在五楼的那套小公寓里，卧室一面是落地窗，窗外是在清风中款款摇摆的绿竹林。落雨之后的夜晚，窗外蛙鼓不止，夹杂野猫的号叫，分外热闹。出了小区，沿着长坡走上一刻钟，便是热闹的老城。他偏爱这种进一步尘寰退一步深山的妙境。

一回到公寓，张潮就打开阳台上兔笼的门，把兔子提了出来。那时候，他已经掌握了正确的提兔方式，一手轻捏兔耳朵，一手托着尾部。

"来，帮我一下，拉开拉链。"张潮喊陈欣。

陈欣过来，撑开帆布双肩包的口。张潮把兔子放进去，拉上了拉链，提包在手，打开了房门，准备下楼。

"你跟着做什么？"张潮转身问陈欣。

"看你怎么做坏事啊。"陈欣把进门时换上的拖鞋重新摆到鞋架上，换上了一双粉色凉鞋。那双凉鞋上都有兔子图案，看起来蛮可爱的。

"你不要跟着我。你这样，我就不忍心放它了。"张潮边说边走。陈欣紧紧跟在他身后。

他们出了小区的大门，一拐弯便是翠竹山的入口。他沿着石阶一步步往山上爬。一路上，他都没有背上那只帆布双肩包，只是提在手中，感受着兔子的抖动。

"我爬不动了，石阶那么陡。"陈欣在他身后咕哝。

"再往上一些，上面竹林浓密一些。"他头也不回地说，又继续爬了十几级台阶，终于找到一片平地，停了下来，拉开拉链，捧出兔子，放到台阶旁的平地上。

"你确信它吃竹子？它又不是大熊猫。"陈欣咕哝道。

兔子往前跳了两步，鼻端翕动，嗅着雨珠还未散去的竹叶和青草，却没有吃。它大概是吃惯了压缩兔粮吧。

"你看，它多乖，根本不跑。不像你说的，一放出来，就一溜烟跑了。"她说着，和他并排坐在台阶上的帆布包上。

"等一会儿，看看它跑不跑。"他说。不知道是因为爬山，还是别的什么，在月光下，他的额头上有一层亮晶晶的油汗。

过了足有一刻钟，兔子也没跑。

"一只从小养在家里的兔子，哪有野外生存的能力！我先回家了，蚊子开始围攻我了。"她站起身来，沿着石阶往山下走去。

"兔子怎么办？"他问。

"你自己做决定吧。"她头也不回地说。

整个夜晚张潮辗转反侧难以入眠，好不容易睡着了却坠入混混沌沌的梦境。他梦见那只垂耳长毛兔变成了一位姑娘，倚在卧室门框上，边抽泣边指责他抛弃她。姑娘的面孔看起来还挺标致，甚至算得上漂亮，但不是他经历过的任何一个。

第二天一下班，张潮就背上那个双肩包，抄近路上了翠竹山，一步三个台阶地往上爬。到了昨晚放兔子的地方，他诧异，继而惊喜，他看到它依然在那里，正朝他翕动鼻端，一双紫葡萄一样的圆眼睛正瞅着他来的方向。很难想象它经历了什么。翠竹山上野猫成群，蛤蟆无数，还有探头探脑的烙铁头蛇，肯定把它吓坏了。白天的时候，青壮年上班去了，孩童上学去了，一些赋闲的老人在山上空地敲锣打鼓跳广场舞，聒噪声也肯定惊扰了它。他拉开包的拉链，朝它张开包口，它便乖乖钻了进去。

等张潮到家的时候，陈欣也从学校回来了，正系着围裙在厨房忙活着。他到厨房从案板上抽了几棵油麦菜放进阳台上的兔笼里。

"你等着挨房东骂吧。公寓是禁养宠物的，合同上明明白白写着。"她边切菜边说。他能感觉到，她故作咒骂，心情却很快乐。

"看来还得再网购几袋兔粮。这世道挣钱不容易。先养活我俩再说吧，宠物顾不上了。刚毕业的日子就这样。"他说。

"既然你当初买了它，就应该负责到底啊。"她说。

"嗯，我业余再做点兼职。"他说。

"不妨去做家教。"她建议道。

"像那些呆头呆脑的大学生一样去做家教？我已经毕业一年啦。"他不满地说。

"还有什么兼职可做呢？"她说。

回到卧室，他提议先看一部电影，她不同意，说会影响第二天的学习。他便躺到床上去了。

"至少你今晚不会做噩梦。"她边收拾衣柜边说。

"为什么？"他侧过身慵懒地问。

"因为今晚补偿了昨晚的坏事。"她说。

房东已经知道了他们养宠物的事，要求处理掉宠物，并且涨了房租。举国上下到处是要征收房地产税的流言，房东又找到了涨租的理由，每隔三两个月就涨一次，根本不按合同办事，一副爱住不住的地主姿态。

收到房东的信息后，张潮整个白天都心绪不宁，挨到下午，跟部门主任请了假，提前一个半小时回家。

"亲爱的，我今晚想给你做顿饭。"他发了信息给她。

"为什么呀？我们的纪念日还不到。平时不都是我做饭吗？"

"只要相亲相爱，每天都是纪念日啊。"

"嗯，我们永远在一起。"

傍晚陈欣回来的时候，客厅的桌上已摆满了热气腾腾的饭菜。除了她爱吃的烫青菜和酱油蒸蛋，还有香味四溢的土豆炖鸡。炖鸡用大瓷碗盛着，跟四周的碗碟一起，众星捧月一般。

"今晚的鸡肉特别香。"她赞叹道。

"是农家走地鸡呢，不是超市卖的那种肉鸡。"他说。

"去哪里买的？"

"东门菜市场。"

"兔子呢？"她晾衣服的时候，看到小阳台上空空如也的笼子。

"它永远和我们在一起了，成了我们身体的一部分。"他欢快地说。

过了片刻，他慌慌张张跑到楼下去了。他要去捡自己的衣服。它们刚刚被她从阳台上一股脑儿丢了下去。

"你太过分了，竟然把兔子做成菜吃了，还骗我说是走地鸡！"哄了半天，她终于开口说话，带着啜泣的颤音。

"你误会了。那确实是鸡肉。我只是跟你开个玩笑，你知道的，我喜欢开玩笑。"他解释道，手掌抚摸着她圆润的肩头。

"你说实话，兔子到底哪里去了？"她问。

"找了家宠物托运公司，运回老家了。我妈会割草给它吃的。"

"这还差不多。"

大约一年前，有次他们并肩走在老城绿树成荫的人行道上，碰见一名身材瘦削的中年男子挑着一根扁担兜售宠物。那些红眼小白兔和小狮子狗装在囚笼般的小笼子里，挂在扁担两头。中年男子见小动物们吸引了路人的目光，便把它们放出来随意走动。围拢过来的大都是年轻姑娘，包括陈欣。陈欣抚摸着小兔子的长耳朵，眼里闪着喜爱之光。

张潮知道她喜欢长着两只毛茸茸长耳朵的小动物，她拖鞋上、睡衣上、床单上全是那些小动物的图案。他打算买一只给她，但又觉得走街串巷的小贩不怎么靠谱，不如到宠物店买。几年下来，一年一度的各种纪念日，首饰和公仔已经送过不少，真不知道再送什么礼物给她了。去年牵手纪念日的时候，他便买了那只小兔子给她，笼子兔粮一应俱全。她当时是很开心，但过了半年，兔子长大了不少，即便每天清理粪便，客厅里还是有股味道。南国佳丽十之八九有洁癖，抱怨也多了起来。

一年来，每逢周末，陈欣都来找张潮，他们是一对周末团聚的恋人。最近，她总是提到死。在一些四目相对的时刻，她三番四次提到"我去死算了"。她的烦恼，正是来自毕业论文没写完和工作没有着落。专业差异太大，他对她的论文也无能为力。

去年初秋的一个傍晚，张潮回到公寓，洗浴间内正传出陈欣的嘤嘤啜泣，和花洒头喷水的声音混在一起。他心里咯噔一下，脑海中浮现出她往日天真无邪的笑脸，嘴角两端各有一个含笑的梨涡。他自然明白她为什么暗自垂泪。那天她发出一条朋友圈"入坑一周年"，"坑"所指的就是毕业论文。自从一年前紫荆花开的季节开始着手论文，她就再也没笑过，月事也不正常了。最近，她又染上了打嗝的毛病，一天到晚老打嗝。他带她去人民医院检查过，照了胃镜，都很正常，医生也只是建议调整心态。看那该死的论文，把我的小姑娘害成什么样子了，他暗自咒骂。她多次想退学，远离毫无意义的论文。但她的家人，包括他，都建议她忍一忍，像其他同学那样混个学位，不要像他这样，三年下来，什么都没得到。他太叛逆了，毕业论文非要写林语堂，开题报告都没通过，干脆放弃学位，搬到校外的老城区居住，声称那两张废纸对他没用。他现在都搞不明白，为什么毕业论文禁止写林语堂，但事实就是如此，毫无道理可言。

　　一年来陈欣常常提到死，看样子不是戏言。张潮竟然疑心起她会自杀，S城大学每年都有学生跳楼。每次外出，他都会隔上两三个小时拨打一次她的电话，确认她的安全。奇怪的是，电话那头总会响起她兴高采烈的应答声，看样子心情还不错。也许，就像书上写的那样，越是在男人面前声称自杀的女人越不会自杀，只不过想要更多的宠爱罢了。难道，一个每天出门前花两个小时精心打扮自己的爱美女人会自杀？

　　张潮倒了一杯红酒，坐在客厅书架前的藤椅上，缓解一下步行回家的劳顿。陈欣从浴室走出，用一条桃红色纯棉浴巾擦拭着袅娜的身体，真是美丽极了。待走近了，他才发现她的脸颊上有一道划痕，不由得心中一凛。一位爱美的姑娘，竟生出毁容的念头，不正是自杀的前兆吗？《弗兰肯斯坦》中的疯狂科学家复活了被怪物杀害的美丽情人，情人一看到镜中自己修修补补丑陋不堪的面孔，便立即油灯覆顶，烧死了自己。他把她拉入怀中，查看那道轻微如细线的划痕，不过是沐浴之后的一缕湿发罢了。看来是他太多疑了，加上近视得厉害，或许，有心理问题的正是他。

陈欣提起自己那天下午拿着论文打印稿去办公室找导师的事，导师扫视一眼便丢回桌上让她回宿舍修改。她说导师是皱着眉头抬着眼皮看她的，明显是瞧不起她。回到宿舍，舍友也来凑热闹，对她说，听说你论文到现在还没完成，毕不了业啦！

　　"延毕一年也行啊，不是大不了的事情。看开点。"张潮安慰道。他确实是这样想的，人生有大把的时间工作，多上一年大学不是什么坏事。

　　"在学校学的东西在现实中一点用处都没有。我想尽快找个工作自食其力。"陈欣坐在客厅的梳妆台前说。这时候，她正把瓶子里的白色乳液倒进手心，在手心抹匀，轻轻拍到脸上。

　　"工作慢慢找，不急，我养你。周末才团聚，我们在一起的时间还是少了。你不如彻底离开学校，搬到这里住。"他盯着她诚恳地说。他感觉到最近自己的内心也在发生微妙的变化，无论是关于爱情还是生活，比如他开始依恋她，这种依恋不是肉欲的，而是对一起生活的期待，这是以前没有的感受。他悉心感受着她蜷缩在自己的臂弯里香甜地熟睡，平静的睡态带着绝对的信任，心生一种安详的幸福。他甚至不想再结识新的女人。

　　那天傍晚下班的路上，张潮望着街边水果店玻璃橱窗里五颜六色的水果，忽然想起陈欣最爱吃的水果是山竹，已经有大半年没买给她吃了，心中有些自责。他走进店内，转了一圈，欣赏着各式水果的鲜艳色彩，停在那筐上好的山竹旁。他惊讶地发现，上涨的不仅是房租，还有山竹的价格。他犹豫了片刻，还是决定买一些。在挑选山竹的时候，他眼前又浮现出大学时与她恋爱的光景。那时候，有位手脚粗壮的妇女，每天都会挑着一根两头带箩筐的扁担在学校门口的天桥上摆卖山竹。那些外壳紫得发黑，水淋淋带绿蒂的山竹按个出售，十块钱能买五个。他买了山竹去女生宿舍楼下等她，一起坐在长椅上，剥给她吃。鲜嫩乳白的果肉，经过他的手，递送到她嘴边，跟她的红唇白牙相映成趣。

结完账，张潮扭头看了一眼悬在水果店墙壁上的电视，开开心心回家了。电视上正预告明天台风"山竹"过境的消息，建议市民不要外出。

路上依然是熙熙攘攘的人群，街边小店趁着台风未到，还在正常营业，有些小店已经早早拉下了卷帘门。

回到家，陈欣正在客厅里看书，台灯的白光勾勒出她后背柔润的线条。为了便于打理，她的长发已剪成齐耳短发，少了学生气，添了少妇的风韵。他轻轻带上门，洗过手，双臂从背后环住她的胸，说要剥山竹给她吃。她说她已经刷过牙，山竹留在明天当口粮吧。她说她回家前去了趟超市，食品已被抢购一空。

"囤粮食实在没有必要，台风不会逗留太久，顶多几个小时就过去了。"他说。

"可是大家确实都在囤粮食，超市里的蔬菜涨到五十元一斤都卖光了。"她放下书说。

"大家习惯了未雨绸缪吧，其实完全没必要。晚上一起看电影？"他说。

"好啊！不过先完成夜读一小时。"她说。

"好。"他说。他所说的看电影，不是去影院，而是在卧室，倚靠在床头板上看。他在卧室吊装了一台专门看电影的投影仪，在对面的墙上挂了一张幕布。他觉得她倚在自己的臂弯里一起看电影是一种享受。看到一些恐怖的情节，他装作害怕，躲到她背后，逗她发笑。其实是她在害怕。

第二天一大早，叫醒他们的不是闹钟，而是窗外暴烈的狂风。手机上昨天就收到了市政部门统一发送的短信，提醒市民今天千万不要出门，待在家中或躲进防御设施里，全市停工停课。

卧室的落地窗外是翠竹山的一片竹林，平时观望，自有一番碧绿幽竹的妙境，现在拉开遮光窗帘，只见茎叶在狂风中摇摆，很多已经折断，倒伏在地上。断掉的枝叶随风狂舞，纷纷砸到落地窗上。楼下一些大榕树也倒了，砸在汽车上，惊起呜哇呜哇的警报声。

"我到 S 城快十年了，还没见过这么大的台风。"张潮说。

"我从小生活在广东，也没见过这么大的风。"陈欣搭话。

"这感觉，像是世界末日。工业革命之后，人类开始大规模消耗能源破坏生态，总有一天会自取灭亡……"张潮说。

"那能怎样？"

"多活一天算一天吧。"

张潮和陈欣都担心起落地窗会被断枝击碎，这样卧室就不安全了。他找出几个装满了零碎物品的行李箱和装着棉被的塑料袋，倚靠着落地窗摆成一道墙，希望这样可以增强玻璃的抵抗能力。他们把所有的门窗都关严实后，坐在客厅的茶几旁。张潮从冰箱里拿出昨天买的那包山竹，开始剥给她吃。他将山竹雪白的果肉送到她玫红的唇边，房间里开始弥漫起温馨浪漫的氛围。

忽然，陈欣边吃山竹边抽泣起来，脸色也变得苍白。

"我很多次想到死，只是没找到好的死法。"陈欣说。

"别说傻话了，我们要好好活着，有句老话，好死不如赖活着。"

"可是，活着又有什么意思呢？十几年来，一直上学上学，做不完的作业，好不容易熬到毕业，却看不到前途在哪里。"

"活着本没有意思，要自己寻找乐趣啊。二十来岁，真正的生活才刚刚开始呢！"

"那我们接下来干点什么？"

张潮没有回答，仰着脸，目光落到书架上，随后站起身来。陈欣心领神会，跟随他一起到书架旁选书，各自选了一本。翻开书页，外面的风雨似乎小了，或者，心境不同了。

"你看人家苏轼，猝然临之而不惊，无故加之而不怒，此其所挟持者甚大，而其志甚远也。想想我们，生活中遇见一些小挫折就唉声叹气，实在是急功近利气量狭小啊。"半个小时后，张潮双手捧着那本林语堂写的《苏东坡传》感叹道。

"其实老一辈比我们的生活苦多了，却懂得苦中作乐。"陈欣正读杨绛的《干校六记》。她专心致志阅读的时候很美，青春额头闪闪发亮，偶尔的哈欠也是那么迷人。

"读个现当代文学专业，学了鲁郭茅巴老曹，谁知道他们的文学仅仅是中国现代文学的一个分支。林语堂可谓学贯中西，小说、传记、散文皆妙，两次获诺奖提名，还把《红楼梦》等翻译到国外，文学史教材上却一句没提，真是荒谬。看来，真想学到东西，还得自己找课外书读，免得被骗。"

"我也是读书读废了，一路考试，考到S城大学，成绩是不错，但只为了应试。现在毕业了，却发现没什么特长，不懂得寻找生活的乐趣。"陈欣说。

"现在努力还不晚。先找个兼职养活自己，大量的时间用于真正的学习。"张潮建议道。

"要过几年拮据的日子了。"

"那又何妨！"

大风肆虐了一天，到了傍晚，才渐渐止息。其实，台风登陆点离S城一百多公里，风雨就大到这种地步，如果台风中心横穿此城呢？想想真是可怕。人类在自然面前终是渺小的，征服自然不过是妄念。

第二天风和日丽，天空遥远而清明。张潮和陈欣走出楼门，他去上班，她回学校。映入他们眼帘的是台风过后的景象。楼门口的帆布遮阳棚不知道被风吹到哪里去了，墙边两米高的金属快递柜竟然整个倒在地上，一角的摄像头摔了个粉碎。靠近翠竹山停着的汽车，有的被倒伏的榕树砸住，有的被断枝碎叶严严实实地盖住，还有一辆车前轮斜靠在大树枝丫上，只有后轮着地，简直不可思议。一场台风，竟然如同史前巨兽，将整个城市蹂躏得一片狼藉。

台风停息，城市生活开始恢复正常，上班族开始穿越路上的断枝，丛林探险一样奔赴写字楼。张潮走在路上，最吸引他注意的是那些穿荧光黄马甲的环卫工，他们正忙于剪碎断枝，装进蛇皮袋里运走。一些市政人员正握着电锯，把倒伏在地挡路的大树分解掉，然后一点点清运。还有很多没穿制服的人，大概只是普通市民或路人，也伸出手来帮忙清理断枝。这些情景给他感动，使他觉得城市并非冷冰冰的水泥丛林，一场风暴即可唤醒城市居民潜藏的温情。人们齐心协力收拾残局的景象，比任何口号宣传都有说服力，更能给人认同感，使得人们真正地融入城市生活。

在张潮刚投奔 S 城的时候，面对高楼大厦和陌生的人群，心中除了初来乍到的新鲜感之外便是胆怯和对未来的恐慌，即使生活于此，也觉得是局外人。最近几年，境遇慢慢好转，才渐渐融入这座城市，才觉得此城此地可以寄居身心。

台风过后的第三天傍晚，陈欣来了，拉着一只天蓝色的拉杆箱，那里面装着她花花绿绿的小裙子。

"我搬来和你一起住了。"那名青春美少女欢快地说。

"好啊，过全新的生活。"张潮心中的阴郁一扫而空，露出久违的笑容。

路边大榕树垂下的棕褐色气根顶端冒出一节乳白色新根，叶子也像是刚刚换过，翠绿鲜嫩。

"气根钻到脖子里去了，好痒。"那名站在树下的姑娘搔着脖子说。

张潮接过她手中的行李箱，她攀住他的另一条胳膊，整个人都坠在上面，却轻盈如鸟。

"你觉得翠竹山上的野猫还活着吗？"陈欣站在窗台，望着窗外倒伏了大半的竹林。

"肯定活着啊。过不了多久，就能听到它们叫春的声音。"他嘻嘻哈哈地说。

"老衲望着窗外翠竹山上的竹林，内心开始变得平和了。

那心中光景，像但丁回望地狱之门，似慧能顿悟人间虚妄。"
他接着说。

"看你说得文绉绉的，你难道不想想我们的未来？"陈欣
双手挽住他的臂弯。

"未来就在现在。"他胳膊绕住她圆润的肩膀，往自己身
边紧了紧。

台风过后折断的竹子上端泛白枯萎，下端的枝叶愈加翠
绿欲滴。看不见的和风穿过竹林，发出轻柔似梦的响声，恍若
命运发出的会心微笑。

03

南方以南

女武神

　　野猫咖啡馆的店员示意我和妻子戴上一次性鞋套再进门。我用会员卡里的钱交了入场费，这一举动被眼明心慧的妻子注意到了，一坐到沙发上就盘问我何时办的卡，怎么没向她汇报。野猫咖啡馆处于一栋老楼的中心，很难找到，是个约会的好地方。另外，那栋楼已经接近废弃，弥漫着一股霉味，很多空置的房间，给人阴森诡异之感，并且没有电梯、没有人气、没有生意的缘故，店铺也陆续撤离了。我们爬楼梯刚到四楼，妻子声称害怕，意欲转身离去，我再三保证那是一个好玩的地方，她才攥紧我的手指跟来。

　　我没必要向妻子撒谎，直言曾经一位姑娘带我来过，我不好意思让女人买单，便自己办了会员卡，想着以后还用得上。

　　"你竟然带我来你和别的女人约会的地方？"妻子蹙眉嗔怪道。但她并没有生气，这会儿已经揽了一只月白色的波斯猫放在腿上，轻轻抚摸着它后背上的绒毛。她相信我不会做对不起她的事。在一起五年多了，双方一直保持着感情上的信任。那一年，我终于有了一间独属于自己的工作室，对生活十分满意，对夫妻间的感情深信不疑。

我也抓起一只从沙发旁经过的猫，放在腿上轻轻抚弄，迎合着"撸猫"的时尚。这时候，侍者端来两杯咖啡，放在旁边的小桌上。

　　"不会是猫屎咖啡吧？"妻子笑问。看得出来，她心情不错，可能因为我今天终于带她出来玩了。婚后她成了一名主妇，很少出门。

　　"哪会。这是普通咖啡。不过混没混进去猫屎就不知道了。这儿那么多猫，到处乱窜。"说着，我端起咖啡喝了一口，装出一副痛苦无比的表情。

　　妻子笑了，随后说，别以为你逗我开心我就忘记了你和别的姑娘约会这茬。老实交代吧。

　　我毫无隐瞒的必要，便一五一十地说了。当然，我讲述的时候对事实情况做了适当的裁剪，为了引起她的兴趣还会添油加醋。

　　去年夏日的一天，张桐趁着周末假期来找我，说我的工作室附近有家野猫咖啡馆，约我去那儿聊天。我俩在工作场合相识，聊过几句，她觉得我是一位理想的倾诉对象，算得上男闺蜜。每次跟我聊完天，她都说感觉自己放下了，也明白了许多道理。她还建议我改行做心理咨询师，说现代都市人十之八九有心理疾病，这是一份有广阔发展前景的职业。

　　那时候，张桐总是提到一个怀抱鲜花的男人独立人潮中的浪漫场面。

　　张桐在汹涌人流中钻出海关，在巨大的 A 出口，看见了那个面带亲切微笑双眼蓄满柔情的男人。男人的怀中满满一捧紫红色的玫瑰，看起来有九十九朵，一群燃烧的爱情火苗。这个场面令她感动莫名，使她下定决心从港城搬来 S 城。S 城的房租相对便宜，对二十来岁的年轻人来说生活轻松一些。

男人当然乐意张桐搬来 S 城，结束异地恋的苦旅。他帮着联系对口的工作，帮着寻找出租房，帮着搬家，当然少不了一番男欢女爱。

男人是本地人，结婚所需的硬件都已齐备，声称自己年纪不小了，只想找个合适的女人结婚过安稳日子。男人开车带张桐游览他曾经就读的本地小学和中学，向她讲述着自己曾经的生活和那些无疾而终的爱情。

早在春末，张桐给我打电话，说自己坠入了爱河，以后要经常来 S 城了。张桐当时做着一份记者兼编辑的工作，报道一些两城联谊的活动。她认识那个怀抱鲜花的男人就是在一场两城相亲活动上。她当时去报道那场活动，没想到一个英姿飒爽的 S 城男子没看上任何一个女嘉宾，倒是大胆地向前来报道的女记者频示爱意。

我也做过一年半载记者，张桐那时经常跟我联系，比较着两城记者生活的不同。自从她坠入爱河，就失踪了，很长时间都没联系我。

张桐带着我在老城一栋霉味逼人的旧楼里七拐八绕，终于到了所谓的野猫咖啡馆。可以撸猫的缘故，除了要买咖啡，还要额外收入场费，我便办了一张会员卡。

她坐在我旁边的沙发上，将一只月白色的波斯猫放在膝头轻轻抚摸。她丰满的双腿紧紧合拢在一起，脸上有着成熟女人特有的妩媚。

"它叫瓦格纳，是这里最帅的雄猫，自从被阉割后，脾气就暴躁起来了，不愿意被人抱，但是让我抱。或许，它现在应该改名为舒伯特。"张桐说。

"那只小橘猫，是这里最温柔的猫，谁抱都可以。猫儿只跟自己喜欢的人做朋友。"张桐介绍着这里的猫，似乎熟悉这里所有猫的习性。

"你们为什么分手呢？"

"分手是他提出的。那天我们一起吃过西餐，并肩走在木棉树下，踩着凋落的花朵。他忽然面露难色，说我们并不适合结婚。我当时惊呆了，接着一阵揪心的失落，便问他为什么。他说他害怕我，觉得自己驾驭不住。看得出来，他也很伤心，甚至孩子一样哭了起来。我抬头望天，木棉花红极了，一直烧到天边，把我的心也烧成了灰。"

"你们男人真的害怕我这样的女人吗？"张桐盯着我的眼睛，期待我坦诚的回答。

"怎么会。你很独特。艺术硕士，钢琴弹得好，文化素养高。在职业规划上有自己的想法，果断离开日薄西山的报社就是你性格的证明……"

"不要岔开话题。我问的是，是不是你们男人都喜欢那种头脑空空又小鸟依人的女人？是不是这样才有安全感？"张桐刻意压低声音，但压制不住语气中的咄咄逼人。

"不完全如此，可能你还没遇见能真正欣赏你的人。"我答。

"那你妻子是什么样的女人呢？多次听你说，你们相处得很好，甚至从来不吵架。"

"她就是那种想法不多又小鸟依人的女人，喜欢 Hello-Kitty，但她很聪明，就像，就像《围城》里的唐晓芙。"我忽然想起以前读过的一本小说，便这样回答。

"那我像《围城》里的谁？"

"真的要说？"

"那当然。"

"你像苏文纨，学识高，心眼多，把方鸿渐和赵辛楣都吓跑了。"

"看来我只能嫁给大诗人曹元朗那样的糟老头子了。不过想想也是，我以前交过的男朋友年纪多在五十岁以上。"张桐自嘲道。

野猫咖啡馆的咖啡很难喝，想必简餐也不好吃，我们便出去另找餐馆。在路上的时候，我在琢磨，那个怀抱鲜花的男人带过张桐去野猫咖啡馆。现在他们分手了，张桐去约会的老地方怀旧，为什么会叫上我呢？

张桐在晒鱼路密密麻麻的饭馆中选择了一家韩国餐馆，点了名为部队火锅的情侣套餐。我跟女人一起用餐，选择权从来都是交给她们，但要自食苦果。这不，这部队火锅，不过是乱炖一锅年糕，还加了不少我平日讨厌的芝士，取消了我的食欲。

"我搬来S城了。"张桐说。

"我知道啊，你说过。"我说。

"别以为我是因为他才搬来这里。其实我早就想来S城生活了。港城生活压力太大，街头整天乌烟瘴气。"张桐躲在雾气缭绕的火锅后面说，她的额头闪着光亮。

"怎么，你不喜欢吃芝士？那我帮你……"张桐咬着一块四四方方冒着热气的年糕说。年糕太热的缘故，把她的话语也蒸发掉了一些。

"服务员，麻烦拿个盘子过来。"张桐喊道。她接过盘子，用一把木柄勺小心翼翼地把芝士舀进盘子里。

"你不喜欢吃芝士，就多吃点牛肉丸。"说着，她把煮好的牛肉丸夹进我碗里，总共五颗。

火锅吃了不到三分之一，我们便离开饭馆，并肩走在晒鱼路上。两侧店铺的霓虹已经升起，辉映着喧嚣又寂寞的夜。

张桐说自己随身带着笔记本电脑，刚接到老板通知，要处理个稿件。要不，去你的工作室？

我的工作室不大，除了一张竹质书桌，就是几排书架。在宽敞的地方我心里总感觉空空荡荡，只有在狭小的地方，用书籍把自己围困起来才能工作。我也不知道自己为什么有这样一种心理状态。

张桐一进门就喧宾夺主霸占了书桌，打开笔记本电脑工作起来。

"有音乐吗？来点儿音乐！我喜欢听着音乐写稿，这样有激情。"她说。似乎我是她的秘书。

"当然有。"说着，我摆弄着一台索尼 CD 机，随便抽出一张黑胶光盘放进去，按下播放键。

"你可以啊！竟然有瓦格纳的歌剧《女武神》。"

"没什么，闲时听听。哦，忘记什么时候买的了，一直放在里面。"我礼貌性地回应道，想着是不是自己买流行歌曲光碟的时候店主附赠了一盘瓦格纳。其实我从来没完整听过瓦格纳的任何歌剧，欣赏不来那种吞噬一切的激情。曾经听了三两分钟，发现与自己一贯的稳重祥和的心性不合拍，便改听舒伯特了。

"天呐！这是我最喜欢的歌剧！看不出来，你还是一个有生活趣味的男人。"张桐满脸兴奋，把音量开得很大。

"谈不上，一个人的时候偶尔听听。"

看她手舞足蹈的样子，根本不像个刚刚失恋的女人。也许，国际都市长大的女孩，对恋爱的定义超出了我的认知。

"来，我们伴着音乐跳一段吧。"张桐说。

"你不写稿啦？"

"不急。心情变好了，写起来事半功倍。"

《女武神》的序曲徐徐响起。我的右手搭在张桐肩上，和着序曲缓缓起舞。其实，我根本不会跳，只在大学时代参加过一阵子练舞团。与年轻女人靠近的时候，容易萌生某种冲动，虽然我克制住了自己的身体，心头还是闪过一丝绮念。

"他年纪比我大五岁，但表现得像个孩子。分个手，竟然哭了起来。是他主动分手的，又不是老娘甩的他。"

"你心理年龄比他成熟啊！"我说。我以前听她说过，她看不上跟她同龄的青涩小男生，交的男友都是经验丰富事业有成的中年男子。

"就因为我有明确的人生规划，他就被吓跑啦？"

"可能吧。他想找的是结婚过日子的女人，最好一点事业心也没有，甘心做家庭主妇。"

"哈哈，不管他了。生活还得继续。"等张桐写完稿子，先发给上司过目，然后再发表在公众号。接下来，她一遍遍地刷新那篇推文，惊呼着，啊，刚发出去五分钟，浏览量就过万啦。

"对了，你那么晚回家你老婆骂你吗？"张桐终于注意到了一旁等待的我。

　　"不会。她相信我是在忙工作。"

　　"真羡慕你们！那好吧，我也该打车回去了。"我站在楼下，帮张桐拦下一辆电动出租车，目送"女武神"离开。

　　我走在回家的路上时，收到张桐的信息："我不觉得同男人做爱会吃亏，那毕竟是一件互惠互利的事。"我没有回复，也不知道怎么回复。在工作室的时候，张桐先是赞叹那张坚固舒适的沙发面、铝合金腿的折叠午休床，到了午夜之后才离开，孤男寡女同处一室，这些明明就是某种更深交往的信号，我却视而不见。在某个短暂的片刻，我幻想过一场女武神与夜游人的战斗，在办公桌上暴烈地做爱，歌剧落幕的时候，我们恰好结束战斗，重整衣衫，若无其事地坐在沙发上，似乎刚才的激情也是伴舞的一部分。谁也没有追求谁，谁也没有引诱谁，一次自然而然的靠近算是出轨吗？但这只发生在短暂的幻想中，现实中的我不过是个拘谨得可怕的人，甚至是那种我曾经厌恶的一本正经的人。

　　我熟练地删除信息，朝家的方向走去。

　　回到家，我打开卧室的枝形吊顶灯，看见妻子正戴着熏香眼罩平躺在床上，房间里弥漫着薰衣草的香味。我听她说过，薰衣草的味道有助于睡眠。手机依然响着，播放着听书栏目。她是一位勤奋好学的姑娘，入睡前也不忘学习。我的目光在她有着圆润轮廓的下巴和两片红唇上停留一会儿，轻轻俯下身子，吻了她，然后走进浴室洗漱，心情渐渐平复下来，沉醉在淡淡的薰衣草香味的家庭幸福中。

很长一段时间，张桐失联了。

有时我想找她聊天，她根本不回信息。我想肯定是工作忙没看手机的缘故，直到我发现她新发了朋友圈，便趁机问她什么时候有空，一起吃饭聊天。她半天也没回复。

秋后的一天，我专心于与自己的懒惰作斗争，觉得睡到日上三竿才起床是一种莫大的罪过。说也奇怪，一旦有了这种意识，真的可以做到起得比之前早了许多，甚至六点就起床了，这是我多年来梦寐以求的事情。

我在肯德基喝了一杯拿铁，便一头钻进办公楼，乘坐电梯到工作室所在的楼层。

借着声控灯微弱的黄光，我远远望见工作室门口有两条光着的长腿，穿着牛仔短裤的侧躺着的臀部，天哪，只有女人的下半身，看不到上半身，难道是分尸现场？我想起那天正是中元节，心中一凛，犹豫着要不要报警，或者落荒而逃，待到阳光猛烈，众人都来上班时再回来。那时候，我在心中鄙视自己胆小如鼠，便鼓起勇气走上前去看个究竟。

地上不过躺着一个醉酒的女人，远远望着的时候，她丰满的臀部遮挡了上半身，才造成了只有下半身的视觉假象。我蹲下身来，拍拍她的肩膀。她咕哝了一句什么，从浓密的黑色长发中探出脸来，正是大半年没见面的张桐。她依然满身酒气，随身皮包丢在前面两三米的地方，身旁还有一摊呕吐出的酒精混合物，散发着宿醉的颓废味道。此刻的她并未清醒，依旧迷迷糊糊。

我旋转钥匙，打开房门，把她抱到午休床上，用办公椅靠垫做她的枕头。我烧了开水，给她喝了两大杯，又找来拖把与扫帚，把过道清理干净。

到了九点多的时候，她终于清醒过来，妆容散乱的缘故，脸上有些尴尬的神色。

"我昨晚去酒吧喝了几杯，醉了，想起你的工作室就在附近，迷迷糊糊就来了。"

"自己跑去喝酒？"

"失恋了。"

"又失恋？"

我知道，接下来，她又会给我讲一个失恋的故事，就像之前她给我讲的那样。而我，只是一个故事的聆听者，从来不愿走进故事中。

"你的故事讲完了？"妻子清秀有神的眼睛盯着我，她那光洁圆润的少女手臂抱着那只叫瓦格纳的波斯猫。

"没遗漏什么见不得人的细节？"

"没有。全交代了。"我摊开双手，表示自己对她百分之百的坦诚，又举了《安娜·卡列尼娜》中的例子，声称自己吃饱了，便不眼馋橱窗里的面包。

"原文可不是这样说的，奥勃朗斯基吃饱了饭，经过面包店，又溜进去偷面包，说是奶油面包香得让他克制不住，所以他背着妻子和家庭女教师搞在了一起。"

"没想到你读了这本。"我嗫嚅道。

"你以为我天天在家只做家务？"妻子反问。我一时不知怎么搭话。

妻子忽然放开了膝头上的波斯猫，用小手推着它，让它走开。那猫回头望了她一眼，喵呜一声，翘着直挺挺的尾巴一溜烟跑了。

"猫儿并不快乐！"妻子说，她的声音很柔弱，却有一种莫名的力量。

"怎么？"我有些困惑地望着她的脸。

"这里的猫丧失了猫儿最重要的东西，所以都不快乐。人们竟然还来撸它们，简直是种酷刑。还有，这里叫什么野猫咖啡馆，其实都是家猫，哪有什么野性！哼！"

"猫儿最重要的是什么？"我更加困惑了，紧紧盯着她尚未褪去少女气质的小脸，心中竟然有些害怕她。

"我就像这些猫咪，天天待在家里，淹没在洗衣服洗床单的家务活里。"妻子光洁的眉头大概是出了汗，闪着微光。

"啊！你不是说过你就喜欢过这种生活吗？有老公养着，有一个自己的小窝，收拾得服服帖帖。"

"如果有头发，谁愿意做秃子啊！我做完家务就读书学习，有了本事自己也去谋份职业。你看看现在，我每次跟你去一些社交场合，别人都称呼我是你的妻子，可是，我想让别人称呼我的名字。难道我的个人存在被完全抹杀了吗？"她认真地说。

"天呐！你怎么这样想。难道是读了波伏娃的《第二性》？我早就跟你说过，不要乱读书，容易被带偏……"我抹了一把额头，上面被惊吓出了一层油汗。

"不是，我只是把书架上你读过的书随便翻翻，尤其是那些你用红笔勾勒出的段落。最近读了《围城》。"

"哦，还好，还好。那你是不是觉得自己像小说里的唐晓芙啊？"我松了一口气，笑眯眯地问道。

"不是。我觉得自己像孙柔嘉，关在家庭的围城中。"

"我们的家才不是围城，我们的小家是 S 城新时代幸福家庭，工作或不工作，你都可以自由选择。"我安慰道，心里感觉她有些反常，跟以前的她判若两人。

"对了，你觉得我像谁？"我见她半天不说话，故意搭话，以便弄清楚她的想法，尽自己了解妻子思想变化的责任。

"哈哈哈，你像方鸿渐的老爹，遯翁老夫子，满脑子'女子无才便是德'。"她笑道。

"我的天呐！"我双手紧紧抱住自己深深垂下的头，耳边似乎响起一阵晴天霹雳。

当我抬起头来的时候，妻子不见了，大概回家了。

那天，我独自在野猫咖啡馆待坐良久，怔怔地望着那些被囚禁的猫，反思着妻子说过的话，尤其是那句"猫儿并不快乐"。

在回家的路上，我走进一家新开的花店。花店老板，一位身材丰满的中年女人亲切地接待了我。她看我对摆在台面上的鲜花都不满意，便带我去了冷藏室，里面满是绿叶招展带水珠儿的鲜花。我精心挑选了满满一捧紫红玫瑰，准备讨好家里那位"女武神"。之前，妻子多次让我买花回来，插进客厅茶几上她网购的花瓶里。我以前没当回事，那只中间绑着一根粉红飘带的阔口玻璃花瓶空空荡荡了很长时间。

站在家门口的一刹那，我想起了那个张桐说过的"怀抱鲜花的男人"。

赤色鸟

1

　　刚过惊蛰，又是一年回南天，到处湿漉漉，弥漫着阴郁。张潮常去的青苹果咖啡馆有一面玻璃墙，挨着南山大道，S城的主干道。玻璃墙外的紫荆开花了，花瓣经过水雾的浸润，红唇般柔软。S城虽然四季不甚分明，春天还是如期降临。张潮专心阅读一本诗集，手里捏着一根红笔，看到精彩之处就圈圈点点，深信自己与诗人产生了心灵上的共鸣。这几年，他更觉得海德格尔说得对，文字是人类栖居的家园，人总该干点有意义的事，免得虚度光阴，读书无疑是最佳选择。他一次次驯服自己狂浪的心，从一些喧嚣放纵的肉体活动逃离出来，过上了正人君子的生活，俨然一本正经的学院派。到了午夜，人行道上的晚归人脚步匆匆。他继续阅读那本诗集，却发现头顶的灯关了，服务员示意他挪到开灯的那一排去。他问那名穿制服的姑娘咖啡馆午夜之后还迎不迎客，不知怎么她就听成接不接客了。她气呼呼地说，这里是咖啡馆，不是百花楼。他赶紧解释，说自己用词不当，才造成误解，心里却暗自辩护，说咖啡馆就是妓院，给自己台阶下。来这咖啡馆，除了读书，还不就是为了搭讪女人，排解婚姻生活的琐屑无聊？咱俩可以聊聊，坐在旁边的一位长发姑娘说。她一条腿搭在另一条腿上，脚上的高跟鞋是紫荆花的颜色。那双高跟鞋配她的米黄色百褶裙刚好，这样的装扮让她貌似淑女。因为那双鞋子，他才愿意坐到她身边去。她很年轻，二十岁出头的样子，一头墨黑的长发，瀑布一样垂在肩头，留着整齐的刘海。在他看来，她是一名夜店女子，跟他见过的许多女子一样，年轻的时候不学无术，凭着娇美的长相，纵情于感情游戏，虚度了光阴，成了大龄女青年才想找个老实人匆匆嫁了。他就与她聊了一会儿，都是回南天阴暗潮湿等无关紧要的话题。半个小时后，他觉得已经没了聊下去的必要。手机响了，妻子发来短信，他得回家了。

最近，张潮的头脑里老是浮现出那栋北方的老房子。房子中规中矩，红砖垒砌，水泥包皮，大门口贴着暗绿色的瓷砖。房檐上站着三只石刻脊兽，从上而下依次是麒麟、天马、狮子，在岁月的冲刷下变得乌黑。当然，等他长大后才知那些脊兽的名字，小时候只知道那是"三条小狗"。房子有两扇大得出奇的杨木窗子，朝着南边的院子。如果把窗子推上去，整头牛都能钻得进去。那两扇半推上去的窗子就是耷拉着眼皮的一双阴沉的大眼睛，从遥远的北方乡村盯着南方 S 城的他。张潮知道迟早它会给自己带来麻烦。

S 城大学的西门口一侧耸立着两排笔直的大王椰，大王椰上攀援着玫红色的簕杜鹃。不知哪天，来了一个戴口罩的老头，在四棵大王椰之间搭了几块木板，做成了一个遮风挡雨的窝棚，棚顶一根突出的棍子上挂着台老式收音机。正值簕杜鹃盛开的旺季，藤条四处攀援，窝棚花里胡哨，如同少女闺房。

不管刮风下雨，老头总坐在窝棚里的塑料绳马扎上，干些修鞋补伞上拉链的活计。一副宽大的口罩遮住了老头的鼻梁，口罩上缘的眼睛却深奥莫测，带着慌张和忧郁，时不时地往校门口瞅，仿佛要在校园里寻找什么。西门是张潮去青苹果咖啡馆最近的路。他多次想提上床底下那只掉了一颗轮子的黑色旅行箱，找戴口罩的老头上条拉链，或许还能配个轮子，对了，还有几双开了胶，不舍得扔的皮鞋。他终究没有去。那些旧物是他过去贫瘠生活的证据，提醒着他到底不是城里人，家乡在紫竹村，并且那个戴口罩的老头形迹可疑，眼神里有种莫名的熟悉。有时候，他想听从妻子的建议，把那些收藏的旧物统统扔进垃圾桶，与过去的生活一刀两断，但他终究没有扔。

这天，张潮经过西门的时候，发现戴口罩的老头不见了。窝棚的木板和修补工具散落一地，折断了天线的收音机破烂一样丢在地上。几名前来补伞上书包拉链的女生聚在窝棚前面嘟囔着，说是刚才几个执法者以影响市容为名拆掉了窝棚，赶走了老头。"本来是具有人文气息的西门一景呢，现在成了垃圾堆，市容更差了。"其中一名扎着两根麻雀翘的女生说。她找校门口的保安说事，问他们为什么不阻止。那名高大英俊的保安无奈地摊摊手。张潮走进青苹果咖啡馆，臂肘撑在桌上，手掌托腮，脸朝着玻璃墙，窘迫不堪地弓着腰，翘着屁股，丝毫没有学院人士平时正襟危坐的举止。他望着南山大道的人来人往，试图恢复平静，可是无济于事。有几次，他想把戴口罩的老头请到这家咖啡馆好好聊聊，但总觉得老头与周围的环境不搭。

2

戴口罩的老头失踪后，张潮心里有种莫名的失落。他站在 S 城大学的讲台上说到庄子的《逍遥游》，一只绝尘拔俗的大鸟自顾地飞来飞去，扶摇直上九万里。他渐渐沉浸在大鸟的世界里，好像自己便是那翱翔苍天的大鸟，忘怀了尘世的烦恼。滔滔不绝地高谈阔论，保持着一种平庸的高调，为了显得老成，摆出老教授的派头，他还经常故意弓腰驼背。

一名齐刘海的女生问起鲲鹏翅膀的颜色，是不是凯蒂猫一样的粉红色呢？她们总有那么多稀奇古怪幼稚可笑的问题。颜色？应该是黑灰色，鹰隼的颜色；或者是白色，瑞雪的颜色，反正不会是赤色……张潮在讲台上小声嘟囔着，自己也拿捏不准。

忽然天空仿佛真有大鸟飞过，天昏地暗，伴随着雷声。一股旋风裹挟着花粉和水汽卷进教室，把他发给学生们的讲义刮得到处都是。几个喜欢讨好老师的班干部愣了一下，慌忙站起来奔过去关门窗。

刚刚关上的门开了，门口站着那个戴口罩的老头。他的鼻子和嘴都隐藏在口罩之下，鼻子部位平平坦坦，根本就没有鼻子，只有两个呼吸的空洞。一只手插进裤袋，另一只手戴着一个大号棉手套。张潮知道，手套里装的不是手，是一具手骨，皮肉早就没了。学生们被来者怪异的打扮惊住了，开始交头接耳，几个胆小的女生轻声抽泣起来。班干部提出喊保安赶走老头，被张潮挥手制止了。张潮让学生们上自习，自己和戴口罩的老头走出门去。

戴口罩的老头壮年的时候，张潮正在紫竹村读小学。他也搞不明白为什么那里叫紫竹村，他从来没见到过一根竹子。或许有竹子，不过是在多年以前，超出了他生命的跨度。那时候村东不知何时建起了几家用劣质石油沥青熬制焦油的土作坊。大型油罐车拉来黢黑的液态沥青，在大铁锅里煮沸，倒上石粉，几个壮汉握着铁耙子不停地搅拌。整个村子都弥漫着焦油的熏臭并且暗无天日，村里的老人说飞来了一只野猪湖一样大的赤鸟遮住了村子的天。张潮抬头望望，天上没有太阳，没有白云，赤蒙蒙混沌一片。他旋即低下头来，揉着酸涩的眼睛。老年人说过，小孩不能看天，赤鸟的鳞飞进眼睛会变瞎子。村民小心翼翼恐怕惊动赤鸟，那只沉睡的野兽。赤鸟轻扇翅膀扬起的微风，日日夜夜吹拂着紫竹村的房屋和墙垣，槐树和杨树，所过之处，一切都在神秘地发酵变化。

　　有些眼光独到的村民买上几袋熬好的焦油，带上家小和铁锅，农用三轮车上竖上一张"专修楼房漏雨"的招牌，开到城里去了，走时甚至带上了家里的狗和鸡。回来时，口袋里有比种地的同乡更多的钱，裸露的仿皮腰带上别着块嘀嘀作响的电匣子四处招摇，言谈举止有城里人的气派。那时候，到焦油作坊干活工钱高，戴口罩的这位就去了。搅拌焦油时被石粉滑倒了，一头栽进铁锅里，毁了容，一只手只剩下了骨头。当然，那时候他还不戴口罩。后来，张潮去镇上读初中。村里陆续有几位在焦油作坊干过的壮年劳动力去世，据说是患上了肺癌。张潮去县城读高中的时候，村里开始出现没干过焦油行当的肺癌病人，据说是空气污染。有人把空气问题反映到镇上和县里，环保部门的官员坐着光亮的黑轿车来过几次，但作坊熬制依旧。直到三十年后张潮在南方的 S 城大学当上讲师，焦油作坊依然开工。有两家作坊停工了，不是因为环保部门的禁令，而是主人挣足了钱，去省城投资房地产了。

谁也不知道张潮费了多大劲才从那鬼地方逃出来，并在四季如春以国际都市著称的 S 城寻了份体面的工作。许多年来，他一直在模仿城里人的生活，学着捏着一根头发丝一样的吸管喝咖啡而不是咕咚咕咚一饮而尽。偶尔也参加一些高雅人士的学术聚会，在摆着自己名字的桌旁正襟危坐，雪白的衬衣口袋里插着根派克钢笔。衣着考究的男女聚在一起，轻描淡写地谈论文学和艺术。在场的全都出过专著，但是并非真心热爱写作。他们想拿书去评职称和头衔，或者喜欢被别人称为作家和学者。当他们看到自己的名字印在书脊上，会兴奋得手舞足蹈，逢人就赠书，也不管别人会不会拿去擦屁股。他们常常掏钱给出版社出书，满足虚荣心。在这样的聚会上，张潮在做戏，每个人都在做戏。

3

戴口罩的老头突然到来，这下麻烦大了。很显然，张潮不能带他回家。他那洁癖的妻子，每天有一半多的时间花在打扫室内卫生上，即便发现地板上有一根蜷曲的体毛，也会用一整张抽纸拈起来丢进垃圾桶，虽然住所只是一套两室一厅的老旧教职工宿舍。据说她遗传了她妈的洁癖和美貌。几年前，张潮带着她坐了一天一夜火车赶回紫竹村结婚的时候，岳母因为害怕传言中的赤鸟未能光临，这恰恰方便张潮拆开亲友红包礼金以支付婚宴的花费。张潮婚前和岳母匆匆见了一面，还声称自己银行卡里有一笔不大不小的存款。岳父从隔壁的羊城开着新买的城市越野车到 S 城接女儿和张潮到他家小住。张潮坐在后排，发现副驾驶位上的岳母正透过后视镜偷偷观察自己。想必她对这个比自己小不了几岁的未来女婿充满疑惑。坐在岳父车上，张潮想起老家的车，一辆报废的锈迹斑斑的拖拉机，停靠在院子的鸡舍旁的南墙根，坏掉的轮子用几块半截红砖顶着。

结婚那天村民不得不一改在小学操场露天摆酒的婚宴习俗，将饭桌摆在室内，来躲避村子上空赤鸟散落下来的灰尘和浓烟。即便环境恶劣，村民还是蜂拥前来观赏张潮带回的城里媳妇，一些老光棍保持着处子的羞涩和矜持，站在街边远远观望。张潮挨桌敬酒，轮到戴口罩的老头所在的桌子，几个同桌乡亲正在怂恿他施展一筷子夹起七粒花生米的功夫。据说当年地里的收成大都交了公粮，白面是不够吃的，就夹杂着玉米面地瓜干吃。过年没肉吃，就用棉油炸一把花生米。开饭时，戴口罩的老头能一筷子夹起七粒花生米。后来，张潮实验多次，始终搞不明白他是怎么做到的。张潮不知道那只戴着大号棉手套的手还能否一筷子夹起七粒油炸花生米，但他确切地知道自己刻意隐藏的过去找上门来，麻烦到了。在婚宴酒席上，戴口罩的老头显然失去了对花生米的兴趣，筷子正伸向刚上桌热气腾腾的红烧猪肘子。牧羊为业的三爷爷提着斤白糖找到张潮，说自己的两只山羊被镇派出所民警抓走吃羊肉串了，求张潮为他主持公道。张潮解释了半天三爷爷也没明白他只是个没有实权的教书匠，不是翰林院学士之类的大官。还有村民找到张潮，说村里的党员干部贪污了国家下发的粮食补贴和修路款，他也是束手无策。当然，更多的村民提议赶走村子上空的那只赤鸟，还历数赤鸟的罪恶，比如王老汉家的闺女还没出嫁，就被赤鸟干了，生出了一个鸟人。鸟人现在已长到七八岁，头顶尖锐，下身臃肿，就像一只抱窝的母鸡。张潮只好给县环保局写了一封言辞恳切的信，可惜泥牛入海无消息。第二天，张潮和妻子就返回了几千里之外的S城。母亲咬着嘴唇，仿佛天气很冷，瘦削的肩头瑟缩了一阵。她没有挽留，默默吞下眼泪，给只在家待了一天的儿子儿媳收拾行装。她好像已经知道，儿子这一走，很可能再也不回来了，好胳膊好腿的，谁想在这里待呢，连麻雀和燕子都飞走了。她想起儿子幼时戴着虎头帽，穿着虎头鞋，依在自己怀里，听自己哼儿歌"灰羽雀，二指长，扑棱扑棱上房梁；灰羽雀，短翅膀，娶了媳妇忘了娘……"为了尽快逃离，张潮慷慨地拿出剩下的礼金，牵着妻子细软的小手坐进一只银色大鸟的肚腹里。银色鸟，飞吧，将紫竹村远远抛在身后。村支书来了又走了，母亲说"我不入低保，我有儿子，他是大学教授"。她总是把儿子的职称说高几级，甚至在儿子上大学那会就开始向村民炫耀他是大学教授了。在儿子离去的时光里，她开始对着入村的那条黄土路念咒，好像真的能把他召唤回来。

　　婚后，张潮与紫竹村联系得越来越少，有时候连续几年不回去，甚至过年时电话也不打一个。在很多貌似高雅的场合，若有人问起出身，他都声称自己是S城人，反正S城闻名于世的宣传语是"来到S城，就是S城人"。只有在他不经意间看到镜子中的脸，才意识到自己是一个方头大脸面色阴郁的北方人，来自偏僻贫穷的紫竹村。他一直没弄明白村名的由来，他在紫竹村的岁月里，从没见过一根竹子，见得最多的就是造价便宜的解放牌球鞋，一低头就可以看到。许多年来，劣质球鞋的塑胶味让他抬不起头来。为了能多穿几年，他的父母总是买大两号的鞋，套在他枯瘦的小脚上，简直就是两扇鸭蹼，下雨的时候又像两叶扁舟。他当上大学讲师的第一天，就去专卖店买了一双真正的牛皮鞋。久而久之，在他学校宿舍的阳台上，摆满了各式各样真材实料造价昂贵的皮鞋。他常搬个凳子在阳台上坐下，拿起鞋子细细观摩，有时候鞋口扣在鼻子上，深深地吸一口气，以确保鞋子散发出的是温软的牛皮味而不是刺鼻的塑胶味。当他穿上一双考究的皮鞋，踏在S城春天的落叶上，他才稳稳地相信这不是幻觉对他的又一次戏弄。即便走在路上，鞋子上沾上几滴雨点，他也会掏出纸巾，细细擦拭，对待鞋子就像自己的妻子对待地板一样。宿舍楼下修鞋摊的老张头当众打趣他，说他不需要女人，鞋子就是他的恋人，他晚上就是搂着一只破鞋睡觉的。旁边一圈前来修鞋的大妈就笑，笑得最欢的是一位双下巴的女人，一位校领导的夫人。那个半老徐娘笑得花枝乱颤，差点憋过气去，也不知道鞋子让她联想到什么可笑的玩意儿。张潮低着头，看到她脚上那双橡胶底的沙滩鞋，不知从何时起，他养成了看女人先看鞋的习惯。别笑了，笑死过去就让他给你做人工呼吸，保证一股臭鞋味。老张头一脸坏笑地说，他的脸圆得跟土豆似的，塌鼻梁上有一颗黑痣，戴着副圆镜片的近视镜。他的荤段子替他招徕了不少回头客，尤其是那些半老徐娘。她们沾了学校政策的光，男人在校任教，学校就千方百计解决家属工作，把她们安排在图书馆等闲职部门。张潮偶然从她们的闲谈中得知，老张头的活太粗，粗针大线的，修的鞋没穿几天又会开胶，耍贫嘴倒是一个赶俩，要修鞋，还得去学校西门口找戴口罩的老头，不过那个老头子修鞋时一言不发，大概是哑巴，不然戴个口罩干啥。张潮疑惑，那个只剩下手骨的手，难道还保持着一筷子夹起七粒花生米的技艺？

4

张潮和戴口罩的老头到达村子的时候，灰蒙蒙的太阳把他眼镜后面近视五百度的眼睛晒得昏花。不管他的眼光投向何处，都能看到被赤鸟羽翼切割成一块一块的天空。一条灰扑扑的土路蜿蜒着爬上来，整个村子宁静停滞，鸡鸣狗吠的声音都没有。杂草丛生的田地里看不到人，一顶裹挟着尘埃的旋风百无聊赖地行走在街上，卷起一筒赤蒙蒙的灰土。

张潮清清楚楚地记得这里。这座村口的小石桥，他曾光着屁股跳进河里。这条土路，也是他骑自行车去镇上读书的必经之地。那时候，村子的街道上总有很多人。一些外地人，戴着墨镜，手里攥着大哥大，整天在村子里晃悠，一点也不见外，就像在自己家一样。他们在寻找建焦油厂的地点和物色工人。

那栋房子终于闪进他的视野，它红砖垒砌，水泥包皮，大门口贴着暗绿色的瓷砖。房檐上站着三只石刻脊兽，从上而下依次是麒麟、天马、狮子，在岁月的冲刷下变得乌黑。当然，等他长大后才知这些脊兽的名字，小时候只知道那是"三条小狗"。房子上有两扇大得出奇的杨木窗子，朝向南边的院子。如果把窗子推上去，整头牛都能钻得进去。可此时窗户紧闭，看不到什么人，甚至没有生命的迹象。张潮推开大门，走进院子。通往房顶的楼梯下面似乎传来什么声音。他赶紧奔过去。楼梯下的空当里，有一只赭色的芦花鸡在啄食，还有一只被剪去了翅膀和尾翼的白鸽，咕咯咕咯叫着，走来走去。芦花鸡的旁边，有一颗鸡蛋，一半埋进了土里。肯定有人，张潮心里想。可是房门紧闭，上着一把锈迹斑斑的老锁，偏房的门，厨房的门，都上了锁。坍塌的猪舍旁边，一棵歪脖子槐树孤孤单单地站在那里，使劲把枝梢探出墙头，好像要急着呼吸几口新鲜空气。

戴口罩的老头示意张潮到别处看看。那是一栋没挂水泥的红砖房，墙外有一棵大椿树。张潮小时候经常抱着椿树爬到房顶上去，或者从房顶顺着椿树滑下来。张潮推开大门，一家人正围着方桌吃饭。饭桌上的饭菜热气腾腾，这家人竟然全是女人。一个胸部丰满上唇长满黑须的中年妇女和她两个同样体态臃肿长着胡须的女儿。戴口罩的老头用他戴手套的手推推张潮的后背，张潮赶紧喊："二婶子，我是大柱子啊！二叔去哪了？"三个女人开始交头接耳，眼神闪烁，议论着什么。张潮根本听不清她们在嘟囔什么。张潮依稀记得，二婶子是家里真正的男人，二叔只有俯首帖耳唯命是从的份。有次回紫竹村过年，二叔满脸是血地跑到张潮家，朝他大哥诉苦，说是被二婶子用开石头的铁砧在他头上砸了两个血窟窿。他大哥端来一盆热水，让他把脸上的血洗掉。二叔说就是不洗，就让那些血粘在脸上，让全村老少爷们看看他的遭遇。后来，张潮带二叔去了村里的诊所。那是一间狭窄的半截砖头垒就的平房，白纱布、听诊器、注射器、药瓶乱糟糟地散落在木桌上。脸盆架子上摆着一只沾满污垢的塑料盆。酒鬼村医王瘸子示意二叔坐到桌旁的床上，他要给他清理头上的伤口。二叔刚坐到诊床上，一只黑猫从被窝里喵哇一声钻出来，从窗子里跳了出去。王瘸子问起二叔的伤势，二叔一口咬定说自己头上的洞是被村子上空的赤鸟啄的，自从来了赤鸟，自己老婆的上嘴唇才开始长胡须，脾气也暴烈了，这狗日的赤鸟。王瘸子伸出颤巍巍的枯手，用棉团棉签清理伤口，涂上消炎药膏，粘上棉纱。嘴里念念叨叨地重复说着："好厉害的鸟，好厉害的鸟……"满屋子的酒味。

5

从二叔家无功而返，张潮回到房檐上站着几只石刻小兽的家。进了院子，这次屋门开了。堂屋的木椅上坐着个老太太，瘦削的肩膀托着一张蜡黄呆滞的南瓜脸。张潮站在她面前，她竟无动于衷。她的眼睛怔怔地看着张潮，骨头般的瞳孔看的仿佛不是张潮，而是张潮无法触及的另一个世界。戴口罩的老头说，赤鸟羽毛上的鳞飞到她眼睛里，弄瞎了她的眼。张潮喊她也没回应。戴口罩的老头说她现在耳朵背了。张潮大声喊了几声娘。老太太莫名地兴奋起来，在鸡舍摸索了一阵，捡起那颗一半埋进土里的鸡蛋，到厨房做饭去了。那张蜡黄的脸在灶膛火光的映照下变得柔和红润了，柴草在灶膛里噼啪噼啪地响，张潮开始闻到诱人的饭香。那只从鸡舍跑出来的母鸡昂着火红的鸡冠子好像也在谛听，随后大概是习惯了周围的声响，才又低头啄食地上的高粱籽。戴口罩的老头盯着那只母鸡，

241

对张潮说这母鸡不知咋地长出了鸡冠子，蛋十天半月不下一个，我看快变成公鸡了。张潮顺着他的目光望去，果然见那只母鸡时不时将头高高昂起，脖子一伸一弯，一副引颈长鸣的架势。

坐在堂屋的矮凳上，一顶小孩戴的虎头布帽子挂在墙上的一根生锈的铁钉上。张潮开始倒退着回到过去，戴着那顶虎头帽和孩子们一起欢笑。娘赶大集回来，藤条篮子里装着两只白兔，红炯炯的大眼睛瞪得张潮兴奋不已。娘递给他一把镰刀，让他去田野里给兔子割草。娘说他长大了，喂兔子的活归他干了，晚两年就该去上学了。那时候，村东还没有焦油厂，河边满是牛蒡草。娘说了，千万别在割草的时候用棍子捣鼓大柳树的树洞，那棵上千年的树成精了，也怕痒，枝条会缠人，吃小孩不吐骨头。可是张潮有次割草遇见了邻居家的大姐姐，便找了根棍子捅树洞逞英雄，一只花里胡哨的黄鼠狼顺着棍子窜出来，吓得他哇哇大叫扔掉棍子就跑。傍晚的时候，大姐姐到了他家，归还他跑掉了的虎头帽。

大姐姐哪里去了，一起玩的孩子们哪里去了？自从赤鸟笼罩了紫竹村，有点本事，有点门路的都去城里讨生活了。屋檐上的燕子窝挂在那里，燕子没了。田野里只有荒草和风。张潮记得，读小学五年级的时候，学校催交学费，还拿开除做威胁。爹实在没有挣钱的门路，就去了焦油作坊。搅拌焦油时被石粉滑倒了，一头栽进铁锅里，毁了容，一只手只剩下了骨头。从那时起，张潮对他改称"戴口罩的老头"。

张潮带着爹娘站在村口的石桥上，一回头，看见村子上空的赤鸟扑向地面，紫竹村顿时消失在视野之中。

女邻居

小杜丽

　　小杜丽，我们看部电影吧。说完，我开始调试书架顶端的投影仪，把画面投射到客厅的幕布上。我购置了四角带孔的灰玻纤幕布，用一次性挂钩固定在墙上，用心打理城市中的安乐窝。我已经习惯了她的沉默，当然也期待着有一天她能开口说话，哪怕这种期待只是一厢情愿的徒劳。有一天，她终于在我面前开口了，可是不是说话，而是咬我的手指，在我的食指肚上留下两枚红点。我心知肚明，那是她的抗议，抗议我强迫她看她不喜欢看的电影。

　　小杜丽温顺地坐在我的大腿上，跟我一样眼睛注视着墙上变幻的画面。也许那部名为《银翼杀手》的科幻片节奏太缓慢又太令人费解，过了一会儿，她就开始东瞧西望，一副不耐烦的表情。没人能拒绝她那双眼睛，细长微卷的睫毛一丝不乱，墨黑色的瞳仁含着生命的秘密。她从我的腿上跳下，跑去喝水了，我则继续观看那部电影剩下的一半。她每隔片刻就要喝水，难怪曹雪芹说女人是水做的。她起床很早，把咕咚咕咚喝水的声音播散到我的睡梦中。我总是临近中午才起床，到麦

243

当劳喝杯咖啡，开始一天的工作，午夜才归来。

冬日的一个清晨，我在睡梦中听到小杜丽惊恐的叫声。平时她可是娴静的淑女，从不聒噪。我随手披上床边的浴衣奔向客厅。原来家里来了一只大猫，把生性胆小的小杜丽吓坏了。那只肥嘟嘟的月白色波斯猫，瞪着一双玛瑙般的大眼睛，翘着黄色虎尾，正匍匐在地上死死盯着我那亲爱的小杜丽，伺机一跃而起。那是猫科动物捕食猎物时的标志性动作。

肯定是邻居家的猫，从阳台跑进来的。我嘟囔着，上前抱起那只肉乎乎的大家伙，足有十几斤重，小老虎似的。那家伙并不怕人，还在我怀里喵呜一声撒了个娇。我抚摸着它干净柔软精心打理过的软毛，感受着它毛间温热的气息。它肯定刚从主人暖烘烘的被窝里钻出来。

我抱着猫走上自家阳台，朝着隔壁的阳台喊："喂！你家猫跳过来了……"喊了几声，没得到回应。我便抱着猫走进公寓走廊，轻叩邻居家的防盗门，也没回应。我返回家中，把猫暂时关进了卫生间，免得再次吓坏我的小杜丽。我泡了一杯温度适中的葡萄糖水给她喝，还拿了一把平时她最喜欢的风干苜蓿草。她缩在角落里，不吃也不喝，可能这次真的受惊了。也许这是她有生以来第一次见到猫这种可怕的动物。

吓坏了吧？外面比猫可怕的动物多了去了，城市丛林中满是野兽。你还是乖乖待在家里吧。我爱抚着她狭窄的头顶说。

小杜丽是一只安哥拉兔，杜丽是我前女友的名字。杜丽从我租住的公寓搬走后，我偶然间得到一只幼年母兔，正好代替她，并且比她省心多了。

过了大概一刻钟，响起了敲门声，一位穿猫皮颜色棉睡衣的年轻女人钻了进来。她算不上漂亮，嘴巴有些大，身体倒是透过睡衣展示着丰腴。在此之前，我并不知道隔壁住着什么人。大家各自躲在封闭的小圈子里，静悄悄地生活。

　　你的猫把我家的小杜丽吓坏了。我说着，把猫递到她怀中。猫温顺地靠在她胸前，陶醉地眯着眼。我真有点羡慕那只猫了。

　　真是不好意思。可恶的克瑞斯。她在猫头顶轻拍了一下，就像当着外人的面假打自己犯错的孩子一样。

　　她看起来二十来岁，长发凌乱，眼睛里的慵懒显示她还有一半在睡梦中。

　　真是不好意思啊。她重复了一遍，转身走了。

　　那是我那个冬天难得的一次早起。出门的时候整座城市还笼罩在晨幕中，待我走到办公室，透过窗子外望，曙光才开始点亮水泥丛林。楼下街上的卖鱼佬已经在冰上码好了海鱼，身着橘黄色马甲的清洁工在唰唰地扫地。没想到那么多人早起。我开始自责生性中的懒惰了。如果我能提前一年改掉睡懒觉的毛病，多做事多挣钱，说不定杜丽就不会从我那里搬走了。

歪头佬

　　午夜时分，我总要穿过城中村的弯曲窄巷，返回我居住的洋房小区。小区在半山腰，对热衷于步行的人来说，横穿海贝村，无疑是捷径。当然，有专门的水泥大路通往小区，但我不愿忍受车辆的噪声和尾气。经过村中那家"野人菜馆"的时候，我总会停下脚步，逗弄一会儿路边铁笼子里的动物。笼子有三个，右手边的笼子装的是兔子，中间是野鸡野鸭，左边笼子里是一堆黑漆漆盘在一起的烙铁头蛇。我最喜欢逗弄的是兔子，经过的时候，我便把手指伸进笼子，兔子凑上来闻的时候便勾勾手指，吓得它猛然一跃，笼子也跟着哐啷作响，吓得旁边的鸡鸭直叫唤。这种恶作剧给我一种莫名的快乐。还未等菜馆老板注意到我的存在，我已经溜之大吉。那些挺着肚腩，围坐在圆桌旁吃野味喝啤酒的食客，总会吆五喝六闹到凌晨才离开。我回家是午夜时分，他们的夜生活才刚刚开始。每隔一两天，笼中兔总会更换。昨晚我逗弄的还是灰兔，今晚就变成了白兔，说不定明晚就成了黑兔，不难想象，那些曾经的兔子已经成了盘中餐。烙铁头蛇肯定也成了据说有除湿效用的蛇羹，但我一看到那玩意就心惊胆战，不想多看，看了也分不清今晚的这条是不是昨晚的那条。笼子从来不空，说明店老板有着稳定的供货渠道。

　　冬日的一天，我经过时，正碰见大厨当街杀兔，看他的派头，应该是菜馆老板。一只成年灰兔倒挂在铁钩上，四肢还在来回摆动，像是在划着空气奔跑。老板斜叼着一支烟，歪着头，右手握着一把精致的小铁锤，朝着兔耳根轻轻一锤，兔子的四肢和耳朵慌乱无措地摆动一番便永远低垂下来。歪头佬眼神傲慢，似乎对自己的"碎脑大法"颇为得意。昏暗的光线中，我看到圆桌旁食客们空洞的眼神，他们正拍手叫好。品尝舌尖上的美味的同时，又能享受杀戮的视觉盛宴，真是一举两得。我忽然觉得那个冬夜不甚真实，有种嫌恶在我的身体中奔

246

突，似乎在为生而为人感到羞耻。我弯下腰去，查看兔笼，里面有一只长毛小灰兔，身子只有巴掌那么大，还是一个兔宝宝，说不定还没满月。天呐，他们就要吃掉它吗？它雾蒙蒙的黑眼睛正盯着我看，似乎在期待我的拯救。

我双手抓紧双肩包吊在胸前的背带，走到老板面前，他正握着一把亮闪闪的鱼片刀给兔子剥皮。我对他说自己想买下笼子里的那只小灰兔。他不耐烦地侧脸把烟蒂连同唾沫吐到一边，说不卖，但如果你想来用餐，随时欢迎。我支支吾吾地说我愿意出一百块钱。钱这个字眼激怒了他，他朝我挥了挥刀子，用蹩脚的广式普通话让我滚。S 城城中村的土著，从来不缺钱，一拆迁个个都是千万富翁，不拆迁也有大笔的村委会分红，比那些租住在西式洋房里的穷鬼有钱多了。他们在路边随便开个菜馆或者士多店，只是为了解闷。

我返回笼子边，掀开盖子，抓起兔子就跑了。

该死的北佬，看老子不剥你的皮。屌你老母，早晚扑街……背后传来恶毒的咒骂声。

我转了个弯，回头望了望，确定歪头佬没有追上来后放慢了脚步。在 S 城生活多年，多少知道点本地人的习性，他们只是嘴上功夫罢了。嘴上功夫一是喜欢骂人，却不敢轻易跟北佬动手，免得干不过吃亏。二是喜欢吃，据说人世间天地万物，他们"除了桌子腿什么都吃"。

小兔子浑身发抖气喘吁吁，用后腿蹬我，甚至还咬了我一口，好在咬得不疼。趁着我单手把它抱在怀里，另一只手开门锁的时候，它尿在了我外套上，大概以此表达反抗。它那时还分不清，我不是屠夫，我只是想救它，虽然只能推迟它的死亡。

待我安静下来，开始为自己的鲁莽承担后果。几年来，我尽量逃避日常生活的裹挟，连单位和家庭都觉得多余，怎么能容忍一个宠物留在身边？宠物的出现，意味着责任，我的一部分自由从此将被钉死。

我连夜网购了烤漆兔笼和鞋状草窝，以及兔用水壶和风干苜蓿草。在一些安静的傍晚，我专程赶回家里，给她添草换水，和她四目相对，任凭百叶窗在实木地板上变幻光影。她的情绪渐渐平静下来，喜欢后腿直立，两条前腿蜷在胸前观察我的一举一动。一旦发现我识破她的诡计，她便重新匍匐在笼中带孔洞的地板上，假装吃草。

小杜丽，我出门做事去啦。每天早晨背上双肩包出门时，我总这样对她说。早上要喂草的缘故，我改掉了睡懒觉的毛病，整个人精神了不少。很快我就发现，与宠物同居比与女人同居更适合我，更能催我奋进。

半个月后，小杜丽的身材大了一倍，不再怕我，也愿意坐在我的大腿上，和我一起看电影了。投影仪在她美丽的双眼中变幻着光影，我感到生命时光如此静谧与美好。大多数时候，我都可以按照自己的喜好选择电影，显示着我是一家之主。

在我入睡的夜里，恍惚间有佳人钻进被窝，靠在我的背上，散发着苜蓿草的清香。难道小杜丽幻化成了人形，就像《聊斋志异》中写的那样？在那些凄迷的梦境中，我回味着经历过的女人，睡得分外香甜。

凶手

那晚我回到家的时候，像往常一样边开门边呼唤小杜丽。可是没有得到任何回应，客厅里静得出奇。平时，她在笼子里来回跳动撞击笼壁，或者发出嘘嘘的喉音以欢迎我的归来。我蹲在笼子前，看到她一动不动地躺在那儿，三瓣嘴没了平时的翕动，顿感情况不妙。我把她捧在手里，她脖子上的两道带血的孔眼说明她是窒息而亡。她的身体依然柔软，残存着最后一丝温热，不过灵魂已经逃走了，只剩下一具逐渐僵硬的尸体。那双迷人的黑圆眼睛也失去了光彩，变得混沌不清半睁半闭。

凶手说不定还在现场。我强忍着失爱的悲痛，怒冲冲地奔到卫生间和阳台巡查。

克瑞斯正蹲在阳台的合金支架上，回头朝我喵呜了一声，一副无辜的惹人气恼的表情。

就是他，杀人凶手，一直觊觎我的小杜丽，肯定是趁我不在家，用灵巧带钩的前爪透过铁笼的缝隙抓住了她，然后死死咬住她的颈脖。该死的凶手，杀戮并不是为了食用，只是为了消遣，比野人菜馆的食客更可恶。

我上前抓住克瑞斯的时候，他并没有尝试逃跑，似乎也意识到自己犯下了不可饶恕的罪孽。我像丢垃圾袋一样把他扔进了卫生间，关上了花纹玻璃门。

我喊来了女邻居，让她观看犯罪现场。

女邻居低着头，看了一眼尸体又赶紧转移了目光，一个劲地道歉，像个做错事的小女孩。

我们两个就那样站在客厅里，长时间尴尬地沉默，中间隔着死掉的小杜丽。

要不，我新买一只安哥拉兔送给你？过了好长时间，女邻居率先打破沉默。

豚鼠、龙猫什么都行，反正你喜欢这种毛茸茸的小动物。女邻居见我不说话，补充道。

我紧锁眉头，没有答话。

不就是一只兔子吗？一个大男人，为了一只兔子这样。过了一会儿，女邻居的眉宇间开始漾起不耐烦，双脚无奈地变换着位置。

小杜丽可不是一般的兔子，她通人性，还会说话呢。我说。

你的意思是说她是你的女朋友，对吧？哈哈！真是个变态！女邻居那副强忍着笑的怪样让我很气愤。我心里清楚，剧情已经戏剧性地反转了，场面已不可控。

克瑞斯不也是你的男朋友？别以为我不知道，你晚上跟他一个被窝里睡觉。我反唇相讥。

一个大男人，不去外面撩妹，跟一只兔子同居，不是变态是什么？你若是跟充气娃娃同居，我还能高看你一眼。要不要我送你个飞机杯？女邻居的话语越来越刻毒。

你不也是一样！跟猫儿同居，我听说猫很会舔，跟你一样，舌头上都带刺儿……我也言语刻毒起来，一点也不比她逊色。

对着兔子自撸，是不是很爽快呢？哎，纯屌丝。女邻居继续冷嘲热讽。

你养猫做什么？养条大黄狗更实用。

你怎么不养一头母猪呢?

我把你男朋友关禁闭了,你还想不想把他领走了?关他个十天半个月!

关吧关吧。谁让他乱跑闯祸,不乖乖待在家里。

女邻居大摇大摆地走了,一副无所谓的样子。

过了一会儿,我听见阳台有响动,女邻居在用晾衣杆敲击铝合金防盗网,看我过来了,便挑过来一袋猫粮。

哎哟,还真体贴,不想让你男朋友挨饿对吧?我无赖地说。

她只是轻轻哼了一声,没搭理我。

待我从吵架中安静下来,再次陷入悲痛中。对小杜丽的回忆,占据着我的心。

每次我回来蹲在笼子旁,小杜丽就注视着我,雾蒙蒙的眼睛似乎在问,你是在绑架我吗?从一个笼子到另一个笼子,能算得上拯救吗?哪怕是从一个简陋的兽笼到一个精美的宠物笼。我打开笼门,小杜丽颤颤巍巍地探出半个身子,有时候甚至是整个身子,但很快就会缩回笼子里去。对小杜丽来说,外面的世界太危险,笼子里才是最安全的地方。小杜丽跟那只到处乱跑的该死的波斯猫不一样,她并不需要多大的空间,她的世界里只有我。她和我一起看电影,遇见她爱看的电影就乖乖地趴在我腿上看,遇见不喜欢看的电影就咬我的手指,示意我放她回笼子里去。当然不是真咬,是那种类似亲吻的轻咬,就像恋人间亲热时那样。想到这里,我竟然流下了愚蠢的毫无用处的眼泪,那一刻比与过往中的任何女友分手都伤心。

到了后半夜,我趁着小区夜班保安趴在岗亭桌上睡着的时候，用锅铲在绿化带里挖了个坑，把那只装着小杜丽的带有凯蒂猫图案的饼干铁盒埋进土里。我所居住的那个西式风格的环形小区，泳池旁边的广场上已经竖起装饰着彩灯的足有两层楼高的圣诞树。圣诞树下铺着一层雪白的假雪，雪上站着一身喜庆红衣的圣诞老人，身旁有一只惟妙惟肖的麋鹿。在那个喜庆的夜晚，我却躲在圣诞树的阴影里，满怀悲伤地埋葬陪伴了我大半个冬天的兔子。

平安夜

连续三天，女邻居都没来索要她的猫。那只猫可不是个省事的主，竟然拉在我的浴巾上，还咬破了牙膏筒，弄得牙膏到处都是，妈的怎么不中毒身亡。可我又能怎么办呢？干脆放走他算了。

到了第四天晚上的后半夜，正是平安夜，女邻居敲开了我的门。开门那一刹那的景象，足以让我铭记终生。

女邻居头顶上戴着一对毛茸茸的兔耳朵，翘起的臀部还有一节粗短的兔尾巴。除此之外，她身上再没有什么多余的东西。沿着她粉白的玉臂，我看到她手里提着的浅口编织篮。篮子里有圣诞老人的尖帽和靴子。天呐，她的另一手里握着一把末端裂成无数细布条的鞭子。我立刻心领神会，她是想让我扮演圣诞老人，跪伏在玉兔女神的皮鞭之下。

你好，女神！

我赶紧把女邻居引到卧室，一半是欲望驱动，一半是怕她感冒。圣诞节前后，亚热带的 S 城正沐浴在自北而南的冷空气中。

其实，我小时候养过一只兔子，误吃打过农药的草死掉了。我伤心了好久，把它埋在了奶奶家的无花果树下。尽情嬉戏之后，她瘫软在我的怀里呢喃道。

我小时候，一群兔子等着我割草回来。我有气无力地应和，似乎过于尽兴的男欢女爱耗光了精力。但我心里清楚，裸体相对的时候，才是男女之间最为坦诚的时候。

就这样，我们度过了一个放纵极乐的夜晚。当我早晨醒来，身边已没了那位颠倒众生的兔女郎，她肯定是趁我睡着走掉了。

那天晚上，我抱着克瑞斯站在女邻居家门口。既然已经是一家人了，就没有必要扣留那只猫了。她打开门，依然穿着睡衣，接过猫，并没有邀请我进屋的意思，仿佛昨夜什么也没有发生，我们依然是水泥丛林中互不了解的邻里，当然，也没了解的必要，反正大家都只是短暂地寄居此地，随时都会打包行李一走了之。

宝宝，昨晚我们……你装扮成兔女郎，我扮演圣诞老人。

没有的事。我警告你，麻烦你不要叫我宝宝，可不能乱叫。

你还说你也养过一只兔子，葬在无花果树下……

麻烦你不要胡言乱语。女邻居粗暴地打断我。

我在她迎面泼来的冷水中倏然明白，平安夜发生的一切都不算数。记忆中那晚的细节也在现实的挫败中混沌不清了。我沮丧地返回自己的卧室，追踪着床单上的余温和香味。忽然我在床单上发现一根棕黄的长发，拿捏在指尖，放在鼻端闻嗅，像是一只饥渴的流浪狗。

打开好久没看的电视，新闻里正播放多地抵制洋节的运动。我为自己度过了一个狂欢的平安夜暗暗发笑，虽然那个夜晚被女邻居否认曾经存在过。

猫男

歪头佬的恐吓并没能阻挡我午夜穿行背街小巷的嗜好，只是我的双肩包里多了一把折叠式的瑞士军刀，这也是我从来不坐地铁的原因，免得通过安检时被收缴。黑色的波浪形刀柄握着很舒服，可以单手打开，露出带锯齿的刀刃。歪头佬的银鱼小片刀我根本不放在眼里。我穿过那家野人菜馆的小巷时不再驻足，只投以短暂的一瞥，免得招惹不必要的麻烦。不知从何时起，笼子里关的不再是野物和兔子，而是在 S 城街头随处可见的贵宾犬、吉娃娃犬和花猫。

那是一个冷空气侵袭的午夜，我像往常一样穿过那条巷子。不比以往的是，我缩着肩膀，时不时舔着干裂的嘴唇。走到野人菜馆时，铁钩子上刚刚剥下的月白色皮毛还冒着咸腥的热气。从皮毛推测，圆桌上的那只燃气小火锅里正文火慢炖着一只花猫。歪头佬看到了我，往地上啐了一口唾沫以示鄙视。

一大早，女邻居敲开我的房门，说克瑞斯昨晚没回家，这是以往从来没有发生过的事情。自从上次我去找她吃了闭门羹到现在，彼此就没再联系过。我头脑中倏然闪过猫皮在铁钩上轻轻晃动的画面，仔细辨认的话，还真跟克瑞斯有点像。我没敢说破，免得惹她伤心，只是建议她再找找，小区的草丛、消防楼梯、垃圾桶、小区旁边的海贝村……到处都找找。

确定不是你把克瑞斯囚禁了起来？

怎么会。我囚禁他做什么？

要挟我和你……像上次那样……

停，我虽不是什么好人，但还没那么无赖。我手掌朝向她，示意她不要再说下去。

我知道他早晚会栽在乱跑的毛病上，乖乖地待在家里不好吗？男人都是不着家的混蛋！女邻居叹气加咒骂。此刻的她，依然穿着那件灰白色棉质睡衣，只是眼睛失去了神采，脸上蒙着暗夜的阴影。她那双眼睛，俨然是不久前死掉的小杜丽的眼睛，半睁半闭混沌不清。

当晚我归来的时候，刷门禁卡进入小区大门，一眼便看到廊柱上贴着几张寻猫启事。启事上配着简笔素描，每一笔都很用心地勾勒出克瑞斯的样子。为什么不用照片呢？

半个月过去了，女邻居大概已经接受了克瑞斯失踪的事实。

夜晚的时候，即使我把耳朵贴在墙上，也听不到隔壁的一丝响动，仿佛女邻居已经搬走了，隔壁重新成了空巢。

白天的时候，我假装成漫不经心的游客，在野人菜馆周边徘徊。动物笼子已经搬到屋里去了，连同那些吃饭的折叠圆桌。歪头佬头歪在一边，整个身子陷在门口的破沙发上睡觉，尽情享受着冬日和煦的阳光。沙发腿上拴着根粗大的铁链，铁链的一头固定在门框上，大概是为了防盗。有时候歪头佬半眯着眼睛假寐，目光在经过的女人身上扫来扫去，松松垮垮的裆部偶尔起伏一下。我在沙发旁驻足的时候，歪头佬竟然站起身子，递过来一支香烟，表情柔顺，态度友好，跟午夜的宠物屠夫判若两人。

你们怎么啥都吃？我问了一句。

人活着不就吃吃睡睡。歪头佬漫不经心地回答，似乎那些屠戮都是自然而然天经地义。

连家养宠物都不放过？

你这人真是没见过世面。穿山甲、扬子鳄、娃娃鱼等稀罕物吃腻了，最近就喜欢吃家养宠物。不瞒您说，我自己养了五年的吉娃娃犬都炖吃了，味道真不错。

对了，大哥。你能不能把上周那张猫皮给我？它是我邻居家的猫。我邻居可伤心了。我尝试着套近乎，因为有求于他而低声下气。

什么猫皮？我不知道。

你刚才不是承认了吃过一只猫？

我啥时候承认过？光天化日之下，可别乱说。

你杀死的是别人的男朋友！

神经病吧。

你他妈扑街食屎。屌你老母，早晚各屌一次，屌你祖宗十八代……我用一种不南不北的话语咒骂道。

那晚我回来得很早，用网购的道具精心装扮着自己。我在自己的嘴角两侧各贴了三撇小胡子，头顶戴着一对会发光的猫耳朵，穿着带有猫尾巴的猫条纹紧身衣，乔装打扮成一个滑稽可笑的猫男，敲响了隔壁的门。

门开了，可是我蹩脚的角色扮演并没有驱散女邻居脸上的阴云。

对不起，我还没有交过五十岁以下的男朋友，不好意思……女邻居说着，关上了防盗门。一句话被门隔成了两段，我只能听到前半句。

女邻居的情欲似乎随着克瑞斯的丢失而枯竭了，而我，尴尬地站在她家门口，可悲地领受在她面前的第二次挫败。

监控

　　这件事跟我一点关系都没有，我顶多算是这件事的见证人。一天我刷新闻的时候，看到西门天桥上卖画的老太太凭着水彩画得了一笔版税，终于可以回乡下老家盖房子了。她的水彩画能得到这样的殊荣，纯属侥幸，不过是利用了路人的同情心，丝毫改变不了我对她的看法——她是乞丐。

　　我是一名视频监控室的监控员。我一毕业就干上了这份工作。以前同事喊我小杨，现在同事叫我老杨。我很庆幸自己能有一份稳定的工作，不必风吹雨淋。我一上班就坐在监控室舒服的转椅上，查看着这座城市的摄像头监控画面。看累了就抽根玉溪牌香烟，喝杯我喜欢的西湖龙井茶。虽然住在单位的周转房里，但也已结婚生子，谁都知道 S 城的房价。在 S 城，买不起房不会被人瞧不起，没有工作却肯定会被人瞧不起。人们常说，这是一个努力就可以获得成功的地方。每年都有几百万人来这里务工，也有几百万人离开。

　　说实在的，我很喜欢自己的这份工作，当然也算是个尽职尽责的人。整座城市的监控画面尽收眼底，看着人们的一举一动，多少有点偷窥的感觉，但他们却浑然不觉。坐在监控室十几年，有时候我觉得我就是一个摄像头，一个会说话有听觉的摄像头，跟别人觉得自己是一颗螺丝钉并无二致。

我第一次看到那个老太太是去年初秋的一天，天气依然闷热。她盘腿坐在桥面上，俯着身子摆弄着什么。每隔一会儿就有一群人围住她，凭着多年养成的职业习惯，她立刻引起了我的注意。可等我把画面拉近放大仔细查看，也就是一些学生模样的年轻人在传阅老太太的一幅画，画上是一些粗线条的太阳花。当然谈不上技艺专精，我觉得小学生都能画得出来。那些年轻人和老太太交谈着。我想是那些学生在询问她为什么来到这里。但我仍然不认为那是一份正当职业。这世道，骗子的花招多了去了。有次我看见两个穿着暗黄色尼姑袍的中年妇女拉住涉世未深的年轻人免费赠送佛珠挂链。等对方接过挂链就索要香火钱，等他们想要归还挂链时她们就说那样不吉利，顺便诅咒他们的家长不得好死。她们的语言是那么地具有煽动性和杀伤力，有的年轻人竟然当场被吓得号啕大哭，掏钱了事。我还看见有人推着人力三轮车现场制作正宗山东杂粮煎饼，等顾客付了钱，才发现卖煎饼的汉子操着一口地道的河南方言。老太太卖画的事，那天我也没太在意。我完成了自己的工作职责，上班期间报告了两起聚众闹事事件，八起交通事故，轮班的人一来，我就打卡下班了。

能在西门天桥上选定一处容身之处绝非易事。那上面总是人流不息，乞丐和小贩分列两侧。我曾见两个乞丐为抢夺地盘在上面光着膀子大打出手。即使下着雨，只要不是暴雨，那些乞丐身上披着预先准备好的塑料布，静静地坐在那里，保持着一种超乎寻常的敬业精神。在 S 城，如果不是仅靠收房租就能衣食无忧的原住民，没有工作肯定会被人瞧不起，当然，做乞丐肯定不算是一份工作。我见许多算不上年老的乞丐一屁股坐在天桥上，摆出一副失魂落魄苦大仇深的表情，面前斜放着一块写着悲惨身世的破布，等着别人丢钱到烂了几个缺口的不知从哪里找来的粗瓷大碗里。有的乞丐一大早就挂着双拐步履维艰地攀登天桥，一步一个脚印，比登天还难，让人不忍直视，可是有天突然下起了暴雨，那个家伙胳肢窝夹起双拐就跑了。连我这样阅遍人间，铁石心肠的人都忍不住想给那些乞丐介绍一份工作了。天桥后面的桂花巷里，到处住着通下水道、收售旧家具的人，那才是他们该做的事。我甚至想走上西门天桥，对着他们大声疾呼，你们为什么就这么不喜欢工作？

西门天桥明晃晃的不锈钢护栏上贴满各种广告。初来 S 城的人可以到天桥上顺着胶贴广告手指的方向找到住所。寂寞难耐的男女可以寻到深夜的伴侣。对物质生活要求不高的人们可以从天桥上的小商贩那里买到结实耐用的袜子和鞋垫。女孩子还能在那里买到蝴蝶发卡和卡通手机壳。

在天桥下面的拐角处，有一位额头干净精神抖擞的理发师。他把一块方镜挂在旁边的榕树上，方镜前的破木椅等待着顾客随时就座。剃头刀子、肥皂、毛巾塞在一个黑漆漆的旧式皮包里。旁边卖水果的人力三轮车载着芒果和橘子。那些水果商贩从来不带秤，而是按照水果的个数定价兜售。车上的硬纸壳上有"芒果三块钱一个、十块钱四个"之类歪歪扭扭的粗大汉字。

有天下着雨，那个老太太披上预先准备好的塑料布，继续画着，旁边一个顾客也没有。乞丐都收拾好东西离开了，除了那个老太太。天桥上还有一名卖雨伞的黑壮妇女顶着帐篷大的巨伞在那里叫卖。不知什么时候，一条大概迷了路的黑狗站在老太太面前，盯着她瞧。那老太太发了善心，把自己的馒头掰了一半丢给那条黑狗。

那条狗乱糟糟的黑毛，耷拉着两只软耳朵，尾巴夹在腿中间，一看就是经常被挥舞着橡胶棒的守门保安打骂的流浪狗。那条狗的眼神，和那个老太太完全一样。这座城市的暴发户特别多，贵妇更多。贵妇手里牵着的贵宾犬都穿着花花绿绿的衣服，在别墅区，很难见到不穿衣服的狗。有一个迈着猫步举止优雅的女士看到一条没穿衣服的狗，或者是看到了那条狗肚皮上挺着的家伙，竟然当场昏死了过去。

你以为我仅仅监控路面吗？每当我值夜班，夜深人静的时候，我的镜头就悄悄地转向住宅小区忘记拉上窗帘的浴室和卧房，扫描着窈窕少妇撩人的身姿。天晓得有多少焦急万端的汉子为她们欲火中烧呢？我忽然感觉自己真的很英俊，S城的每一片百叶窗和格子窗后面，都有一个年轻漂亮的女人含情脉脉地注视着我。我是个有妻室的人，但多年烦琐单调的家庭生活让我提不起兴趣，我已经很多天没有碰过那个黄脸婆了。我也想像单位领导那样包养个年轻漂亮的女大学生，可受制于资财匮乏。我也想追求爱情，像同事一样果断离婚，离开一成不变的生活，但我下不了决心。更重要的是，我有一份稳定的体制内的工作。这年头，体制内的工作就是铁饭碗，对我来说，没有什么比这更重要。这些年，我在监控员身份的掩护下，窥见了不少他人的闲事和秘密。

我曾见一名西装笔挺、挺正儿八经的画家出现在西门天桥上。他支上画板，挥动画笔，纸上便映出一派湖光山色，湖水波光粼粼，锦鳞游泳，山峰险峻峭拔，风声鹤唳。几个行人瞥了一眼，没有停下脚步。画家不愧是画家，仿佛明白了什么，开始用铅笔勾勒起大人物画像来，摆在桥面上兜售，五十块钱一张。一个戴圆片眼镜穿着中山装的老头背着手看了半天，激动得热泪盈眶，讨价还价了半天最后以二十五块钱一张的价钱买走了两张。

那个老头走到俯着身子作画的老太太面前，皱了皱眉，摸了一把自己的裤裆，甩着步子走开了。走了几步，一扭头，一口浓痰脱口而出，砸在桥面上。

不知何时天桥上来了三名年轻人，他们走向天桥中间，摆好音响，支起话筒，弹起吉他。其中一名穿着帆布鞋的矮胖歌手边弹吉他边唱一首自创歌曲，名字叫《八零后的忧伤》。有几个路过的年轻人停下脚步，听得如痴如醉，有一名锥子脸的胖子还随着吉他颤动着右脚，一名瘦高个甚至跟着歌手唱了起来："买不起车买不起房，我在街头弹奏着八零后的忧伤……"

一个背书包的小女孩指着天桥旁边的一棵树问身边的女人："妈妈，这棵是什么树呢？"

"这是一棵桉树。"那个穿红格子长裙的女人回答。

一阵风，吹起那个女人的秀发。

"妈妈，老奶奶画的花朵真美。"小女孩走到那名老太太面前。

"那是梦想之花。"那个女人拢了拢额前的长发说。

小女孩开始蹦蹦跳跳地在天桥上绕圈子，因为她妈妈答应买一幅画给她。

相对于那个老太太，我更欣赏那名耍刀的汉子。身材粗短的他把破包袱往天桥上一铺，几把短柄长刃的刀子便滚将出来。他定了定神，深吸一口气，挺胸收腹，手起刀落，他稳稳地拿住短柄，双手变成滚动的车轮，黝黑的刀刃便是老旧的辐条了。天桥上的行人脚步匆匆，把生命交给忙碌，没人为他停留。汉子并不在意，继续运刀如飞，仿佛刀子是他唯一的知己。有人走过去，俯身把一枚硬币轻放在他包袱上的空油漆桶里。他停下来，把刀子攥在手里，朝施主微微一笑。高手都是没有声音的，我坐在监控室无声无息地观察到这座城市也是这样。汉子几个月来一次西门天桥，其余时间他到别处耍刀了。

　　冬天来临了，西门天桥旁边有大片大片的树叶落下。那些葳蕤纷繁的亚热带树木，树叶落下的时候新叶已经长好，半大的新叶硬生生地把深绿的旧叶推下悬崖，就像这座城市的新欢替代旧爱一样。S城是一座没有冬天的城市，一年四季树木葱绿，但那不过是表象罢了。冬天寒流来临的时候，气温虽然在五度以上，空气却是针刺入骨。S城冬天的冷，跟北方动辄零下几度的冷截然不同。北方的冷只是冻冻皮肉，这里的冷水蛭一样啃噬骨髓。北方的孩子脸冻成了烂苹果依然大街小巷活蹦乱跳，这里的孩子穿得鼓鼓囊囊依然没精打采。监控室制热模式下的空调散发出热气，温暖了整个房间，我不想离开。我真是庆幸自己有一份这样的工作。即便这样的天气，在西门天桥上依然可以看到那个老太太的身影。天桥上行人脚步匆匆，赶回家去，谁也不愿待在寒流肆虐的室外。因为没有什么可看，我把镜头拉近，仔细查看那个老太太究竟在画什么。她身上披着一层层破布，额前的杂乱白发随风飘舞，仿佛巫婆在对这座城市施法，鸣咽的寒风与凄厉的野鸟都是应召而来。在我看来，她急需到天桥下摆剃头挑子的地方好好修理一番，然后到旁边的饭馆饱饱地吃顿正餐，让儿女接回家去。一根廉价的彩笔在一块巴掌大的方纸上缓慢地移动着，每一笔都是一丝不苟。纸上盛开几朵深红的太阳花来。在没太阳的寒冬画太阳花，真是搞笑。难道她不知道簕杜鹃才是 S 城的市花？火焰般的簕杜鹃，蝴蝶一样飘落在年轻女子随风飘动的长发上，这种让我心醉神迷的场景难道不能入画？

那个老太太依然在那里画着，从早晨到黄昏，没有一名顾客。她中午的时候啃了半块馒头，另外半块丢给了那只前来看望她的黑狗。黄昏时分，街灯亮起，她才把东西装进一个蛇皮袋里，背在身上，步履蹒跚地走下天桥。我的目光尾随着她穿过桂花巷，到达一处野草疯长的荒地。那片荒地只有半个足球场大小，里面并没有安装摄像头，但这丝毫影响不了我的视野。我可以用周边的摄像头随时切换，一切尽收眼底。荒地中间用树枝和塑料布搭着一个面包车大小的窝棚。一个白胡子老汉从三轮手推车里把透明的矿泉水瓶和花花绿绿的饮料瓶拿出来，放在脚底踩扁，装进蛇皮袋里。

"回来了？"老汉把她背上的蛇皮袋拿下来。

"嗯。"老太太理了理额前的白发。

"这几天天冷，要不，在家歇两天？"老汉说。

"歇着哪会有吃的？光靠你捡几个瓶子？我跑不动了，拾不了荒，可我能自己养活自己。"老太太说。

"西门天桥上有不少乞丐……"老汉欲言又止。

"乞丐？我才不是乞丐，也不做乞丐。我卖画，一天只能画两幅，靠的是小时候的刺绣功底。"老太太目光注视着窝棚前面的一棵在寒风中东倒西歪的狗尾巴草。老太太想发怒，但是没有发怒。

"没啥，只是怕你累着。"老汉把手推车拴在窝棚旁边的一棵榕树粗大的根须上，大概是怕它被风吹走。

"我画画的时候很开心。"风里传来老太太颤巍巍的声音。

"等攒够了钱，咱们就回老家盖房子养老。再也不去儿女家受白眼了。"他俩站在窝棚门前，目光越过荒地，越过住满打工族的窄巷，越过高楼，越过城市，到达遥远的乡村。

但愿他们能尽快攒够回老家盖房子的钱。他们搭窝棚的地方是这座城市唯一的一处荒地了，不久以后，房地产商会带着机械和人马在这里竖起一座座高楼来。别说是窝棚，就是碉堡，也会被拆除，这就是 S 城速度。

第二天，那个老太太又出现在西门天桥上。一根廉价的彩笔在一块巴掌大的方纸上缓慢地移动着，每一笔都是一丝不苟。在寒流肆虐的冬日，纸上盛开几朵太阳花来。一个年轻女孩在她的肩头披上了一件火红色的羽绒服，另一个女孩给她买来了热气腾腾的饭菜。其中一个女孩用手机拍照并打起了电话。过了一会儿，来了一男一女，男的肩上扛着一台摄像机，女的举着话筒放在老太太嘴边。话筒上有本市电视台的标志。

不知从哪天起，那个老太太再也没在西门天桥上出现。荒地上的窝棚歪斜着，一副摇摇欲坠的样子，周围一片冷清，没人知道他们是否永远逃离此地了。天桥上依然人流不息，乞丐和小贩分列两侧。老太太曾经的地盘上站着一名戴灰呢鸭舌帽的青年，守着他摆满了耳机的小摊儿。那条有着一身乱糟糟的黑毛，耷拉着两只软耳朵，尾巴夹在腿中间的流浪狗又来到天桥上，它围着鸭舌帽打转，直到鸭舌帽把手中的一个面包掰了一半丢给它。鸭舌帽环顾四周，似乎在寻找买家，但我分明感觉到他发现了我，也就是天桥上的那只不分昼夜闪着红光，从茂密树叶中探出头来的摄像头。

鸭舌帽的蓦然一瞥让我不安，但那种感受不会长留心底。老太太的事我也会很快忘记，就像忘记许多事一样。城市中发生的事，对我来说，不过是过眼烟云。我总是庆幸自己有份稳定的工作。

城堡

1

一个初夏的星期六，沈枫穿过东门广场，钻进人海中，像一滴水融进了大海，这给他莫名的安全感。他穿行在小商贩中间，听着店铺音响的喧嚣，呼吸着鸡翅包饭和牛杂汤的香味。

等他坐在步行街长椅上休息的时候，脑海中的一个场景再度浮出水面。

一个古希腊雕塑般仪态端庄、身材健美的高大女人。她有着棱角分明的面孔和一双带着挑衅意味的棕色眼眸，棕色长发分披在双肩上。她朝着沈枫微笑，轻语，去寻找那座城堡。

手机的铃声打断了他的迷梦，新婚妻子羽芳让他去东门菜市场买菜。他默念着菜单，以防遗忘，西红柿、生菜、西兰花、韭黄、圣女果……

当他提着两大包蔬菜回到厨房的时候，还是漏买了一种。

"你不知道我喜欢吃圣女果吗？西红柿是西红柿，圣女果是圣女果。买个菜要花两个小时，是不是又去步行街闲逛了？"羽芳埋怨道。

"去寻找那座城堡。"沈枫小声念叨着。

"喂，你是不是读小说读傻了？整天神经兮兮。"

"比不上你们公办教师，三分之一时间讲课，三分之一时间填表，三分之一时间开会，根本不读书。"沈枫反唇相讥。他记得羽芳埋怨过没有时间读课外书。

"那又怎么样？收入比你高。"

一提到收入，沈枫便不搭话了，躲到那个仅能容纳一个人的袖珍阳台摆弄望远镜了。

百无聊赖的时候，沈枫喜欢坐在阳台上通过三脚架上的望远镜凝望远方。羽芳说他是偷窥狂。他说自己可没把镜头对准别人的窗户，他望的是梧桐山上电视塔的尖顶。不信你来看看，刚下过一场雨，梧桐山上云气氤氲，恍若仙境呢。当然，他四处观望的时候，看的可不全是梧桐山。有次，他偶然发现了一些建在楼顶上的小屋，有人住在那样的小屋里，在楼顶上种菜，还有鸡鸭和黄狗跑来跑去，俨然城市里的田园牧歌。从阳台上望去，那小屋像是一座微型城堡。

第二天，他照例日上三竿才起床。

"赶紧起床了。懒猪。都九点啦。"羽芳晃着他滞重的肩膀。

"今天是周末，不用上班啊。"

"今天当然要上班，你以为你做的是什么好工作。补习社当然要周末上班啦。"

沈枫打了个激灵，意识到今天有课，反应过来十点半才上课，随即又瘫软下去，脖子和身体折成直角，靠在床板上。

出门的时候，沈枫捡起水电费催缴单，那是物业工作人员通过门缝塞进来的。出门的时候，恰好可以一脚踏上，确保可以看到。

课程是补习社现成的初中作文课件，每一课都有一个明确的教学目标，这节课讲线索，上节课是立意，上上节课是选材，每节都有一些条条框框，教导学生要怎么做，不要怎么做，也可以适当拓展与发挥。

中午下课的时候，补习社的老板请沈枫吃饭。她五年前从公办学校辞职开了那家补习社，是一位很有魄力的中年妇女。像往常请吃饭时一样，她照旧提了一些教学意见。

"你讲课还是跟学生的距离有些远，没有撩拨他们的心弦。跟大专家作报告一样。"老板说。

大专家三个字像蜜蜂的刺，刺了沈枫一下，不过想想，老板说得没错，他确实梦想当某一领域的大专家，只不过毕业后成了一名普通的补习社教师。

"嗯，我今后尽量贴合学生的实际情况讲。"

"当然，你的教学也有很大进步，尤其在语言表达上，比之前流畅多了，还会摆出一些手势，有了几分演讲的感觉，这都是进步。"

老板讲话极有分寸，打一棒给一颗糖，让对方既能反思不足又有台阶下，这也是她平时引以为豪的课堂艺术，对学生也是如此。她用这种方式，管住了班上的几个调皮捣蛋的叛逆少年，营造了良好的课堂纪律。

星期天傍晚，沈枫和羽芳照例找家饭店美餐一顿。这是大学时代谈恋爱沿袭下来的生活习惯。

走在晒鱼路上，羽芳忽然问，还记得毕业那年你在这条路上说过的话吗？

"什么话？我们在这里生活好几年了，说了无数的话。"

"你指着前面那栋金色高楼的顶层，说那里很美，像个城堡，你的梦想就是拥有最顶端带凉亭的那层，做你的书房，俯瞰这座城市。"

沈枫尴尬地笑笑，嘴角抽动了一下，算作回答。刚毕业那会儿，他敢于那样说。毕业几年后的今天，他不敢了，想想自己在补习社的工资只有羽芳做公办学校小学语文老师的一半，工资交了房租水电费就没了，全靠羽芳存钱，希望将来能买一套勉强容身的一居室。

2

在人间的三十个年头里，沈枫与睡魔争斗，屡屡失败。

那天，他又赖床了。

醒来的时候，羽芳已经在客厅忙活半天了。

他挣扎着昏沉的身体靠在床头的时候，羽芳正把阳台上的衣服提到卧室来。她把一堆衣服横放在床上，逐个抽出衣架，叠成四四方方的小块，码在床尾的塑料收纳箱里。

"你昨晚怎么那么主动，硬生生把人家给摸醒了，才凌晨四点。反正睡不着了，我索性起来做家务了。"羽芳责怪又甜蜜地说。

"啊，啊，昨晚，我做了一个梦。"沈枫意识到什么，赶紧用手掌捂住嘴，免得自己继续说下去。

"你，真讨厌！把我当作梦里的女人了！内衣自己叠！"她走出卧室，砰的一声带上房门。

"只是一个梦！"沈枫大声喊道。

沈枫穿好衣服走进客厅的时候，羽芳正端坐书桌旁，批改小学生作文。看着她端庄的侧影，他心里泛起一丝甜蜜。大学的时候，她也是以这种姿势上自习，乖巧得很。

羽芳可是家庭经济的顶梁柱，她工作的时候，沈枫自然不便打扰。他站在她背后，双手搭在她肩上，轻轻握了握，算是安抚，接着便走出门去。

楼下不远处就是儿童公园，那是一个独坐的好去处。

沈枫坐在长椅上，盯着游乐场空荡荡的滑梯，正好回味昨晚的梦。

"怎么，我不够性感，唤不起你的欲望？"一方极小的隔间里，伊洛娜面朝坐在沙发上的沈枫扭动着只穿了黑色丁字裤的身体，如同古希腊神话中的维纳斯。她的胸罩早就脱了，搭在挂布帘的绳子上。隔间三面是墙壁，另外一面拉着一道布帘。布帘之外便是过道，沿着过道到大厅，便是喧闹的脱衣舞表演。

"当然不是，你足够性感。只是此刻我感受到的是美，不是性欲。"沈枫贪婪的目光在她雪白的身体上游移，那张雕塑般的面孔，碧蓝的眼睛，高挑丰满的身体，只在布格罗的油画中见过。此刻如此生动地呈现在他面前，可以触摸，可以拥抱，伴着四处弥漫的香水味。大厅的喧闹反而增添了隔间的静谧，这里很安全，一道布帘便可把整个世界拒之门外。

沈枫从沙发上站起来，恰好与她一般高，鼻尖轻触鼻尖，四目相对，胸膛抵着红粉乳尖，来了一个满满当当的拥抱，但没有亲吻。与此同时，他的双手在她的玉肩、后背、芳臀、腿上游移，悉心感受着青花瓷般的细腻肌肤。不，比冰冷的青花瓷更美好，因为带着恰到好处的体温。司汤达热衷的"高大女人"的妙处，他在那一刻才感同身受。

"你跟我一样，鼻尖有颗小痣。"伊洛娜说。看来在沈枫细细端详她的时候，她也在观察面前这位东方年轻人。

"这说明我们注定会相遇，哪怕只有半小时。"沈枫说。

"不，是四十分钟，我多陪你十分钟。"伊洛娜纠正道，同样是笑容满面。

"好哇，一百欧元换来的四十分钟女友，接下来，我们做点什么呢？"沈枫恢复了往日嬉皮笑脸的神情。

"还是看我表演吧。"伊洛娜说着，轻轻一推他的胸膛，他便陷进身后的沙发里。

这时候，伊洛娜把丁字裤也脱了，调皮地朝他丢过来。他平视的时候，恰好看到她剃得精光的下身，曼妙无比。

"你是想让我收藏吗？带到世界的另一边？"沈枫伸手接住了丢过来的布条。

伊洛娜没有回答，只是笑着，转身背朝沈枫坐在他的腿上，扭动着丰满而不臃肿的臀部。他便双臂环住她的腰身，双手抚摸着那对紧实的酥胸。在他眼里，她的乳房也恰到好处，满掌盈握却不过于硕大。

"你这个样子，我会按捺不住的。"沈枫皱着眉头，似乎强忍着什么，双手却没有停下。

"我们再也见不到彼此啦！谢谢你做了我四十分钟的女朋友！可惜我要走了，再也见不到了。"沈枫和伊洛娜拥抱了一下，一起走进大厅。

心愿已经达成，沈枫便喊上老鲲，走进明亮的夜色中。这座城市的生活才刚刚开始，酒吧里坐满了人，桌子都摆到街上去了。

那天晚上，一位"懂音乐的老师"带着大家去听交响乐了，沈枫和老鲲在酒吧各喝了一杯皮尔森黑啤，闲聊到九点，随便坐上一辆出租车，去了一个看脱衣舞的好地方。司机长得圆墩墩的，看起来有三十来岁，一听也来了兴致，说他知道附近的一个好地方，他平时累了也常去消遣。沈枫喜上眉梢，觉得任何城市的出租车司机都对犄角旮旯无所不知，比处处想捞钱的导游强多了。

不出十分钟，出租车便在一栋古老的石头城堡旁停下。门口那位面容冷酷的壮汉摸了摸沈枫和老鲲的口袋，确认安全后打开了那道狭窄的铁门。两人各自花了一百欧元在柜台买了入场券，点了两杯伏特加，坐在大厅的沙发上看脱衣舞娘轮流表演。这时候，两位女郎走过来，大大方方地坐到他们腿上。

横坐在沈枫腿上的女郎自称伊洛娜。当然是化名，没有必要追究。沈枫自称汤米，那是地陪导游的名字。伊洛娜看起来二十来岁，也许三十岁，是个十足的欧洲美人。搭讪老鲲的那位肤色微黑，像是非裔，已是半老徐娘，大概看老鲲也上了年纪才去找他的吧。这时候，老鲲正因为不懂英文而双手比画着什么，看来情况不妙。

"如果你请我喝酒，我可以在隔间里单独为你表演。"伊洛娜说。

"一丝不挂吗？另外，可以为所欲为吗？"沈枫嘻嘻哈哈地问，一副花花公子的派头。

"当然可以。"伊洛娜顺了顺长发，摆着撩人的姿势。

交谈了半天，沈枫才领悟酒是一种隐喻，并不是真正意义上的酒，而类似于第二道门的门票，也要一百欧元。他盘算着，身上的那点现金已经全部用来买入场券了，便询问身旁的老鲲。这时候，因为语言不通，非裔女郎已翩然离去。老鲲拉开腰包拉链，掏出一百欧元递给他。

"你不挑个姑娘去隔间？"沈枫问。

"我在大厅看看表演就行了。你去吧。"老鲲说。

"你小子白天给大家当翻译英文说得磕磕巴巴，晚上来到这儿调情讲得真他妈流畅！"老鲲逗趣道。

沈枫笑笑，跟随伊洛娜的引领，走向走廊深处。

3

午夜时分，沈枫才回家。那天，他在儿童公园待坐良久。

夜已经深了，路上行人依然不少，很多店铺还未打烊，展示着 S 城的繁华。他脱离灯红酒绿的大道，转进一条城中村的小巷，抄近道回家。

走到两条小巷交会的十字路口，他看到一个秃顶驼背的老头端着铁锅站在面馆门口，抄起勺子里滚烫的热油洒进铁锅，刺刺啦啦响出满街香气。受到香气的挑逗，他感觉自己也饿了，走进那家面馆，看了张贴在颓墙上的菜单，才知道老头当街做的是中原油泼面，便点了一碗。面馆太小了，桌子是摆在街边的，烫面的大铁桶安放在店门口。

"老板，给我的油泼面里加个荷包蛋。"沈枫站在墙上的菜单前，朝着老头喊道。

那老头白了他一眼，仰着脸，硕大的鼻孔对着他，操着浓重的河南口音回道："俺做了几十年的面，从没听说过油泼面里要加荷包蛋。"

沈枫一愣，感觉自己竟然被一个面馆师傅瞧不起。不过他很快平复下来，想着自己平时很少光顾这种连饭桌都要摆在外面的小店。想到这，他在街边肮脏的简易折叠饭桌旁坐定，盯着旁边桌上穿着快递员制服的食客。那人吃相甚是凶猛，呲呲啦啦吸溜着海碗里的宽面，歪着脸，鼻孔像野马一样喷着热气。

过了一会儿，老头把做好的油泼面端到沈枫面前，也是脸盆大的一个海碗。

吃了一口面，沈枫心中的一点怒气已经消失殆尽。面，确实好吃，并且便宜得惊人。想必真正的美食不在星级酒店，就藏在鲜为人知的角落，就像真正的学问不在学院，就藏在日常生活中那样。

从那以后，每逢午夜，沈枫就惦记着那家面馆，可是，紧接着就是年关，店主回老家过年，店铺紧闭着卷帘门。过了年，所有的店铺都推迟开业。眼看着到了仲春时节，面馆依然没有开张。

沈枫的生活犹如一潭死水，那个春天，他没有别的希望，就期盼能早点吃上一碗油泼面。

直到四月，那家面馆才再度开张。

沈枫便跟老鲲打电话，约他来面馆喝酒。混在引车卖浆者之流中间吃几块钱一碗的油泼面，颇不合礼仪之邦待客之道，沈枫便自带了一瓶好酒，点了几个荤素搭配的凉菜。

老鲲退休前是一名国际学校的中文教师，教那些准备留学西方的中学生世界文学。前两年退休了，自己竟写起小说来。

"地方简陋，您别介意。"沈枫面带窘迫。

"越偏僻的地方越藏着好东西。"老鲲嘿嘿一笑，露出老烟民特有的黑牙。他总是留着精干的平头，须发已经花白。他长着一个高耸的鹰钩鼻，一双深邃的大眼像是老鹰扑扇着翅膀，如果他的英语流利一些，就俨然西方人了。

"最近又有什么大作问世啊？"沈枫问。

"别提了，最近失眠症又犯了，什么也没写。"老鲲吧嗒吧嗒地抽着烟。

"没加入个什么协会找找同行交流？"

"只是爱好，比不上人家专业人士。对了，如果我们再去一趟欧洲，我一定不留遗憾。"

"恐怕这几年我都去不了了。那次算是我结婚前最后的疯狂。若不是给老干部们当翻译减免了旅费，我也去不成啊。"

"还有联系吗？"老鲲扑扇着那双老鹰般的大眼睛。

"早没联系了。留了邮箱也不顶用。我发过一次邮件，跟我向杂志社投稿一个结果，泥牛入海。"

"风尘女郎，都是一档子买卖。我那次真该借给你一百欧元，让你不留遗憾。可惜老婆管得紧，我也只能买个门票了。"

"哈哈，没事，就像武林高手过招一样，在我的想象里，我和伊洛娜去了包间。"

"你小子就会意淫。我在你这个年纪的时候，在内地县文工团唱《沙家浜》，也有过不少艳遇。"老鲲边抽烟边眯着眼，像是沉潜于回忆。

"想当初，老子的队伍才开张，拢共才有十几个人，七八条枪。遇皇军追得我晕头转向，多亏了阿庆嫂，她叫我水缸里面把身藏……"老鲲忽然正色唱了起来，引得几位穿快递员服装的小哥抬起深埋在海碗里的脸。

忽然，噼啪一声，一只冒烟的飞蛾落到了油腻腻的桌面上，差点落到那盘红油猪耳里。

"这蠢东西跟人一样，只在乎一时的享乐。"老鲲抬头望着头顶墙上挂着的高瓦数蒜头灯泡。灯泡上方的铁罩子还在冒烟，似乎在为飞蛾的炮烙之刑洋洋得意。

"可是，如果生活是一潭死水，还不如飞蛾扑火。"沈枫喝了口酒说。

"你这是恐婚症，虽然结婚了，内心深处还不想乖乖就范。明天我带你去个好地方吃饭，见见我的一群老朋友。"老鲲说。

"好啊，反正我周末才上班。"

4

沈枫醒来的时候，羽芳正在装饰房间，她网购了大红被罩和桃粉双人枕套，上面绣着鸳鸯戏水，看起来喜气洋洋。沈枫走进卧室的时候，她正双手端着一台仪器在被单上推来推去，眉眼含着幸福的微笑，说这是日本进口的吸螨仪，可以清除床上肉眼看不见的脏东西。

沈枫轻拍了她一下，笑了笑，心里弥漫着家庭的温馨。他羡慕面前这位从大学时代就一直陪伴在自己身边的姑娘，羡慕她对生活的热情。当然，他爱她，也乐于跟她结婚。可是，他仰望着天花板，觉得它越来越低矮，羽芳精心擦拭过的卧室落地窗也变得黯淡无光。

这时候，老鲲打来电话，约他去新世界大厦吃私房菜，还特意交代老家人寄来了自酿的高粱酒。沈枫故意开着手机外音，让羽芳知道自己的去向，这也是已婚人士必备的素养。老鲲的电话来得及时，沈枫正想出去解闷。

到了才知道，包间里不仅是老鲲，还有几位老鲲的大学同学，清一色中老年人。

其中一位看起来比较年轻，满头浓密的乌发，可是几杯酒下肚，他就把假发套扯下来挂在衣架上，露出汗涔涔的焦黄光头，顺手在光头上撸了一把，把汗水揩在椅背的暗红色衬布上。

"哦，这是大鹤。我的大学舍友，当年一起下放到县文工团，他喜欢扮演刁德一。"老鲲对邻座的沈枫说。

几位退休的老人闲聊，沈枫搭不上话，便乖乖做听众。

大鹤拿着手机，给在座的各位看他三岁儿子的照片，开心得不行。原来，他在老家有老伴和子女，在S城和一个年轻女人又安了一个小家，老家人只知道他在这里开公司，也能按时收到他寄回的钱，对他的私生活却一概不知。大鹤满面春光，新生活让他青春焕发。

这时候，一位看起来足有七十岁的老爷爷向他的朋友们请教生活中的迷惘。他说自己在教太极拳时认识了一个年轻姑娘，自己不知道该不该往前迈出一步。

大家七嘴八舌讨论开了，有的说年龄差距太大，最好不要深入交往。有的说那姑娘只想花光你的积蓄，不会有结果。

老爷爷说自己确实有些积蓄，自己花也是花，两个人花也是花，反正都是花，还不如花得开心一点。

他看起来是在向老友们请教，实际上心里早就拿定了主意。

于是，大家又笑成一团。

"看到了吧，人家大鹤，那才叫生活。我自己一辈子困在围城里，唯一的放纵是看过一次脱衣舞。"在回去的地铁上，老鲲说。

沈枫似乎明白了老鲲带自己参加这场饭局的用意，重重握了握老鲲的手。

5

不久后的一天，沈枫在阳台上向远处张望的时候，注意到不远处楼顶上的小房子自从过年就没人了。之前住着一个老头，可能是环卫工。

午饭后，他朝着那栋建筑走去。

那是一栋散发着霉烂气息的老楼，根本没有电梯，连门卫也没有，楼道大开着的铁门早已锈蚀，他便沿着楼梯一口气走上楼顶。

楼顶上独栋的小房子远没有他在望远镜中看到的气派，不过是用残砖垒成的工具房。墙上一个脸盆大的黑洞，中间插着半截钢筋，便是窗子。他趴在窗口，借着手机的手电筒，才看清里面摆着扫帚和拖把。楼顶上一个人也没有，种在陶盆里的蔬菜也已枯萎，兀自长出几棵杂草，以前望见过的鸡和狗不知哪里去了。

他拨通了墙上喷绘出的电话号码，不一会儿，一个穿着廉价西装自称楼长的家伙从楼道口钻了上来。

"这小屋子多少租金？"

"你觉得多少合适？"

"之前的租金是多少？"

"之前是环卫工宿舍。他回了老家，不回来了。"

"那就没有参照了。"

"三百怎样？"楼长盯着自己指缝间的烟问。

"好啊。"沈枫爽快地答应了下来。他觉得租金应该恰是楼长每月的烟钱。

沈枫便这样找到了一个好去处。每周总有那么几次，他躲进去发呆或者看书，感觉自己还活着。那是楼顶上的一个违建小屋，废砖砌成的环形建筑。靠墙用长钉安上简易书架，摆上几本书，中间摆上一张中学教室常见的单人小桌，还真有模有样。楼顶除了小屋，还有几个同样形状的空调外机，开动的时候，如同一群野兽在低吼。

沈枫关闭手机，打开一本书，渐渐看不到纸页上的文字，心中升起一种莫名的欣喜，觉得此刻活得还像个人。倦意渐渐上来，他伏在了桌上，望见了极美的景象。小屋变成了一座古老而巨大的石头城堡，他正站在高处尖顶上的房间窗棂旁放眼远眺，只见黛色群山连绵起伏，湛蓝天空白云缭绕，零星的村落笼罩在雾气之中。

恍惚之间，他又看到了那位古希腊雕塑般仪态端庄、身材健美的高大女人。她有着棱角分明的面孔和一双带着挑衅意味的棕色眼眸，棕色长发分披在双肩上。她正朝着他微笑，只是一句话也没说。

棕榈园的宁芙

1

卡夫卡在一篇题为《波塞冬》的随笔中写到，波塞冬自从当上海神，终日忙于审批文件，已经很久没做过他最喜欢的事情——乘风破浪海中遨游了。在这个明媚的春天，我的境况跟他差不多。自从评上S城中学高级教师，设立了名师工作室，我很久没有畅快地在书海遨游了，甚至没有时间教书了。最近，我经常从梦中惊醒，梦见大学时代教过我的那些文学教授们。在梦中，汤教授背着手仰着脸笑眯眯地问我，读完黑格尔的《美学》了吗？我一下子惊醒，额头上布满羞愧的冷汗，枕头上还有一片可耻的正散发着腥味的口水。有时候梦见张教授，她皱皱眉不以为然地说，听说你业余写小说，你连《莎士比亚全集》都没读完有什么资格写小说？我照样惶恐不安地惊醒了。醒来后，伴着窗外椋鸟的叫声，我知道自己想念老师们，想念S城大学了。记得不久前，在本城的一场文学研讨会上偶遇汤教授，他笑眯眯地说，你是当学者的料，应该做大学教师，待在中学有点可惜了。

辞职并不是一件容易的事，尤其是评上了高级教师后，但是不可避免。辞职之前，我就开始在大学附近寻找合适的出租房了。终于在一个叫作棕榈园的小区租了一个大单间，我喜欢上了小区里丰茂的树木。我想以后自己是一名学生了，生活应该简朴，就不考虑动辄七八千元的套房整租了。大单间是由客厅用薄板隔成，附送一个大阳台。其他房间住着别的租户，卫生间公用。我对这个房间很是满意，偶尔趴在阳台的黑色铸铁栏杆上，望着茂盛的树木，享受着满目葱翠。尤其是在工作日，当大部分居民都上班去了的时候，我站在阳台上凭栏远望，就更加惬意了，甚至觉得自己是小区美景真正的主人。

单位的宿舍里这几年存了大概两千册图书，都是我平时网购的，大部分还没拆开，蒙着塑封。我雇了三名工人，请他们帮我把书封箱装好，搬进棕榈园的大单间里。在办离职手续的时候，我就知道在这单位的人才公寓里住不长了，住所是跟工作岗位配套的。为了避免混淆引起收纳的麻烦，我用白板笔在纸箱外侧注明书或者杂物。

好在大单间在二楼，搬起来并不算特别麻烦。整箱的书太重，工人们要按大家具的标准来收费，我觉得可以理解，爽快地加了工钱。我也尝试着抱起一箱书，重得超出了我的承受范围，只好乖乖地站在楼道里监督工人搬书，检查有无遗漏。人是社会的动物，一下子没了单位，我宛如丧家之犬，心里有些无所寄托前途未卜的沮丧。这时候我才意识到几年来，单位一直庇护着我。

忽然，斜对面 2A 的那扇防盗门打开了，一名穿着睡衣头上裹着毛巾的女人探出头来，望了一会儿，问道："你是 2D

的新住户吗？"

"是的，刚租的房子。抱歉搬家的声音打扰到您了。"我很惭愧地回答。

"没关系。好像 2D 经常有人搬家。"女人说。

"哦，是的。因为是合租，四个房间，住着四户人家。"我解释说。

"年轻人总是搬来搬去。"她说，朝我眨眨眼睛，似乎在显示某种优越感。

"是啊。没赶上买房的好时机。"

"也是。我是棕榈园的第一批业主，大学毕业那会儿才四千元一平，现在都十几万喽。"

"是呀是呀。"我一边应答一边推算她的年龄，如果大学毕业就买房，棕榈园在十六年前开盘，那她四十岁左右，比我大一点儿，勉强算是同龄人。但是看起来比我年轻，可能平时注重保养的缘故吧。

"你有那么多书，单间能放得下吗？"她问。

"可以的。客厅隔出来的大单间，大得很。"

"你做什么工作？"

"中学高级教师，教语文。"大概是为了回敬她老业主的优越感，我自豪地说出了自己在教学事业上的小成绩，同时感觉她问得有点多，像是在查户口，转念一想，了解一下自己的邻居也十分必要，便有问必答了。

"哦，不错呀，是正经职业。"她眯着眼睛望着我。

"我得回去收拾了。再见。"我找了个理由逃脱了。其实也算不上理由，我得赶紧把箱子拆封，把书摆到架子上，把箱子处理掉，不然就搬不进来其他东西了。

2

为了祛除噩梦，我辞职后先把《美学》《荷马史诗》《古希腊神话》以及《莎士比亚全集》读了。读完之后，自我感觉有点资格写东西了。可是，当我打开一个空白文档页面，枯坐半天，却一个字也写不出来。哎呀，缪斯女神离我远去了。可能是我生活太单调了，没有遇见惊世骇俗的人，更没有什么艳遇，所以，写作的冲动无法被激发。我是一个失败的人，失败得只剩下了工作，现在，连工作也没了。

黄昏时分，刚下过雨，天气清凉了一些。我坐在小区大门口的石头长椅上，望着下班归来的人们，或者望望天空。我从来都是这样一个懒散的人，三十来岁，正处于人们所说的跨入中年危机的阶段，可我却辞掉了稳定工作。S城的老一辈们常常告诫我，生活在这座城市，要时时积谷防饥，万不可掉以轻心，可我总是凭着一时的心血来潮行事。这大概就是我人生失败的原因吧，这也许就是没有女人愿意嫁给我的原因吧。

我低头看了一眼沾了灰尘满是褶皱的黑色短裤，脱水变形的棉质短袖，还有脚上那双廉价的黑色一脚蹬老人鞋，感觉到屁股上有点湿，可能刚才没擦去椅子上的雨水就直接坐下去了。忽然想起一位曾经的女同事对我的评价：你走在路上，就像一个小乞丐。我觉得她的讲课总是游离不定没有要点，对我的评价却恰如其分、深中肯綮。也许是我太孤独了，我竟然有点思念她，觉得她对我的挖苦也带着一种真诚的期待，或许可以约出来吃吃饭。我就这样胡思乱想着，抬头望着小区门口两排高大笔直的王棕和中间茂盛的棕榈林。正值龙舟水的季节，连日来的雨水冲掉了树叶的蒙尘，显得洁净清爽。天上滚起了雷声，远方升起了乌云，又要下雨了。我站起来，刷了门禁卡，进入小区，迎面几棵茂盛的鸡蛋花树。我敏感的神经又颤动起来，想起了遥远的大学时代，那时候我刚来南方，望着一棵开白花的绿树，问身边的女同学，这是什么树呀。这是鸡蛋花树，傻瓜，她乐呵呵地回答。

我心情沮丧地走在回住所的林荫道上，也不躲避偶尔出现的积水，因为我不顾忌脚上的那双廉价丑陋的老人鞋，归根结底是因为我是一个懒散的人，缪斯女神离开了我，我对生活没有了热情。

忽然，我感觉有一只手拉住了我蠢笨的胳膊。"小心脚下！"一声纤细温柔的女音响起。

我注目一看，身侧站着一位瘦高的女孩，戴着口罩，只能看到一双乌黑的似乎会说话的眼睛。从她纤瘦的正在发育的身子来看，应该是一位十三四岁的少女。

"注意脚下。"她重复道。这时候她松开了手，蠢笨的我这才低头看脚下。我正要落下的右脚下方，正缓缓爬行着一只大蜗牛，足有一颗水蜜桃那么大。可想而知，如果她刚才没有拉住我，一脚下去会发生什么，我蠢笨颓唐的身躯足有一百五十斤重，蜗牛准会咔嚓一声外壳破碎，碎鸡蛋一样瘫在地上，瞬间空气中弥漫起一股浓烈的生命汁液的腥味。

"我的错，对不起。"我向她诚恳地道歉。

"以后注意脚下。我们小区有很多花草树木，很多可爱的小动物。"她说着，眉眼间含着笑，轻轻摇晃了一下眼前的树枝，摇落了几颗晶莹的雨点。

我心里忽然很感动，作为一个新居民，竟然还有人愿意跟我说话。难道缪斯女神重新可怜起我来了？

"这么大的蜗牛我还是第一次见到。"我说。

"它叫玛瑙螺，傻瓜！"

她说完就一蹦一跳地跑开了，像一只调皮的梅花鹿。为了能多看几眼她的背影，我极力伸长着脖子，就像日本变态小说里那些可怕的少女尾行者那样。但我没有跟上去，只是站在那儿，看了好大一会儿蜗牛，直到它爬过鹅卵石小径钻进凤尾葵林中。

可爱又美好，就像古希腊神话里的山林女神宁芙那样。我自言自语道。

人家只是提醒你别踩蜗牛，你胡思乱想什么，自作多情的老男人。我头脑中另一个声音咒骂道。

刚才看到她钻进我居住的那栋楼，我禁不住意外又欣喜，眼睁睁地望着她站在 2A 房门口，用纤柔的声音喊着"妈妈，我回来啦"。原来，那位我搬家时看到的头上裹着毛巾的女人，是宁芙的妈妈呀。

回到单间里，坐在书桌旁，重新翻开那本带文艺复兴时代彩色插图的《古希腊神话全集》，找到描写宁芙的章节，美滋滋地又读了一遍。我一直读着，直到不得不去趟洗手间。我反锁上洗手间的门，抬起马桶盖，正要痛快地解压，忽然瞥见了贴在马桶上方墙上的便签纸。纸上用签字笔写着：

请上完厕所

把自己的屎冲干净

拜托了

不想每天看到别人的屎

用花洒里的热水冲

或者用厕刷

右下角注明了留言人，房客元子。如果没有那些不雅的字眼，我还以为是谁如厕时一时兴起作的抒情诗。

我想起来了，前两天搬来了一名看起来二十来岁的女生，住在那个最小的房间。这套房算是住满了，我住客厅隔成的大单间，一个秃顶男士住带独立卫生间的主卧，一个风度翩翩的帅哥住次卧，元子住那个最小的房间。

便签纸上的留言让我再次意识到自己的失败，把我从对宁芙的想入非非中拉回现实。

房东建了一个租客群，起了一个很好听的群名"棕榈之家"。趁着这个机会，我加上了舍友们的微信，尤其是元子的微信。但我很快发现这纯粹是自作多情，加上了微信，朋友圈却都是对我关闭的。再加上除了我的微信是实名之外，其他人的都是昵称。于是，我发挥自己的拿手好戏，给他们起了绰号，元子、秃顶男、小帅哥，用符号将他们一一对应起来。

3

之前我有教职的时候三本五本地买书，现在我成了无业游民，便整箱整箱地购书，缓解内心对阅读的饥渴，书架明显不够用了，便网上订购新的楠竹书架。书架寄来时是裹在长条纸箱里的竹板和竹片，需要自己用钉子钉起来。

快递员太忙了，只愿意把包裹送到单元门口，电话里招呼了一声便扬长而去。我搬着长条包裹上楼梯，尽力避开声控吸顶灯和窗玻璃，在二楼拐角处，却扑通一声碰到了2A的防盗门。我还没有反应过来，那扇门已倏然打开，门口站着那位头裹白毛巾的女人，似乎她恰好站在门边似的。

"实在不好意思，不小心碰到了。"我局促不安地说，把包裹的一头靠在地板上，以减轻手臂的酸麻。

"我还以为女儿放学回来了。还没到放学时间啊。"她说。

"不好意思。打扰了。"我再次道歉。

"没关系的。对了，你今天不上班吗？工作日还在家。"她问。

"当然要坐班。坐班是铁律。可是自从学校为我设立了名师工作室，我就不用经常坐班了。"我回答。其实那时候我已经办妥了辞职手续，但我觉得没有正经职业会给邻居留下坏印象，便虚伪地回答。

"仰慕！其实我也是教师，我教数学。"她说。

"你也不坐班？"我问。

"我以前在公办学校，要坐班。有了孩子后，就辞职了。后来在小区里开了个数学补习社，地址就在三栋二单元一楼。"她说。

"哦，家庭事业两不误，很好呀。我经过那栋楼时看见过数学补习班的招牌，玄妙补习社对不对？"这时候我才仔细观察起面前的女人。她不算漂亮，却有种西方女人的标致面相，头上裹着的白毛巾让她的脸显得尤其修长。这时候，我心生疑惑，为什么她的头上总是裹着毛巾呢。可能两次见面，她都是碰巧刚洗完头吧。

"对的。我家孩子很喜欢读书，语文成绩却很差，隔行如隔山，我一个数学老师无能为力了。老师您可以抽空指点她一下吗？"女人说。

"当然可以，最近我正好也不忙。"我想到可以再次见到宁芙，便毫不犹豫地答应了。

"那就麻烦名师了。"

"不敢不敢。其实也是普通教师中的一员。"我微笑着说，很是为自己的善于掩饰得意。

"要不今晚七点半在补习社见？"女人问。

"可以。那时候我应该已经安装好了书架。"

"看不出来，你还挺有动手能力嘛。"她笑道。

"其实，电脑主机也是我网购配件自己组装的。我喜欢自己动手，禅宗里也说，担水砍柴，莫非妙道。"我炫耀地说。

"好了，不打扰您了。咱们晚上见。"

跟她告别后我走进租来的单间，拆开包裹，开始组装书架，忍不住想，为什么不邀我去她家补习呢，就像家教那样，偏要跑远路去补习社。后来我想明白了，家里是生活的地方，补习社是学习的地方，两者分开才有效率，就像我今后打算住进学校宿舍，还要另租一处当书房一样。

4

傍晚时分，我到小区门口的东北饺子馆简单解决了晚餐，便如约前往。女人的数学补习社并不大，只是在另一栋楼上租的一套两室一厅的房子，改造成了培训班的模样。靠近门口的位置摆放了一张长条桌当服务台，大厅靠墙立着一张书架，摆着一些数学教辅和一些童话之类的杂书。两个房间当作教室，最大的那间教室安装了一个电子显示屏，另一个教室里则是简单的白板。

我终于再次见到了宁芙，不戴口罩的宁芙，但我不好意思一直盯着她看，只能时不时投去一瞥。她的双颊跟她的身体一样瘦削，显得鼻梁高挺，两片榕树叶一样的嘴唇经常轻轻地抿着，给人一种特别清爽的感觉。她身上散发着一种纯洁的美，激起人心底对生活的热爱，而非兽性的欲望，就像契诃夫所说的，见到她"如同一阵风吹过灵魂"。

在那间有白板的教室坐定，我很快进入状态，跟她聊着平日的阅读。这时候，我才知道，她是一个童话迷，对《格林童话》《安徒生童话》《伊索寓言》等书籍里面的篇目熟稔于心。奇怪的是，语文考试总是分数很低。这时候，我便夸夸其谈起来，说我们生活在一个考试的国度，要掌握一些应试的技巧，最重要的是，在头脑中形成两套思维，一套是应试的思维方式，用来应付各种考试，一套是艺术的思维方式，用来真正地提升自己。她很惊讶地望着我，似乎觉得我言之有理。

"这孩子从小爱看书。来，大家边吃边聊吧。"女人端来一大盘切好的哈密瓜，几个五颜六色的塑料小叉子插在上面。

这时候女人不再是穿着松松垮垮的睡衣，头裹白毛巾的居家妇女模样。上身淡蓝色的女式短袖衫，下身黑裤子，头发扎在了脑后，给人精明强干的印象。

她看到我盯着她看，笑了笑，催促我吃哈密瓜，紧接着又谈论起自己的女儿。

"这孩子最令我头疼，小学时成绩好得很，到了初中成绩越来越差，我真拿她没办法。说来惭愧，我教数学，可她连数学科目也考不好。"女人说。

这时候，我已经从服务台后面墙上悬挂的营业执照上得知女人叫林桐，跟我年纪差不多，她也告诉了我她女儿的名字，但我宁愿在心里称呼她宁芙。如果我像她那样大学一毕业就结婚生子，孩子也应该有宁芙这么大了。那样的话，我会不会也在为孩子的成绩烦恼呢？

在补习社无固定主题地闲聊了一个多小时，然后我们三人一同走在小区树木茂密的小径上，走向那栋住宅楼。我调皮地想到，如果有人看到我们，会不会误认为是一家三口呢。这时候，我心中充满莫名的喜悦，心想在这座城市，邻里之间并不像那些蹩脚小说家们写的那样冷漠，还说什么"人与人之间的疏离"之类的鬼话。

"啊，月亮姐姐出来了。"宁芙忽然兴奋地说道，细长的手指朝向天空。

"是呀，今天月亮又大又圆。"我说。

"这孩子都初中了，说话还像个小孩子，让您见笑了。"林桐说道。

"这很好呀。她有一颗童话之心。"我说。

"感觉她还是那么幼稚，一点也没长大，在学校也没有什么朋友，有些自闭倾向。"林桐说。

"可别这样说。尤其是当着孩子的面。每个人的内心是不同的，没必要跟其他孩子一样。"我说。

借着月光，我看到宁芙望了我一眼，那双会说话的眼睛似乎在感激我刚才为她辩护。

那晚，我睡得十分香甜，就像《奥德赛》里写的那样，"女神在他的眼皮上洒下醺畅的睡眠"。

5

几天后的一个晚上，我正想关闭手机洗澡睡觉，忽然收到了元子的微信，问我能不能帮帮忙，她现在很害怕。我解释说我是一个理性的人，只有了解清楚事情才能判断能不能帮忙。原来，她的笔记本电脑坏了，请隔壁房间的秃顶男重装系统。装完系统，秃顶男坐在她的床上没有离开的意思，还说她的床好软，好想睡在她的床上。她趁着假装去卫生间，给我发了微信，说自己正在楼道里，不敢回屋了。

我一边不厚道地笑出了声一边让她在楼道多待会儿，或者去小区树下散散步，看看秃顶男能在她的房间里待多久。

要不，你陪我在小区转转？等会儿，一起回去，看看秃顶男什么反应。

好呀。反正我也刚搬来，正想多交些朋友。

昏暗的路灯光下，我第一次看到元子的形象。她中等个头，上身穿着带两个巨大汉字"躺平"的短袖，下身一条略显宽大的短裤，裤筒里伸出两条细腿。短发刚刚能够遮住耳朵，每走一步发梢就在耳朵之下肩膀之上晃荡一下，给我一种诡异的感觉。长相跟身材一样普通，甚至有些中性，不是能吸引我的那种类型。我不明白，为什么秃顶男对她着迷，可能只是半夜三更，孤男寡女同处一室而已，跟审美毫无关系。

"你是做什么的呀？"元子劈头就问。

"我打算返回大学读书。"我有些自豪地说。

"呀！看着你蛮成熟的啊。"

"哈哈，是呀，比你大多了，大叔级别。对了，你做什么工作呀？"

"我搞艺术收藏。"元子郑重其事地回答。

"啊！好高端的职业！"我嘴上这样说，心里却泛起鄙夷，住在合租房最小的单间里，能收藏什么艺术品啊。

"可是，艺术是个大概念，文学、音乐、雕塑等都可成为艺术，你从事的是哪种？对了，丹纳的《艺术哲学》你读过吗？"我问道。

"没读过。我对读书不感兴趣。我说的艺术是文身。"元子说。

"啊，先锋艺术啊！"我感叹道。心里却嘀咕着，这是哪门子艺术，顶多算是青年群体亚文化吧。

她可能觉察到了我的不信任，便低下头，向下拉一拉短袖衫，让我看她颈后的文身。那是一只淡墨色的蝴蝶，两翼正好处在最后一节颈椎骨的两侧，蝴蝶下面还有一个英文单词"fantasy"。

"果然是艺术。"我一边言不由衷地恭维，一边不怀好意地揣测她身体其他部位的文身。

"秃顶哥看起来文质彬彬，一副大学教师的样子，没想到竟然这样。"元子说。

"人不可貌相啊。"我一边应和一边想，元子在考虑请同一屋檐下的哪位舍友修理电脑前，肯定做出了自己的判断，既然秃顶男是文质彬彬的一个，那么自己在她眼里肯定就是猥琐大叔的那一类了。

"现在想想，觉得你更靠谱一些。"元子望着我说。

"你千万不要这样想。其实也没有什么好人坏人之分。"我说。

"你不相信有些人道德感就比其他人强吗？"

"你看池塘里，水面上漂着一层芒果花粉，看着纹丝不动，下面可能暗流涌动呢。道德不过是上面的那层花粉。"经过那个小池塘时，我就像讲课时那样随机应变举例说。

她好像明白了一些，垂着头，头和颈脖加起来像是一根蘑菇。

"现在回去吧。看看那兄弟回自己房间了没有。"我建议道，因为我实在找不到和她一起散步的乐趣。如果和宁芙一起散步，直到天亮也没关系。

我回到了大单间，收到她的微信，说秃顶哥已经走了，只是还给她发了信息，说是如果她愿意，他随时可以过去，她过去他那里也行。

在合租房里，寂寞如同饥饿在蔓延，哪怕舍友姿色平平，在极端匮乏的情况下，也能够将就吧，我躺在简易的行军床上想道。在我这个年纪，已经没有心思考虑那些刚走出校门的年轻人的鸟事，我盘算着怎么打破一眼望到头的平静生活，给自己一个重新开始的机会。我想到这里，嘴角带着一丝嘲笑沉沉睡去。

6

晚上七点半，我照例按照约定前往玄妙补习社给宁芙补习文学阅读。课程很简单，就是带着她阅读一些必读书，《骆驼祥子》《朝花夕拾》《简·爱》《儒林外史》之类，顺便传授一些应试的技巧。我徘徊科场多年，对应试颇有研究，在大学时代的同学圈里赢得"考试小能手"的美誉。不必说高中曾考过总分年级第二名，仅比年级第一名的那位女生差一分，也不必说三十来岁辞掉稳定工作立志考博，单就十年前从大专直接考上硕士研究生，就够我吹嘘一阵子的了。也许有思维缜密的听众会问，高中考过年级第二，怎么连个本科也没考上？我就会做出客观的解释，那所北方小县城的高中实在差劲，那一届一个过二本线的都没有，这也反映出教育资源的分配严重不协调，但是，哪怕起点很低，也要始终怀有进取之心。说到这里，已经完全迎合家长心理了。

宁芙非常聪慧，一点就通，刚读到《骆驼祥子》中对虎妞的外貌描写就开始为祥子打抱不平了。

"祥子像太阳神阿波罗那么健美英俊，丑女虎妞可配不上他。"宁芙侧过脸来，看着我，期待着我的回答。

"看待人物要结合具体环境。祥子从乡下来到城市，拉黄包车。虎妞却是黄包车公司老板的女儿。有时候，人不得不向咄咄逼人的现实低头，甚至出卖尊严。啊，你知道阿波罗？"

"我有一本古希腊神话书，不过是专供儿童阅读的简化版本，配着一些雕塑的图片。"

"怎么不买全本呢？全本更精彩，里面有很多有趣的故事，为后世的很多名著提供了原型。我推荐上海人民出版社的那本《古希腊罗马神话全书》，配了很多文艺复兴时期的彩色名画做插图。"

"妈妈说全本不适合我读，我还是个孩子。"宁芙皱了皱眉。

"我认为，读书应该百无禁忌。再说了，市面上的书早就经过了层层审查，别说中学生，小学生都可以读了。"我有些惋惜地说，同时感到纳闷，林桐不是希望宁芙能成熟一点吗？

"我只能听妈妈的话。"宁芙说。

"对了，你爸爸做什么工作？"我好奇地问。

"我从来没见过爸爸。只听妈妈提过一次，说是一个身材瘦高戴着眼镜的家伙，在内地的一座城市生活，也有一个家庭。"

宁芙提起她爸爸的时候，表情很是平静，似乎在谈论别人的故事，看来父母离异这件事并没有给她留下阴影，这让我也感到欣慰。

短短一个半小时的补习课轻松而愉快，我相信一段时间之后，宁芙的语文成绩会有大的提升。

等我回到合租房那狭窄的客厅，恰巧看见元子抱着一只灰色毛毛熊钻进对面秃顶男的房间。她扭头望了我一眼，微微低了一下头，轻轻推上了带密码锁的门。

这下好了，秃顶男的房间有独立卫生间，她不会抱怨如厕看到别人的屎了，即便看到也是秃顶男拉的。这些年轻人呐！我叹了口气，走进自己的房间。

7

今年的龙舟水雨季似乎特别漫长，天气时雨时晴，有时候出着太阳下着雨。

我白天津津有味地读书，晚上照例去玄妙补习社跟宁芙"约会"。原谅我使用这个暧昧的词语，其实我对宁芙出于纯粹的欣赏与审美，完全把她当成了圣洁的山林女神，没有丝毫的非分之想。这种感情，在我的经历中是少有的。这份独特的感受，恰恰嘲讽了我白天读到的弗洛伊德的力比多理论，那个最终疯掉的家伙认为人们总是以性的眼光看待事物。

那天还没开始讲课，女人就来了，提着果盘，不过比上一次的果盘丰盛得多，有切好的哈密瓜、火龙果，洗好的紫红欲滴的提子，还有一盘丰硕饱满的糯米糍荔枝。

"今天不讲课了，照样算课时。今天专程答谢一下老师。"女人微笑着说。这时候，我才发现女人没有穿平日的职场工作装，换上了一袭枫叶荷花连衣裙，有着锥形的开领，头发似乎也比平时黑亮许多。宁芙像往常一样穿着造型简单的蓝色长裤和短袖衫，球鞋上方裸露着消瘦的脚踝。

"女儿这次语文考试在班级的名次前进了二十多名。"还没等我说句客套话，女人就兴高采烈地报喜。

"啊，因为她聪慧。思维方式稍微转变一下，分数自然提上去了。"

"不，她笨得很。这说明老师教学有方，博学多才。"女人说。

"哪里，哪里，我们是一同学习，一起进步！"我虚伪地回答。

"女儿很喜欢你。每天都盼着晚上的阅读课。"女人说。

"啊，说明她喜欢读书，生有慧根，我只是稍加引导。"这时候，我转头看宁芙，她高耸的鼻尖红扑扑的，大概害羞的缘故。

"我还有一件事跟您商量。"

"您请讲。"

"我们合伙开培训班怎样？您教语文阅读与写作，我教数学与奥数。利润咱们按照合适的比例来分成。您看怎样？"

"这个嘛，我倒是没有想过。"

"难道是政策不允许公办教师办培训班？"

"不是，实不相瞒，我已经辞职了，打算考博来着。"我说。

"什么，你辞职了，编制也不要了？难道您有十足的把握考上博？这是对生活的不负责任！"她的声调忽然提高了，脸色也因为激动涨红了。她的反应强烈程度远远超出我的意料。

"我打算重新开始而已。我不想一辈子当个中学教师。"我轻描淡写地说。

"那您也应该边工作边考博，俗话说骑驴找马，这样稳妥一些。"女人缓了一口气说，一副努力平复自己情绪的样子。

"那不是我的做事风格。"

"原以为你是个靠谱的人……"女人小声说，竭力将话语收住。

果盘里有很多新鲜甜美的水果，可不知道为什么，我已经没有心情吃了。我无限惋惜地望了宁芙一眼，起身离开了。

我走在夜晚的树木丰茂的小区鹅卵石小径上，一路上留心脚下，给大蜗牛，不，给玛瑙螺让路。一个月前，我刚搬来的时候，戴着口罩的宁芙一手倒掉一枝凤尾葵上的雨水，一手拉住我，提醒我别踩到它们。

8

一个夏日的午后，我正打算小憩，忽然收到女人的短信，她说女儿今晚的课程取消了。我心中不由得一阵失落，因为我已经提前准备好了与宁芙分享的美妙内容，预想了宁芙听后可能的反应。这时候，女人接着问我有没有午休的习惯。我说有，但是时间不长，一般二十分钟左右，睡太久头脑昏沉，会影响学习。她回复说，如果合租房洗澡不方便，可以去她家，那里有浴缸，对了，女儿这两天到大鹏所城参加学校举办的夏令营，后天才回来，到时候可以正常上课。

我本来完全可以对这种邀请视而不见，保持自己为人师表的正人君子形象，可我那时候的生活实在太单调了，以至于好奇心占了上风。我从衣架上扯下那条脏兮兮的浴巾，第一次进了宁芙家的房门。客厅的沙发上整整齐齐蒙着一层繁花的布套，实木茶几上的玻璃瓶里插着新鲜的玫瑰和向日葵。中式橱柜里摆着一些卡通玩偶和布娃娃，大概是宁芙小时候的玩具。宽阔的阳台上有一台手摇式升降晾衣架，上面飘荡着宁芙的短袖和长裤。空气中弥漫着甜腻的味道，多么温馨呀。

"这里还行吧。"女人忽然说道。

"好得很！"我答道。我这时候才意识到自己一进屋就忙着追寻宁芙的生活痕迹而忽略了女人。她头顶依然裹着一条棉质毛巾，大概刚洗过澡。在我盯着她的时候，她忽然扯掉了头上的毛巾，半干的头发纷披在肩头，竟然给我一种十分妩媚的感觉。她边用细长的手指撩头发边说自己已经很多年没在男人面前展示自己留长发的样子了，还隐约提到当年那个不靠谱的男人，竟然没有胆量跟随自己从内地到 S 城来闯荡。

在我无法自制的刹那，我头脑中冒出一个古怪的念头，如果事情发生了，宁芙会怎么想。我又望了一眼阳台上宁芙的衣服，说了声抱歉，后退了几步，返回了出租房。在我转身离开的时候，我身后响起她的声音："看你辞职考博，原以为你是个有胆量的男人。"

后天晚上在玄妙补习社上课的时候，宁芙愁眉不展，眼圈微红，似乎不久前哭过，我提前准备好分享的构思巧妙的契诃夫小说也没能让她开心起来。

"你怎么了？夏令营没玩好吗？"我关切地问。

宁芙审慎地扭头望了一眼客厅，又起身跑到另一个房间看了看，断定补习社只有我们两人后才小声说道："夏令营的最后一天，妈妈忽然出现，把跟我聊天的男同学当众骂了一顿。"

"啊！还有这样的事。"

“她怎么知道你跟哪个男生聊天了。”

“妈妈从小就要求我大事小事都要向她汇报的呀。我前天晚上打电话告诉她，说自己跟一个男同学很聊得来，没想到她第二天就赶来了，还把他当众骂了一顿，让他离我远点。我以后再也不敢跟同学说话了。”

“你妈妈太过分了。”

“其实我也能理解她，她一个人开补习社养家也不容易。”

“那也不能剥夺你正常的同学社交啊。”

“妈妈常说，有些男人，特不靠谱，十分危险，尤其是文质彬彬戴眼镜的男人。”

这时候，我意识到自己的无能为力，既说服不了女人，也改变不了宁芙。我打算维持单纯的师生关系，明知这种关系也维持不了多久。

9

跟我预想到的一样，女人付清了课时费，没有再为宁芙续课。我们之间的交集似乎就这样结束了。或许微信也已经屏蔽了朋友圈，或许拉黑了，我没有自讨无趣地去查看。

我回来的时候经过她家门口，看到那扇紧闭的防盗门贴上了门神，秦叔宝怀抱一对瓦面金锏，尉迟恭手拿一把竹节钢鞭，守卫着户主的安全。房门正上方的门楣上，还用钉子挂着一个辟邪的八卦镜。门神和八卦镜都是曾经没有的，显示着户主拒人千里之外的决绝。

在秋季开学之前，我依然住在那里，曾几次傍晚外出觅食回来恰巧碰见宁芙。她总是骑着一辆自行车去不远处的中学上学，把自行车停在一楼楼梯下面的空隙里，也不上锁。她也看到了我，只是低一下头，转身沿着楼梯飞快地跑去，跑到女人固若金汤的巢穴中。我可以理解，她的举动，完全出于母亲大人的懿旨。

我读完了教授们推荐的书，也很少再做与书有关的噩梦。到了八月，快递员送来了蓝色 EMS 信封包裹着的录取通知书。

我站在 2A 门口，想着要不要告诉她们一声。过了一会儿，意识到毫无必要。因为无论能不能考上，我都是一个不靠谱的人。有那么一刻，我觉得那套房子是美杜莎的巢穴，带着对男人根深蒂固的憎恶把宁芙囚禁在里面。

当元子搬到斜对面的"小帅哥"房间里去住的时候，我已经开始往学校宿舍搬东西了，就像我当初设想的那样，住在学校宿舍，这里当书房。我喜欢这个小区丰茂的树木，还有夏雨之后的玛瑙螺。

静止的摩天轮

狗语者

　　立冬那天，S 城终于起了秋意，道路两旁的大叶榕并没有凋落，甚至没有泛黄，反而绿得深沉。唯一变化的是吹在脸上的风，有了几分清凉。阿祥骑着电单车，在人行道上低速行驶。若在平时，他肯定开得飞快，争分夺秒把保温箱里的比萨送到顾客手中。一刻钟前，他刚吃了交警的罚单，处罚理由是电单车进了机动车道。"可是，这一段路整天修路，人行道都挡住了。"他小声咕哝着，意识到解释毫无作用，唯一可行的方式是乖乖交上五十元罚款，便把后半句吞进肚子里。他看到身边还有几位被交警抓到的行人，跟自己犯一样的错误。不过，行人横穿马路罚款二十元，电单车罚款五十元。其中一个穿牛仔热裤的年轻女孩嘟囔着，说自己一天的饭钱罚没了。阿祥来不及听他们说话，他得尽可能快地把比萨送到顾客家里，即便今天算是白干了。

　　"一年四季都在修路。"他自言自语。想着自己每天行遍周边的街巷，看到的都是修路的景象。远的不说，就拿每天必经的晒鱼路说吧，春天的时候是青砖人行道，夏天的时候是红

304

砖道，秋天的时候换成了石板道，冬天变成了水泥道。说不定明年再轮回一次。他想不明白为什么好端端的道路要不停地更换与翻新，又觉得不是自己这个连 S 城户口都没有的外卖员该想的事，便不想了。可刚才的罚款和思考影响了车速，到了顾客居住的常春藤小区的时候，比预定送达时间超时了一刻钟。

一位只穿了一条夏威夷裤衩的青年男子开了门，接过了比萨，摸了摸包装盒的底部，递回给阿祥，说了句比萨凉了便关上了门。

"看他紫黑的眼袋，肯定是游戏党，死宅男。"阿祥咒骂了一句，下了楼，心里并没有怨恨什么。

按照公司规定，因送货迟到造成的退货需自己赔偿损失。眼看着临近中午，那个八寸半的虾仁牛肉比萨便成了阿祥的午餐。

经过晒鱼路的时候，他看到路边的儿童公园入口，便开了进去。寻了一处树荫，坐在长椅上，准备享用午餐。

他望了一眼公园游乐区静止的巨大摩天轮，想起了公司的调动通知，说是抽选部分员工到 H 城的分店。H 城是国际性大都市，外国顾客很多，所以要求英语口语流畅，还要取得雅思考试成绩，口语单项要六分及以上。调到 H 城的员工，真是幸运儿，收入差不多变成原来的三倍。对于阿祥来说，他期待自己能调过去，原因是 H 城不天天修路，这样他才能找到畅通无阻的驾驶快感。道路通畅的时候，他感觉骑电单车跟开飞机一样。

他思量着自己大专毕业来 S 城打工，别说一句完整的英文，就连单词也差不多忘光啦。他也悄悄去一些英语培训机构问过，一节课两三百元的学费也非他可以承受。调去 S 城的念头折磨着他。实际上，他业余已经开始背单词了，还打开收音机听 BBC，虽然什么都听不懂。

等他回过神来，忽然发现一条黄狗站在自己面前，正流着口水盯着自己手中的比萨。

那是一条中华田园犬，毛色鲜亮，身上还算干净，只是尾巴被剪短了一截。那半条尾巴轻轻左右摇动着，顶端的伤口已经完全愈合，只是截面光秃秃的，没有毛发，看起来怪怪的。

阿祥撕下一块比萨，丢在面前的石板地面上。

那狗低头探嘴，轻轻衔起比萨一角，缓缓后退到几步开外的草丛，抬头看了阿祥一眼，似乎要记住恩主的面容一样，这才悄悄地吃了起来。

阿祥看得出来，这是一条举止斯文的狗，修养比自己往日送比萨遇见的一些主儿高许多。

阿祥吃完比萨的时候，那条狗也刚好享用完。他心里升起一股久违的温暖。

黄狗吃完，并没有离去，反而踩着细碎的步子来到阿祥面前，一双棕色大眼盯着他，一副想要开口说话的样子。

忽然，一道白光闪过阿祥脑际，计上心头。

"你是一条本地狗吗？（Are you local？）"阿祥用蹩脚的英语问道。

黄狗呜呜了两声作为回应。

"那你老家在哪里？你知道的，这座城市十之八九是外地人。那狗，十之八九也是外地狗吗？"

"呜呜。"

"你住在哪里？"

"汪汪。"

"你本来就是流浪狗，还是被主人遗弃了？"

"呜汪。"

"那好，不谈你的伤心事了。对了，明天这个时候，我们在这里会合好不好？"

"汪呜。"

"就这样说定了。"

"嗷嗷。"

阿祥的手机响了两声鸟鸣，那是有新订单的信号，便跨上电单车走了。

第二天阿祥来到儿童公园的时候，黄狗果然按时到达，时间观念很强。

这次，阿祥给了它整整半个芝士牛肉比萨。

"没想到你也那么准时。你知道 S 城哪类人最准时吗？一是比萨外卖员，二是人民教师。今天天气很好呀。S 城的怪天气，立冬了还这么热。"

黄狗一言不发，怔怔地望着他。

"你怎么不搭话，难道今天的比萨不合你的胃口？"

黄狗头歪向一侧，依然没回应。

"你今天不配合是不是？看到街对面的野人饭店了吗？那里的狗肉火锅味道美极了！"

黄狗的头歪向另一边，还是沉默。

"你到底吱一声啊！臭狗！"

"记得明天这个时候按时会合，我上班去了。"

第三天的时候，黄狗迟到了。阿祥焦急地看着手腕上的电子表。

黄狗这次迟到了差不多一刻钟，这几乎触碰了阿祥忍耐的极点。但看到黄狗一瘸一拐地从街边跑来，阿祥心中的愤怒变成了悲悯。它是用三条腿跑过来的，一条前腿蜷缩了起来。

"阿黄，你怎么了？是不是到垃圾桶翻找东西吃被人打了？"

黄狗呜呜地悲鸣了两声。

"这个世界就这样，弱者就容易被欺负。"

黄狗嗷嗷了几声。

"看到那边的火锅店了吗？你更要注意，免得成为阔人的盘中餐。"

自语者

一座城是另一座城的幻象。地名和建筑的外形可以复制，城市精神却无法挪移。

张潮站在晒鱼路十字路口，望着步行街熙熙攘攘的人群感叹道。他的声音微不足道，跟鸟鸣一样，完全淹没在人流喧嚣中。在 S 城，冬季所见多是候鸟。它们大概自知是外地鸟，叫声十分低微。

张潮的身侧，被台风夺去了枝叶的老榕树悄然发出新芽。整整两年，他都在暗自努力，筹划一次由表层向内里的跃迁。他书房的玻璃窗，正对着 H 城的方向。无数次，他的目光插上翅膀，越过儿童公园那架静止的巨大摩天轮，注视着那城涌上街头的人流。

有时候，城市忽然一片死寂，他恍惚听见隔壁城市的人声，他们操着另一种语言交谈。

有时候，他感觉到分外的寂寞，便玩起老套的找房游戏。这种玩法屡试不爽，至少可以与人说说话，运气好的话，还能结识年轻女孩。

一天傍晚，张潮和陈婷正从一个小区赶往另一个小区，忽然下起雨来。陈婷从随身小挎包里掏出遮阳伞，交给他打着。那把薰衣草颜色的女士遮阳伞小得出奇，S城的雨来势汹汹，小伞恐怕没什么作用。两人几乎同时看到马路一侧的带顶棚的公交站台，便走到下面避雨，幸亏刚才的果断和及时，才没被淋成落汤鸡。站台那里早有几个人避雨，好在空间足够大，不至于拥挤。刚才雨伞倾斜的缘故，他的长袖湿了半边，面膜一样贴在身上。两个人保持着陌生男女应有的矜持，没有靠得太近，在拐弯的片刻，她的肩膀蹭到他的肋骨。

"下午看的几套房子有没有中意的？"她仰着脸问他。

"有一套价格合适，只是窗子朝北，终年不见阳光。房子小点无所谓，但一定要有阳光。没有阳光，怎么灿烂嘛！"他乐呵呵地说，一副在S城见多识广的样子。

"这附近，有阳光的单身公寓，至少四千元起租啦。"她眨眨眼，睫毛扫了扫，盯着手机上她所在的房屋租赁公司的软件。那个软件有一个很好的名字，叫"温馨之家"。可是，对于年轻人来说，在S城有个不必搬来搬去的家，几乎不可能。她很年轻，脸上还未褪去大学时代的青涩，五官娇小端庄，最引人注目的是，她下巴的正中心靠近下嘴唇的部位，有一颗美人痣。

他们说了几句话便沉默了。她是位忙碌的姑娘，正盯着手机，闪烁的信号灯表明她频繁收到新信息。她倒是跟站台上的公益广告很契合，广告语云"S城女人，又忙又美"。

"你不要见怪，干我这行就是这样。每天都要在外面跑，带租客看房。租客咨询的信息要及时回复，不然会扣绩效分。"她仰起脸说。一双不大却水灵的眼睛，躲在尖端上翘的修长睫毛下面。

"理解，理解。"他盯着面前身材娇小、被工作占去大部分青春时光的姑娘。

这时候，有辆小汽车故意擦着路沿的公交车专用道疾驰而过，激起一道水帘，溅了大家一身。刚才侥幸躲过冬雨的人们，却被"飞车贼"溅了一身浑水。奇怪的是，大家并没有咒骂，旁边的那个中年男人只是轻轻叹息，似乎认同自己所处的阶层本该受此礼遇。一个长者苍老的脸上不仅没有怒气，还微微笑着，似乎觉得人生这杯酒，味道还蛮不错。

张潮没有咒骂，他的眼光聚集在陈婷身上，她正手指捏着湿掉的白色短上衣下摆，嘟着小嘴，一副吃惊的表情。

"这种事我在S城经历过多次了。总有一些人渣。"他试着安慰她。想着她刚来这座城市半年，却收到这样的洗礼。

"雨停了。这符合S城下雨天的性格，说来就来，说走就走。"他望望榕树枝叶一侧的天空，接着说。

"这儿离我的办公室不远。那里有台小型烘干机。要不，先去我那烘干衣服。"他说。

"好吧。不过，你办公室里没别人吧。"

"没，就我自己，其实那是一间书房。我不喜欢和别人分享一个房间。你去的话，你在屋里烘干衣服，我在大堂等你。"他语气微微颤抖，似乎怀疑自己能否赢得她的信任。

到了办公室，他从办公桌下面推出带轮子的烘干机，插上电，把钥匙放在桌上，便走出门，钻进电梯，去了大堂。

她反锁上门，趁着烘干衣服的空当，观察着那间奇怪的办公室。十几个楠竹书架和上面密密麻麻的书占据了绝大部分的空间。唯一没被书架遮掩的那堵墙上贴着一个大型穿衣镜，但房间里看不到任何一件衣服，除了烘干机上她的那件罩衫。

过了大概一刻钟，她穿着干爽的衣服笑盈盈地走来，把办公室钥匙递给他。

大堂外面的大道上，路灯和霓虹已经升起。

"方便的话，我想请你吃顿便餐。感谢你带我看了一下午的房，还淋了雨。"他说。

她沉默了一小会儿说："好吧，不过七点钟有客户约我带着去看房。那客户下班后准时到这儿，预算一千五百元，让我在附近给他找单身公寓。"

"天哪，没有四千，这附近哪能找到单身公寓？城中村租个鸽子笼都不止一千五。"

"好像是一名送餐员。"

"S 城会教他怎么做人。"

他们边聊边进了一家湘菜馆。

她自称可以吃辣。他便点了一份双色剁椒鱼头、一盘空心菜、两碗米饭。一份瓦罐乌鸡汤给她，一瓶青岛啤酒给自己。

"谢谢你请我吃饭。"

"不，应该是谢谢你陪我吃饭。"

"你跟我一样没朋友吗？"

"朋友是有，不多。怎么，你一个朋友也没有？"

"没有。整天满城带着租客看房，回到郊区的住所已经半夜了。第二天七点又要出门，重复昨天的生活，比流水线工人还惨呢。根本没有一点个人生活的时间。我不知道这份工作要干多久。"

"有的工作确实这样。"

"你看起来很闲啊。难道是土著？"

"怎么可能？土著的话还用找你租房？我啊，也曾领教过你这种连轴转的生活，有一天忽然想换种活法，便辞了职，一直到现在，都没工作过。"

"那你靠什么谋生？"

"拾别人的梦，就像捡破烂一样。"

"别人的梦？那你有自己的生活吗？"

"这就是我自己的生活，当然，有时候很有意思，有时候也极其无聊。"

他们边吃边聊，时间过得飞快。她接了个电话，对他说客户到了，她该走了。

"你等了客户那么久，让客户等十分钟不行吗？等你吃饱饭。"

"不行啊。有时被客户放了鸽子，也没地方说理去。不过，客户等几分钟，可能就要投诉啊，那样的话，一天就白跑了。"

他看着她把小遮阳伞装进包里，那娇小单薄的身子，在湘菜馆门口一闪，不见了。他不知道自己还能不能见到她，不知道她像不像那些他曾经结识过的姑娘，短暂地出现在他的生命里，旋即消失在夜色里的滚滚人流中。

狗语者

阿祥无视舍友的嘲弄，坚持记背单词。那个城中村的单间，放着两张铁架子床，住着四位比萨外卖员。默读单词的声音成了一种纯粹的抗议。

同事老徐故意把床头的收音机旋到最大声，阿祥第一次冒出搬出去独居的念头，考虑到租金，终于没有搬走。那天傍晚，他通过租房软件联系到一名叫陈婷的中介。刚看了两处棺材房，就彻底死了心。即便那样的房子，都要花掉他整个月的薪水。

阿祥终于盼到了考试的日子。

那是一场昂贵的考试，报名费就要两千多元。

轮到阿祥的时候，他走进口语考试室，里面有位络腮胡子的年轻男子笑眯眯地等着他。

考官看起来像是印裔，好在没什么口音，发音还算纯正。

整个交流过程十分顺利，阿祥也由刚开始的紧张变得随意起来，觉得面前的外国人也是人，跟自己差不多，年纪也相仿。

临近末尾的时候，考官问起，你只有大专学历，平时是怎么练习口语的呢？

每天送比萨的间隙，我在公园里，语伴是一条黄狗。阿祥坦言以告，没有特别在意句法，有些颠三倒四。

"跟一条狗说英语？"考官在胸前平摊双手。他的手指细长而黑，像是雨后发霉长毛的榆树枝。

"是的，先生。我的语伴是条狗。流浪狗。"阿祥补充道。

"我刚才和你用英语交谈了一刻钟，你难道说我是条狗吗？"考官依然笑眯眯。

阿祥心里紧张起来，连连说道："当然不是，尊敬的先生，当然不是。"

"我只是开玩笑罢了。祝你今日愉快。"考官哈哈一笑。

"谢谢您，先生。"阿祥轻轻地掩上门，吃了蜜一般美滋滋地离去了。

十个工作日之后，阿祥收到了快递来的成绩单，口语得了六分，达到了 H 城分店要求的语言标准。

他兴冲冲地捏着成绩单找店长谈话，要求调到 H 城。

在比萨店厨房后面一间隐蔽的隔间办公室内，那位身材肥胖、西装革履的中年男人让他在沙发上坐一会儿，然后小心翼翼地拉上了窗帘。

"你过来。"店长的大屁股埋在办公桌后面的皮椅里，指着电脑屏幕上的画面。

"有件事我一直没说。几个月来，我们公司在 H 城的分店遭到了不明人士的打砸，已经无法正常经营。"店长平静地说。

"这就是说，我去不了了？"阿祥身子一震，后退了两步，似乎被闪电击中。

"现在 H 城是一座废城了，你还去干什么？难道你平时不关心国家大事？"

"一整天我都在送货，哪有时间看新闻啊。"

"偶尔还是要看看，我们毕竟活在这个世界上。"

"到底是谁搞的破坏，害得我没法去？"

"媒体报道不一，各执一词。谁搞的破坏并不重要。年轻人，好好活着，生命本身大于一切是非。"店长站了起来，拍了拍阿祥的肩膀。

阿祥没说什么，忽然觉得自己一向不喜欢的店长身上围绕着智者的光环。

"好好活着，等你当了店长，就有个人时间看看新闻了，或许还能读点书。"店长说。

阿祥垂头丧气地走出办公室，忘记了带上门。店长轻轻地走到门前，合上了门。

阿祥坐在电单车上，感觉 S 城冬日的阳光过于浓烈，暴雨一般劈头盖脸地砸下来，连身下的车子都不堪重负，发出铁皮之间挤压的声响。

送完了那一单，阿祥关闭了手机，他暂时不想接单，独自安静一会儿。

这会儿，他正垂着头，手指交叉，胳膊肘抵住膝盖，久久坐在公园的长椅上。

不知过了多久，阿祥感觉自己交叉着的手指上热乎乎一阵黏稠，抬起发红的眼眶看到那条黄狗在舔他。

阿祥看到它棕黄的大眼睛里流淌着善意。他感觉自己如此孤独，在偌大的城市里只有它一位知心朋友。他抚摸着狗头，一直忍着的眼泪如决堤之江。黄狗伸出长舌，舔他脸颊上的泪。浓烈的腥味恰是久违的温馨。

阿祥打定了主意，索性给自己放个假，跟着黄狗向公园深处走去。

黄狗在游乐场里站定，仰望着那架摩天轮。阿祥走进去才知道别有洞天，里面的娱乐项目真不少，打气球、碰碰车、摩天轮、旋转木马、池塘游船。旋转木马除了塑料马，还有很多其他动物造型，十二生肖的动物全了，可是兔子断了一只耳朵，山羊少了一只脚，水牛少了一条腿，黄龙没有眼睛……动物们身上蒙着一层厚厚灰尘。旋转木马大概已经很多年没开动过了。

阿祥抬头又望见了那架巨大的摩天轮，在冬日的暖风中纹丝不动，像是一个巨大的摆件，永远不会转动起来，就像自己的生活那样。

鸟语者

接连几天，张潮都以外卖的比萨当作午餐，他总想在比萨和童年时吃的烧饼之间寻找共同之处。就像他曾经说过的那样，他的生活又进入了极其无聊的阶段。

可是，每次敲开他办公室门的外卖员，都是同一位瘦高的男孩。张潮善于搭讪，没过几次就跟他熟络起来了。有一次，张潮示意他进屋坐坐，他正好想了解一下外卖员的生活。阿祥看到四壁的墙上摆满书架，其中不少英文书。他从书架上抽出一本雅思词汇书，从头到尾快速翻阅了一遍，转动的书页发出风吹树叶的唰唰声。暂时没有新订单，他正好可以逗留一会儿。

"兄弟，你在量子波动阅读吗？"张潮把比萨放到桌上，站在他身旁。

"量子波动阅读？"阿祥皱着眉头。

"一种骗小孩子的把戏，说是快速翻动书页，往复几遍，就能倒背如流。"张潮嘻嘻哈哈地解释。

"一听就是骗人的啊。"阿祥说。

"可是很多家长上当，骗子赚翻啦。"张潮说。

"可能是过于望子成龙吧。"

"读书这事，还得慢慢啃啊。单词书，你喜欢就拿去吧。"

"好啊，那真是太感谢您了。"阿祥说。

"你也考这玩意？"张潮问。

"是啊！我想调到 H 城。"

"哈哈哈，我都考了三次了。"说着，张潮从办公柜里掏出三张雅思成绩报告单来，递给送餐员。

"啊，您雅思考得好高啊。"

"高有鸟用？本来打算去 H 城读书，现在也去不了了。"张潮把那几张纸丢进抽屉。

"我也去不了了。但我想把英语继续学下去了，至少对生活有点儿期待。"

"你不想改行干点别的？"

"这是我能胜任的最好的工作了。"阿祥说。

"我的生活也改变不了了。最近无聊得要死，我想要一场大改变。"张潮半个身子陷进办公椅里。

"对了，你有女朋友吗？"张潮问。

"没有啊。"

"我给你介绍。我认识很多女孩子。"

阿祥没有搭话，可能因为不知道怎样回应。

"我的生活被牢牢钉死在S城了，就像耶稣被钉死在十字架上。"

临走，张潮还拍了一下外卖员的肩膀，"祝你心想事成！"

电梯里只有阿祥一人，静得能听见电梯缆索的拉伸声。他贴身轿厢壁，平展两手触摸到两边冰冷的金属，扭动头盔倒向一边，从镜面般的不锈钢门面看着自己。他比十字架上的耶稣更生动，因为，他在下沉，并且没有天堂可去。

拾梦者

一天下午，陈婷又带着张潮看房。

"这是周边小区最便宜的单身公寓了。"在海鲜一条街后面的那栋住宅楼上，她说。

刚打开门的时候，房间一片漆黑，别说阳光，连自然光都没有。他们不得不在白天打开白炽灯。这时候，他才看清门口就是床，布条一样的狭道通往浴室。浴室和卫生间融为一体，花洒头的下面就是马桶，狭窄得转身都会碰到墙壁，尤其是像他那样高大的男人。

"唔，没有阳台，没有光，怎么晾晒衣服呢？"他皱起眉头问。

"只能挂在浴室墙上的钉子上了，那里有窗。"她答。

他的目光投向那扇地牢通气孔一样的朝北的窗。

"这样的房子月租也要三千？"

"是的。"

"我宁愿每月多花一些钱住得稍微像个人。"他咕哝道。他觉得白天也漆黑一片的房屋断然不是人的居所，而是蟑螂和老鼠的乐园。

"好，那咱们去另外一个小区看房子吧，那套空房有阳台，光线好，面积也大，价格很优惠。步行大概十分钟。"她提议道。

"在 S 城活出个人样你觉得难不难？"他们跨过楼道满地的黑色垃圾袋时，他问。

"我不知道，我刚来这里半年。"她笑答。

"对了，你住在哪里？你们公司对职工有没有住房优惠？"

"我住在离市区很远的合租房里啦。一套三居室其中的一间。租的我们公司的房子，职工租的话，月租打九五折，优惠微乎其微啦。像你这样的整租，我想都不敢想。"她说。

"遍身罗绮者，不是养蚕人？"

"是啊，我们租房管家哪能租得起自己推销的房子。"

他们去看的那套房子看起来确实不错，宽敞明亮，价格实惠。可是等他站到阳台上，看到窗外的景象，才明白低价的原因。楼后的城中村正在拆迁，定向爆破和大型工程机械的轰鸣声洪水般袭来，顺便给阳台送上一层厚厚的灰尘。防护墙上贴着巨大横幅"顺应主流民意，共建美好家园，再建一座万象城"。

"这里肯定不行，太吵了。我喜欢安静。在喧闹的环境下我会发疯的。"

等他找到中意一点的房子，已经是第二天下午了。

站在那套公寓的阳台上，他欢快地拍手，说站在阳台上可以遥望河对岸的城市。

她看到他的脸上第一次显现出满意的表情。

"对了，客厅最好别放电视，我二十岁以后就再也没看过那玩意。"

"我得问问公司经理能不能让人把电视搬走。"

"睡在别人睡过的床上，就会做别人的梦。"在卧室里查看时，他说。

"真有这么神奇吗？"

"是啊，前租客，以及更前的租客，会把梦遗留在棕榈床垫上。S 城出租屋里的床垫大都是棕榈床垫，厚实又便宜的货色。"

"我有点不敢相信呐。"

"我给你举个例子。我之前住过的屋子里，每当我午夜躺在床上，都会做同一个梦。"

"什么梦？"

"我梦见独自一人在城市的街道不停地赶路，分不清是在哪座城市。有时候，我远远地望着亮着灯光的温馨房间，停下脚步，注目一阵子，意识到那些生活与自己无关，便放开脚步，继续赶路了。"

"你要到哪里去？"

"我也不知道。"

"奇怪的梦。包括你本人，有时候也让我觉得莫名其妙。"

"一点也不奇怪，如果仔细想想的话。我想之前的租客中或许有位旅人，那种从来不想生活安定下来的人。"

"好吧。那你说说，你还拾起过什么梦？"

"之前我住在一个十分陈旧的小区，到处散发着霉味。在那张床上，我梦见自己不停地坠落，从很高很高的地方坠落，落入很深很深的深渊。身体铅球那样沉重，坠落永无休止，直到从梦中醒来。那样的梦，害得我每次坐飞机都害怕。"

"其实我也做过一些稀奇古怪的梦啦。"

"什么梦？"

"来这座城市的第一晚，我梦见自己站在海边的沙滩上，什么也没穿，很多人围在我身边观看，心里窘迫极了。"

"对了，天还不算晚，我们再去看看别的房间吧。这样有个对比，才能做出最佳选择。"他说。

"还有一处水上屋，在工人文化宫附近。那里很安静，你可能会喜欢。"她说，似乎经过一两天的交流，对他有了一定了解。

他们穿过熙熙攘攘的步行街，跨入文化宫的大门，环境一下子安静了，步行街上摩肩接踵，这里却半天不见一个人影。

一堵巨大的石墙横亘在空寂的广场中间，墙上的浮雕是伸着粗壮手臂的工人热火朝天劳动的场景。那些工人头戴毛巾，意气风发。可是，现在的工厂都在郊区，即便在市区，工人们也没时间参加文化活动。这大概就是文化宫没落的原因吧。

文化宫后面就是儿童公园，走进去才知道别有洞天，里面的娱乐项目真不少，气枪打气球、碰碰车、摩天轮、旋转木马、池塘游船。旋转木马除了塑料马，还有很多其他动物造型，十二生肖的动物全了，可是兔子断了一只耳朵，山羊少了一只脚，水牛少了一条腿，黄龙没有眼睛……动物们身上蒙着一层厚厚灰尘。旋转木马大概已经很多年没开动过了。

张潮跟随陈婷草草看了水上屋。那栋五层小楼有一半建在湖上，里面十分安静，只是蚊虫颇多。

刚过了几分钟，他们就折返到旋转木马旁边。

"我们上去坐坐？"他建议道。

"禁止乘坐。"陈婷指向旁边写着"禁止乘坐"的警示牌。

"管他呢，这里又没人。"说着，他已经跨过了警戒条，用餐巾纸擦着那只断耳兔的后背。

"来，你坐这只兔子。"他招呼她过来。

她顺从地过来了，跨在兔子后背上。

他骑到兔子旁边的那头猪背上。那头猪眉开眼笑，脸颊上两团腮红，像个乡村年画中的胖娃娃，十分滑稽。

"转不起来啊。"她说。

"闭上眼睛，默默感受，就转起来了。"他说。

过了片刻，他感觉旋转木马转了起来，并且越转越快，令人眩晕。过了一会儿，快速旋转变成了飞速坠落，他感觉自己沿着一条光带飞速下坠，身侧闪过无数人脸，却又辨认不出是谁。一阵恐惧忽然自他心头泛起，他害怕自己一直坠落下去，再也回不到这个世界。

忽然，他感觉一种力量把他拉回现实，睁眼一看，原来是她拍着自己的肩膀。她不知何时从兔子上下来，站在他身侧，拍醒他，提醒他继续看房。

"看你都睡着了，肯定做了美梦吧。"她说。

"噩梦还差不多。你刚才闭上眼睛时什么感觉？"他苦笑一下问道。

"我想起了小时候坐过的跷跷板，哈哈。跷跷板的那一头坐着童年的玩伴。"她说。

"男的还是女的？"他问。

"男孩，跟我同龄，连出生的月份都一样。"

"青梅竹马。"

"他现在怎么样了？"他问。

"我去省会城市读大学了。他读完高中就不上学了，跟着他叔叔做建筑工，从脚手架上跌下来死了。"她平静地说。

"对不起。唤起了你伤心的回忆。"

"没事。那时候什么也不懂。"

陈婷带着张潮看完附近的空房，已经晚上十点多了。他们沿着晒鱼路步行去地铁站，然后各自搭乘地铁回家。晒鱼路上两侧商铺的霓虹已经亮起，行人络绎不绝，展现着老城区夜晚的繁华。

他们并排走着，保持了距离。从后面望去，像是一对刚吵完架的情侣，谁也不靠近谁，却不曾远离。

经过一个巷口的时候，她忽然停下了脚步，微微斜仰起脸，聆听着什么。

"怎么了？"他问。

"巷子里传来叫卖声。"她的声音很轻，羽毛一样飘浮在空中。

"很正常呀!这里可是闻名全国的商业老街,S城的起源。"他漫不经心地说。

"不,这声音不一样。"她答。

他开始集中精力倾听,果然有声音从巷子里悠悠传来……暗夜奇葩……暗夜奇葩。

忽然,他想起了什么,笑了。

肯定是那位白天经常见到的卖糍粑的老婆婆。早晨的时候,他经常看见她拉着一辆带木腿的双轮购物车,站在路边,向脚步匆匆的上班族兜售糍粑。双轮和木腿恰好把小车稳稳地立在地上,上面码着绿莹莹的糍粑,下面铺着一层厚实的艾叶。这样原始的叫卖方式跟两旁现代化的商铺格格不入,好在有人停下脚步,买上一两个,宝贝似的小心翼翼用艾叶包住,揣在怀中,双手捧着闻味儿,并不急着吃。

但是她对他的解释并不满意,执意要他带她拐进巷子里看看,找出声音的源头。

"有没有搞错?黑黢黢的等待拆迁的老巷子,连灯都没有。"

"怎么,你怕?"

"我才不怕,走吧。我对这地方可熟啦,经常在这里溜达。"说着,他钻进了巷子,她紧紧跟在身后。

走了没多远,就借着一盏蒜头灯泡发出的微光,看到了那辆带木腿和轮子的小车,老婆婆坐在旁边的马扎上叫卖。老婆婆在夜晚的叫卖声悠远微弱,似乎白天的叫卖耗尽了气力。

他想,老婆婆可能住在这儿,业主把等待拆迁的老房子低价短租给底层人,利用拆迁前的时间尽可能地多挣钱。那些做小买卖的人，无比依恋租价低廉的旧房子，会住到被工程机械推倒前的最后一天，有时候还会被埋葬在瓦砾之中。

这时候，她已经买了一个用艾叶包裹着的糍粑，双手托着，捧在胸前。

"这应该是一大早做好的，那么晚了，还热吗？"他关切地问。

她没有回答。

他这才明白过来，面前的姑娘循着乡音而来，正捧着一缕乡愁。

"我向公司申请了调价，适当调低了你比较中意的那套房的租价。"第三天一大早，他就收到她的信息。

"好啊，那我们傍晚再去看看那套房。"他回复。

霓虹升起之后，他们走进那套站在阳台上可以遥望对岸城市的房子。

房门轻轻闭合，路上的车声倏然悠远了。虽然正值S城冬季，那套四十平方米的单身公寓却散发着暖意。前租客已经离开这里去别处生活，把一些不易觉察的味道和念头留了下来。

"你看，这套房子一房一厅一厨一卫，面积不大却精致。阳台朝南，能得到阳光。房租下调了一些，也不怎么贵了。完全符合你的要求了。"她娇小的身形游荡在房间里的每一处角落。

"新租来的房子，一定要请专业的家政公司清洗空调。空调盖子下面的滤网上总会有一层油腻的灰尘。有时候，灰尘有两寸厚，就像吸满了铁屑的磁石。空调一开，满屋子都是陈腐的气息。"他说。

"哪有那么夸张啊。"她笑道。

"我会把这套房子租下来，如果租房子送小管家的话。"他说。

"可是，我们目前没有租房子送管家的活动啊。"她笑道。

"啊，是啊，是啊。这套单身公寓确实很符合我的要求。可是，我不得不告诉你。我觉得羞愧。我最好还是告诉你。"他不好意思地说。

"嗯，你说吧。没关系的。"她笑着，微微抬着头，展示着她下巴正中的那颗小痣。

"我不是诚心找房子，第一次看房后不得不继续找下去。我只是想再次见到你，和你说说话。我最近的生活无聊透顶。"

"其实，我在上次带你看房的时候已经感觉到了。"她那双漆黑闪亮的眼睛望着他，嘴角一弯浅笑。

"那你还大老远从郊区赶来老城区带我看房？"

她只是望着他，没有回答。

他不由自主地双手搭在她柔弱的肩头，低头寻找她的唇。

一个寂静悠长的吻。

整座城市，整个世界仿佛被吻掉了，不复存在。他感觉自己成了一粒尘埃，飘浮在无垠的时空中。

他们乘坐电梯下楼的时候，都一言不发。在马路边分别的时候，彼此也没说一句话，一个朝东，一个向西，兀自离去。

冬日的一天，他站在办公室的那面镜子前，对镜中的男人说："最近生活太无聊了，我们再玩玩找房游戏吧。"

陪唱者

在张潮眼里，世界上没有比饭局更无聊的事情，尤其是那种话不投机的饭局。

一天傍晚，一个文化部门的老朋友喊张潮喝酒。张潮平时极少喝酒，可也凑巧，他恰处于苦闷期，正想来场宿醉。

在赶去酒店的路上，老李说恰好有个房地产老板请吃饭，你不介意的话就大家一起吧。

路都走了一半，哪有折返回去的道理。

三人围着牛肉火锅，喝了两瓶高度白酒。

王老板看起来年纪跟张潮差不多，人情世故倒是颇为精通。第一次碰杯的时候就给张潮上了一堂人生礼仪课。

"你真不懂事，没大没小。哪能喊老李，应该称呼李处长，或者李教授。"王老板对张潮教训道。可能教训别人能够抬高自己吧。

"叫老李都叫了十来年了。你才认识他多久？"张潮问。

"有大半年了吧。但交情能用时间算吗？在我眼里，李教授就是父亲一样的存在，指引我的人生方向。"王老板道。

"他又不在高校教书，为何称呼他教授呢？"张潮故作好奇地问。

"表示尊重啊。不在大学，李处长也有正高职称啊，称呼教授当之无愧。"王老板说道。听起来论据很充分。

天就这样聊死了，张潮不想再搭话。以前跟老李喝酒，聊聊文学，扯扯淡，还觉得痛快。这下倒好，来了个酒桌道德家，实在扫兴。

老李一看要冷场，调解道："小张，别介意，小王说话是直白了些。不过他说得没错，为人处世之道，你也得学学，免得日后吃亏。对了，我忘了介绍，小王还是你老乡呢！是位画家。"

张潮微笑一下，没有说话，心想自己老家确实盛产道德大家。这时候，王老板说："对了，李教授，我刚画了一幅您的肖像。我拍了照，在手机里，您看！"王老板侧着身子，双手捧着手机毕恭毕敬递了过去。

"嗯，不错，挺像。"老李赞叹地点点头。

"其实还没完工，还未将李教授的精神气质表现出来。即使完工了，您那份超乎常人的神韵也很难充分表现出来。"

张潮任由他们说话，自己掏出手机摆弄起来。

王老板看到张潮掏出手机，提出要加他的微信。

"可以加。但我可能不回信息。"张潮说。

"那也加上。多个朋友多条路嘛。"

眼看着到了午夜，张潮提出回家睡觉。老李笑笑，说，好玩的还在后头，年轻人偶尔放纵一下，日子才快活。

原来，王老板在张潮低头玩手机的时候，已经定了皇室派对的 KTV 包房，还打电话让公司的姑娘来陪唱。

这倒唤起了张潮的兴致，毕竟唱歌只是扯着喉咙吼叫，沉浸在自己的世界里，不用跟其他人打交道。他也想顺便探究一下王老板请老李吃饭与唱 K 的目的，他见识过一些这种人，好吃好喝好玩地招待，这都是表面的花活，托人办事才是实情。

他们三个都不是新潮的人，唱的都是一些老掉牙的歌。

张潮来了一首谭咏麟唱的国语版《水中花》，还是大学时代追求一个爱唱歌的高个子女生时学的。女生没追到手，歌曲也跑了调，真像歌中唱的那样，"欢爱宛如烟云，似水年华流走，不留影踪"。

张潮唱完那首歌，才发现陈婷不知道什么时候走进歌房，正侧着身子用食指点击墙上的触摸屏。那是一个现代化的豪华包间，随处可以点歌，也可以连接手机点歌。

"小陈，选好了吗？"王老板问陈婷。

"只找到一首不大会唱的。"陈婷答。

"现在的年轻人真没用，连歌都不会唱，活着就是浪费资源。"王老板对老李耳语。

张潮听得清清楚楚，陈婷刚才抬了下头，肯定也听到了。

"王老板，话不能这么说。姑娘年轻漂亮，让我们这群老男人赏心悦目，这本身就是价值，怎么能说活着浪费资源呢？"张潮为面前的姑娘辩护。

陈婷确实不会唱歌，哼了一首郑智化的《水手》，还得开着伴唱，索性不唱了，坐在角落里吃果盘中的零食。

张潮凑到陈婷身边去，与她聊天。这下子包房分成了两个半球，一边两个男人在号叫，一边一对男女在私聊。

"哇，真巧啊，没想到在这遇见你。"张潮说。

"我刚进来时看到你，也很吃惊。"陈婷说。

"大家都常在这一片区晃悠，遇见也挺正常。没想到你的工作除了带客户看房，还要陪唱？"

"没办法呀。我都睡着了，老板的电话把我吵醒，让我打车过来唱歌。"

"真够过分的！打份工，又不是卖身为奴。"

"平时，他人蛮好。可能今天喝醉了的缘故。"

"听说他是画家？"

"嗯，业余画几笔，主要是肖像。我刚来公司的时候，他把我叫到办公室，给我画了张肖像画。"

"他是看上你了。"

"怎么可能？他其实很讨厌我这种脑袋稀里糊涂，没有生活追求的女孩子。他经常说，自己为了生活，绘画理想都抛掉了。他其实是蛮有追求的一个人，一心想当画家。"

"哈哈哈……"张潮不由得笑出声来。

"你笑什么？"

"我见过不少人，自称为了生活抛掉了理想。这不过是借口，微薄的才华支撑不起生活罢了。为了生活抛弃理想，显得自己很伟大，其实纯粹是瞎扯淡。"

"也有道理。"

"对了，你是他女朋友吗？"

"不是啊。"

"不是的话你怎么愿意大半夜跑来陪唱？"

"只是一份工作而已，我记得跟你说过，我被工作掏空了一切。"

"可以换份工作嘛！你的领导，什么房地产老板，我看顶多是一门店经理。"

"被你猜对了。"

"哈哈哈……"

"要不，咱们接吻？让他俩接着唱吧。"

"潮哥，你也喝醉了。"

王老板见张潮和女职员聊得火热，气不打一处来，大叫着要找个会唱的来。

过了一会儿，张潮看见阿祥穿着黄黑相间的防风制服，提着比萨盒走进来。准是王老板点的比萨，他一心想把老领导招待好。

阿祥正想转身离开，被王老板一把拉住胳膊："兄弟，会唱歌吗？给哥哥们唱几首，唱得好，给你小费。"

阿祥愣了一下，大大方方接过话筒，唱了一首毛宁的《晚秋》。阿祥天生一副好嗓子，唱得很动情，"在这个陪着枫叶飘零的晚秋，才知道你不是我一生的所有。蓦然又回首，是牵强的笑容，那多少往事飘散在风中"。那首歌也许勾起了王老板的回忆，惹得他泪光闪烁。

城市之眼

阳光穿过窗棂，打在张潮的办公桌上。旁边花架上的橘树盆栽，开着几朵苍白的小花，绿叶掩映下，结着几颗小小的青橘。

下午的某个时刻，窗外不远处金色高楼的反光照彻室内，犹如上天的荣耀倏然显现，照亮脚下的路。

透过书房的玻璃窗，张潮惊喜地看到公园里的摩天轮转了起来，转得极慢，不凝神观看还分辨不出来。它像一只巨大的"城市之眼"，观望着人们的生活。

他赶紧拨通陈婷的电话：摩天轮转起来了。

旋即又拨通阿祥的电话：摩天轮转起来了。

他穿过步行街的滚滚人流，跨入文化宫的大门，冲向儿童公园，环境一下子安静了。

他绕过蒙着一层尘土的旋转木马，径直来到摩天轮脚下。

他仰望那只巨大的"城市之眼"。漆成白色的摩天轮一动不动，蓝色的坐厢似乎在风中轻轻摆动。他望了一会儿，无奈地发现摩天轮的坐厢也是纹丝不动。摩天轮转起来了不过是宿醉引起的幻觉。

一个扫地的老人挥舞着扫帚，发出孤寂的唰唰声，将不知哪里飘来的落叶和灰尘归拢到一处。

"阿叔，摩天轮一直不转吗？"张潮问道。

"以前转哦，好多人玩。后来出事啦，死了人，就废喽。"老人回答，俯下身，用戴着手套的双手，将落叶抓进蛇皮袋里。

一条只有半截尾巴的黄狗从摩天轮下方悄悄钻出，望了他们一眼，匆匆离去。

"那条狗又来找它死掉的主人喽。整天在附近转悠。"老人说完，背起蛇皮袋，走了。

公园外面，依然是熙熙攘攘的市声。马路上隐隐约约传来歌声，那是阿祥最近发现的送货路上的解闷新方式。